我 住 精 神 病 院 的 日 子

光
地
灵

野地灵光——我住精神病院的日子

李兰妮————著

 人民文学出版社

**图书在版编目(CIP)数据**

野地灵光:我住精神病院的日子/李兰妮著.—北京:人民文学出版社,2021 (2021.11重印)
ISBN 978-7-02-016662-6

Ⅰ.①野… Ⅱ.①李… Ⅲ.①纪实文学—中国—当代 Ⅳ.①I25

中国版本图书馆 CIP 数据核字(2020)第 196339 号

责任编辑　刘　稚　黄彦博
装帧设计　刘　静
责任校对　王筱盈
责任印制　任　祎

出版发行　人民文学出版社
社　　址　北京市朝内大街 166 号
邮政编码　100705

印　　刷　三河市宏盛印务有限公司
经　　销　全国新华书店等

字　　数　252 千字
开　　本　890 毫米×1290 毫米　1/32
印　　张　11.75　插页 3
印　　数　10001—13000
版　　次　2021 年 8 月北京第 1 版
印　　次　2021 年 11 月第 2 次印刷

书　　号　978-7-02-016662-6
定　　价　53.00 元

如有印装质量问题,请与本社图书销售中心调换。电话:010-65233595

谨以此书纪念我的儿子周小乐乐。谢谢你用生命教我懂得了什么是爱，什么是家。

——李兰妮

# 目　录

1

## 下　篇

# 引　子

我不是疯子。我要去住精神病院。

闺蜜说:"太危险。"她给我讲了一件真人真事。

北京摄影家×××住过精神病院。半夜惊醒,看见一张狰狞的脸,有疯子来掐他脖子。他狂呼:"救命啊——"

摄影圈的朋友闻讯,急忙赶去精神病院。大费周折,把他捞了出来。捞他的人里,就有这位李闺蜜。

我仓惶护住自己的细脖子。去住精神病院的勇气直往下跌。

见到"尚善基金"的毛董事长。她的独子因抑郁症病逝。这位母亲创立了公益基金会。面向大学生以及失独家长群体,专做"关爱精神健康,共筑生命蓝天"的公益活动。我随尚善做过公益,我很关注大学生群体的抑郁。

我跟她说起想去住精神病院。毛董沉默片刻,直言相劝。

你真要慎重。我认识一个失独母亲,儿子住过精神病院。没住多久就要求出院。出院不久,这孩子自杀了。

什么原因?

没敢问。可能受了什么刺激。大概觉得……没有尊严。不能接受那样一种……对待？不清楚。

我的强迫思维又霸占脑海。这个孩子在精神病院遭遇了什么刺激？尊严受过怎样的伤害？在民间，精神专科医院俗称疯人院。老百姓认为，疯子才住疯人院。二十一世纪，文明进步。过去人们口中的"残废人"，改称"残疾人"，如今称其"残障人士"。明面上，人们将"疯子"改叫"精神病"。如今医学用语称其"精神障碍。"暗地里，人们不想假装斯文。

某一天，单位办公室转达信息，说深圳"残联"要联系我。很纳闷。我跟残联隔老远，有啥需要联系的？见到残联理事长才知道，如今心理残障、精神残障人士，远比肢体残障人士多。这部分人所造成的家庭冲突、经济损失更严重。残联便想到了我。

若是我非要住进精神病院，会不会遭遇精神重创？算不算自己找死？


害怕归害怕。我要去住精神病院。

药物疗法治了十二年。每一天吃抗抑郁药。每一天继续抑郁。几乎每一天都会闪现自杀念头。国外医书上说：约有百分之十的人，吃药也治不好。建议这一类人试试物理疗法，比如去做电休克。

网上能搜到的精神病院信息，多是灾难式吐槽，比监狱恐怖。想找有关物理疗法的成功案例，没找到。

机缘巧合，认识了一位胡博士，深圳康宁医院专家。意外得知他看过《旷野无人》*，还建议同事看。多年前，胡博士研究文学创作和心理活动之关系，硕士论文与此有关。

---

* 本书作者李兰妮著《旷野无人——一个抑郁病患者的精神档案》，人民文学出版社2008年6月出版。

加了微信。请教。直奔主题。

胡博士说，深圳康宁医院目前床位仅三百张，资源太紧张。住院患者要避开三四月份高峰期。

住院给不给用电脑？

不行。手机、电脑统统不行。规矩很严。

如果是住院体验生活呢？

那不行。精神病院跟其他医院不一样。住院还要亲属签字同意噢……


网搜北上广深精神病院资料——

北京安定医院，始建于1914年仲秋，原名"北洋政府京师警察厅疯人收容所"。不久，改名"北平市疯人院"。

上海精神卫生中心，1935年由上海慈善家陆伯鸿集资所建。原名"普慈疗养院"，专门收治精神病患者。

广州市精神病院，创办人嘉约翰先生1854年来广州行医和教学，于1898年建成"惠爱医癫院"。

深圳市康宁医院，始建于1982年。


中山大学研究生院请我做公益讲座，听众是辅导员及学生心理中心老师。这事我拖延了两年。

撕开伤口会流血，会化脓，会感染加重病情。做公益、说抑郁，屡遭歧视。有人说，她就是一疯子。写书也疯疯癫癫。有人说，她脑子有病，自己都想自杀，还说要救人。真TM可笑。

我没把自己救出来，怎么去救别人？拿什么去救别人？


总要有人站出来呼吁。哪怕中枪，招人唾骂是疯子。我站在讲台上，说病耻感——自救——传递爱。

中山大学主办方收集了我的公益活动资料，多媒体屏幕上，滚动播出视频，PPT的标题是："往光亮处看"。

对话环节，一个女辅导员站起来提问：

有个学生，重度抑郁想自杀，怎么也不肯住院。学院请他父母来校商量，当爹妈的说，孩子没有病，就是想偷懒。孩子在学校就该老师管。该打你就打，该骂你就骂。他们甩手走——啦。如果这学生真的自杀了，责任谁来负？你说说，出事算谁的责任？

辅导员哽咽。各学院都有类似难题。现场散发出强烈的焦虑气息。

我被问住了。按理说当吃药吃药，该住院住院。可是，吃药十几年，我不还是抑郁吗？我没有住过精神病院，怎敢大言不惭说"该住院住院"？

我结巴了，答：万一出事，家长……要负主要责任。当父母的不懂抑郁症常识，严重失职。学生自己……也、也有责任。二十一世纪大学生……常识啊。当然，老师也要……

女教师大声说：谢谢你的回答！

又一老师提问：老师抑郁谁来管？谁来关心我们啊？！


于公于私，我要去住精神病院。哪怕只是探探路。

再三请教胡博士。

一般住一到三个月。病床很紧。其实你不需要住院……

我想住院！

进去不一定适合你，环境、病人什么的，很难说……

我不怕。

怎么说呢，你《旷野无人》写的那些自杀、自残太……站在天台……

自己放血……

我住院不会。绝对不会。

住院要有家人陪同。二十四小时陪同。

家人没空。我父母、先生、弟弟都在广州。

广州医院床位多。

哦?

你考虑一下广州。


要做足功课。不打无准备之战。

二十一世纪,每个人风险意识必须升级。一要懂得面对肿瘤医院;二要懂得面对精神病院;三要早早写好遗嘱提前善后。

上　篇

# 第一节　我真的害怕

农历年二十九。

特意选择一个冷清的日子。外地的人，该回老家过年的，走得七七八八。打算长假旅游的，也陆续出发。城里马路宽敞了许多，剩下的人，在为一年之中最重要的团圆饭忙里忙外。这日子，去精神病院看病的人不会多。广州人说话办事，讲究好意头，年尾年头要大吉大利。

的士司机借口车不能右转，我只能提前下车。站在三岔路口，茫然朝右边小马路张望，没有看见医院标志。司机不耐烦地戳指小马路，叫我往里走。"哐当"车门关闭，绝尘而去。

小马路两边各种小店窄铺。网上寻得医院地址门牌号码，足迹没到过广州市区这一端。沿路左看右看，一一数着并不规则的门牌号码。快过年了，大多数店铺已关门。铁闸紧闭，张贴白纸黑字，写着"年初十开市大吉"。

一个店铺开着门，黑底白字的横招牌，上面一行大字"×××殡葬有限公司"，蓝底白字的广告词"丧主至上，服务一流"。下面一行字体稍小，详细写着："24小时服务热线……寿衣、花圈、仪仗、纸钱一站式服务"。店铺墙柱上贴有竖排白纸黑字"套餐服务，价格面议"。

招摇。霸气。门面是附近一般店铺的三倍。死人钱容易赚。

此乃周围最吸睛、最体面的招牌。

不敢近看。怕里面的伙计误会，请我进门套餐议价。慌乱中蹿过马路，埋头疾走。眼角余光感觉刺眼，右边闪耀着金属的光泽。走过二十米左右，偷偷往后瞟，哎呀，那就是精神病院的大门！

隔着小马路，殡葬公司几乎与精神病院门对门。此岸彼岸。换了谁，都会思绪万千。除了急性发作的精神病人。

闪光铮亮的钢铁栅栏当中排开。大门口边侧开着小门。门旁，立着两名警察。

进门。才走两步，左看，墙壁一块铭牌，×××派出所惠爱医院警务室。一辆威风凛凛的警车，停在那里震慑歹徒。右看，司法鉴定室。我有点怕。

走过两棵大榕树，转弯。眼前一亮，这医院面积好大呀。除了左边有两三幢十几层的大楼，其余一片小楼都是两三层的。看得见天上的蓝天白云，能感觉到树叶生风。小花园。几枝绚丽的簕杜鹃从低矮的花墙伸展出来。

一色的西式两层楼，还有落地窗。上世纪二三十年代的建筑风格，成片的民国建筑群保存完好。网上得知，医院北门，芳村码头，通向珠江岸边白鹅潭，江对面是白天鹅宾馆和沙面。黄金地段。

又见巡警。

不知道哪里是禁区禁地。有些慌张。反复想起微信上那个段子：怎样向精神病院医生证明你不是精神病。

门诊大楼比较新。门前两旁，一排又一排宣传栏。各科室医生、专家的头像和简介。果然，过年前夕挂号的人不算特别多。挂到特诊号的最后一个号。

特诊在三楼。这层候诊区面积不大，已经坐满。小小候诊区坐着两个武装齐备的警察。这是精神病院的常态呢,还是过年特别增加警力?想起来了,不久前看过新闻报道,有个杀人嫌疑犯住进精神病院,病情好转之后,竟逃出医院,引发全城紧急搜捕。

精神专科问诊程序,比其他专科复杂。

有无家族史?你的个人治疗史?用过哪些精神类药物?哪一年发现的?什么情况下发作的?哪一家医院作过诊断?近期吃的是哪几种药?说说怎么个难受法……光是家族史一项,少不了要问:你父亲家族有没有精神病人啊?母亲这一支脉情况了解吗?

等啊等。

几近下班时间,进了特诊室。

一个五十多岁的女专家,和蔼而疲惫。正拿起桌上的茶杯喝水。

差两分钟就是下班时间。抓紧时间快说。

我一直吃赛乐特、优甲乐、阿普唑仑。每个月都照常开。今天来拿药,准备过年吃。

以后开药,你不用来我们医院。这里病人多,排队时间太长。你吃的药,三甲医院都有。

我不敢直说其实我想来住院,怕人误会这是个疯子。脑子赶快转。

专科医院能多开药吗?

半个月。

我深圳的。一个月好吗?

你……为什么到这里开药?很多人不敢来我们医院。

我也怕。真的怕。

女专家同情地微微一笑。

实地侦查有收获。小洋楼古朴,静静呈现着历史感。天阔,云飘,树绿花红。没有见到面目狰狞的病患。第一眼印象OK。

继续摸索住院门道。多挂号。多听多看多搭讪。


农历正月十五过去了。城与人回归常态。

长假后门诊病人超多。官网信息很简单。住院病区:成人一病区、二病区、三病区、四病区、五病区、六病区、七病区、八病区,儿童病区,老人病区。不知道依据什么划分病区。

网上盲搜。输入这家精神病院的院名和专家姓名。试看有无文章链接,有无网友的感谢帖或骂娘帖。

网民骂医院、黑医生的匿名帖随处皆是。真假难辨。有个别专家被赞。患者署名留言,赞语不过两三句,有具体时间地点。一位是老中医。另一位是海归博士。两人既出门诊,又是病区主管医生。

我要亲眼看看二人面相,听听是不是说人话。孤军作战,没有情报,没有后援部队。一想到要去医院挂号,会严重失眠。两粒安眠药根本不起作用。似睡非睡挨到天蒙蒙亮。饿着肚子奔向精神病院。


挂了两个号。奋勇挤向分诊台,奋勇高举起手里的挂号条。声嘶力竭喊,求护士估算一下排队时间。

中医,要排到十一点半之后。海归博士,已是下午三点半的号。

在精神病院看门诊,与肿瘤医院看门诊有所不同。肿瘤医院的病人多数虚弱,动作慢,声音小。术后复诊的病人,面露愁容、心事重重。推搡冲撞少一些。精神病院门诊厅里,场面杂乱。你躁狂我更躁狂,谁怕谁呀？一个眼神削过去——好比三少爷的剑、小李飞刀的刀。

一楼左侧尽头。候诊椅满座。走廊墙壁上,中医科的宣传栏写着,针灸疗法治疗失眠。还有一个国家级科研项目。这家医院的中医科历史长,上世纪三四十年代就存在。

我杵在诊室门边。站久了,驼背,耷拉着脑袋瓜。老中医典型老广长相。眼睛炯炯有神。不苟言笑。候诊的师奶们议论,这是主任,名气很大。

听几次叫号无人应答,我犹犹豫豫往里走,恭恭敬敬递上挂号条,说:主任,我不看病,我咨询。

老中医道:你这个号靠后。出去等。

我咨询,不拿药。两分钟说完。

说。

中医科有住院病区吗?

有。

我快速说病情,说想住中医科病区。

老中医道:你不用住院。

哦不,我很想住院! 中医病区治疗方便……

你的病要找西医治。中医,只能做辅助治疗。

我相信中医就想住……

病区一百多个病人。封闭的。你想清楚。

啊? 哦……嗯……谢谢主任。谢谢。

本以为中医病区是精神病院最自由、最安全的地带,没想到,那里是"封闭式病区",即重症区。

返回门诊部。二楼候诊厅很大,一时半会数不清有多少排坐椅。分诊台小屏幕显示,海归博士在3诊室。

前面排了十一个人。倚在分诊台前,我无聊地看屏幕。患者年龄二十二岁、十六岁、十九岁、三十六岁、二十岁、四十一岁、二十一岁、二十岁……只有一个上了五十岁。

精神疾病在我国疾病总负担中排名居首位。精神卫生是全球性的重大公共卫生问题,也是严重的社会问题。十四至三十五岁年龄段的人,死亡首因是抑郁自杀。据统计,中国的精神病人,只有百分之二十的人知道得病,百分之五的人得到过专科医治。这个数据背后是巨大的精神隐患。几代中国人的精神障碍堆积至此,集体无意识将会打上幽暗的印记。

抑郁症高危人群有警察、医生、教师、企业高管、记者……警察中,狱警排第一位。医生里抑郁排前位的,要属精神病院封闭式病区的医生吧?

十二点半之后,候诊厅渐渐冷清了。站了一上午,总算有椅子可坐了。第一排。直接能看到3诊室的门。

坐我旁边的女孩,怪怪的。众人都穿薄长袖的天气,她紧裹着深蓝色羽绒褛、枣红色棉绒裤、黄色荧光运动鞋,剪一个短短的学生头。面色青黄、有些浮肿,目光呆滞。可能是高中生。

她老爸背着黑色耐克包,取出一瓶纯净水,说:"阿女,喝水。水——"

阿女不言语,不动弹。阿女爸得不到回应,自己喝了几口。他举止气质像个中学教师。可惜面带一层晦气,瘦削,背微驼,眉间写着愁苦、无奈。

我忙问:"这个医生不午休吗?"

"不休。就他不限加号。我从佛山过来。带上她路上很难的。"

"你女儿这样子,可能要住院。"

"住——住过两次啦! 就在这里住。"

阿女爸指指候诊厅左侧尽头说:"她妈妈为她,辞职了。天天在家守住她,怕她出事。"

那女人的侧脸,孤独、苍老、黑瘦,头发花白。身边一个鼓鼓囊囊的大环保袋。三口人,从佛山到广州,一路奔波。带着这样的木僵精神病人,当妈的很难不抑郁。

"怎么发现的……她?"

"她在学校操场瞎跑。不停地跑,谁都拦不住。连续两天……疯疯傻傻的。班主任通知我接回去。她很乖的,成绩班里前十名,突然……就……没理由的。"

"住院住了多久?"

"第一次住……重症区,医院不让家人陪。我们来探视,可怜噢,手脚被绳子捆住,绑在床上好惨的。她越闹绳子越紧。她妈哭,受不了啊……求医生,要带孩子出院。医生说不行。她妈哭到晕倒,哭到医院放人。"

哦,封闭式病区不让家属陪。

"出院她妈看不住她,我不能总请长假啊。又……送进来。第二次住……医生说要电击叫我们签字。她妈当场火滚……就打了医生。现在就……这样啦。半个月来诊一次。说不定哪天……单位也要请我走人。"

阿女爸忧郁地望着女儿。

他若丢了工作,一家人会不会陷入贫困? 贫病交加——不敢替他们往后想。阿女妈显然患有照护者压力综合征。

听说,在英美国家有这样的社会福利:政府的全民医疗保健服务网站会说明照护者综合征的症状和预防治疗原则,指导公民进行照护者评估并得到相关帮助。倘若你是照护抑郁症病人的亲属,可以去申请评估并得到支持,例如政府派护工,定时地接替你一下,让你有充分的休息和放松时间,以减少压力。

　　候诊厅人满。下午门诊即将开始。

　　来了两个人。一个扛着摄像机,在候诊厅来回找角度;另一个跟中年女护士比画着。××电视台的标徽。

　　按照编导的手势,护士推开了3诊室的门。摄像机像一挺机关枪端在门口,对着里面扫镜头。

　　室内发出尖厉的惊叫声。一个女孩子大哭夺门而出。一只胳膊挡着脸,疯狂往楼上冲。身后哥哥、母亲模样的两个人疾追。

　　分诊台的屏幕显示,这女孩十九岁。

　　海归博士出现在门口,面露不满,尽量客气地对记者说:我的患者不同意你们拍摄。请你们去别处拍。

　　记者悻然退出。接下来,摄像机镜头对准厅里候诊的人,显然要扫几个镜头交差。就像是一挺重机关枪,对准一群平民难民。镜头刚对准东边,东边候诊的人就遮住头、脸,转过身去,或者慌忙躲避逃跑。镜头转向,对着西边了,西边的人"哗"地退到墙边,用挎包、病历本挡住脸。

　　镜头继续逼近人群。

　　一个广东大妈开骂:拍你老母啊拍! 扑街佬!

　　一个高个子青年喊:滚! 小心我告你。告你侵犯人权、肖像权! 你再拍,我就砸烂你的机器!

　　一位女白领,原本用一沓公司资料遮住脸,缩在墙角。这时,她指着男编导,说:你信不信我会找律师告你。我要跟这里所有的人联名告你!

男编导往后退了退。摄像见编导不发话,仍扛着机器,企图伺机而动。

脑子一热,我冲到摄像机镜头前,说:你们很不专业。

编导、摄像交换眼神。这人胆敢当众质疑摄制组。疯子。一群疯子。

人家央视拍这种专题片,清清楚楚知道,要尊重精神病人的权利。你们真的很不专业! 这是给电视台丢脸!

摄像迟疑地拿下肩头的机器。

候诊区众声喧哗。

病人也是人。有人权!

靓女护士,赶他们走。××××。吓我哋病人。

我顶你个肺。拍你个死人头!

人群躁动。空气中隐隐弥漫着火药味。护士领着两个记者快快撤走。

每年抑郁症高发季节,电视台、报纸、网络众多媒体会布置新闻采写和报道。本是好意,但从业人员若没有尊重病人隐私、善待病人的同理心,就会伤害病人。不是救人于水火,而是推人跌入水火。


下午二点五十分,走进3诊室。后面还有很多病人候诊。不要耽误医生的时间。我焦虑。语速很快。

"你慢慢说。除了想把赛乐特换成文拉法辛,做经颅磁刺激,还想解决什么问题?"

海归博士倦意颇深,两个大眼袋分外明显。

"没有了。"

"我建议门诊解决。这次就给你写好下次门诊预约时间。"

"我就想住院。想住你管辖的病区。什么时候有床位什么时候住。"

"这样……我建议你住早期干预病区。我那病区封闭式，不适合你。"

"早期什么?"

"早期干预。就是开放式病区。"


## 医学选摘*

**精神病学** 是研究精神疾病的病因、发病机制、临床表现、发展规律、治疗、预防及康复的一门临床医学。精神病学的生理基础是神经科学，心理基础则与心理学、社会学、人类学等学科密切相关。

……新的医学模式(即生物-心理-社会医学模式)强调医学服务对象是完整的人……而不仅仅是一架"生理机器"。


## 历史闪回

一六八九年，清政府颁发律令:老百姓家中若出现疯子，要立即向地方官申报。官府要亲发锁铐，即令其家庭禁闭疯子。若禁闭不严导致疯子出来杀人，亲属要治以重罪。

千百年来，官府、民间没有疯癫医治观念。历来疯子不算人。

史料提及，世界第一家精神病院创立于一四〇二年。[注1]英国人所建。俗称疯人院。早期的治疗手段残忍。市民们只要花一分钱，就可以去医院参观各式各样的疯子。类似去动物园观赏猴子、老虎、狮子、鸵鸟等等。

* 本书医学选摘部分为作者自主叙述。完整定义请根据本书附录之医学参考书目查证。

此后欧洲流行威吓式治疗。病人全身要用铁链捆上锁上，加上手铐铁铐，绑在墙上，任由看护用鞭子狠狠抽打。或把病人关在地牢里，放满蛇鼠爬虫。这叫作"唤醒"疯子。就连英王乔治三世住院，也要遭受鞭打治疗。

直到一七九二年，在法国巴黎，接手精神病院的毕奈尔医生改革陋习，除去殴打和鞭挞，提倡人道环境和专业医治方式。

一八七二年，大清朝广东地方官突然收到一封西医书函，请求官府拨地在中国建立"医癫院"。张之洞的幕僚回信表示对此没有兴趣。若不是写信人颇有身份，乃世界外科圣手、中国第一家西医院博济医院在任多年的院长，官府睬都懒得睬他。我大清朗朗乾坤，国泰民安。何须番鬼佬多嘴，建什么"医癫院"。

写信人是嘉约翰医生。[注2]中国西医教育、精神疾病治疗最早的开拓者。

........................

[注1] 精神病学从其构成的希腊词源来看，psyche 为精神、灵魂，iatria 为治疗，即精神病学是治疗灵魂疾病的意思。

[注2] 嘉约翰医生是中西医融合治疗的先驱。担任博济医院院长时，他聘请关韬在博济讲授中医课程。关韬亦成为最早实施中西医临床治疗的华人医生。从十九岁起，关韬就在博济学习英语、配药、开药方，学做白内障手术、拔牙术、肿瘤切除术等等。一八五六年，获清政府授予"五品顶戴军医"，被委派到福建担任军医。成为中国第一个西式军医。后来他又回到博济医院，帮助嘉约翰管理博济医院。关韬深谙中药配伍之妙，又是优秀的眼科医生、外科医生，深得病人的信任。关韬于一八七四年去世。

## 第二节　第一夜[*]

　　入院窗口。填表要排队,签字要排队,预付款刷卡也排队。

　　弟弟来帮我壮胆。先生来签字。按照规矩,直系亲属签字,谁送进来的,到时由谁接回去。

　　思绪乱飞。

　　如果发现同屋人是"武疯子",要不要立即出院?

　　一天二十四小时由一个陌生人监护。陪护公司的陪护员怎么筛选? 有无做过精神鉴定? 会不会有潜逃罪犯混在里面?

　　先生签了字。弟弟曾当过律师,很不放心,反复细看医院与病人直系亲属的协议书。

　　我挤到财务窗口刷卡。入院要预交三万元。

　　先生拿着手机喊,电话——叫你千万不要住院!

　　北京的李闺蜜来电话。她接到疑似业内人士爆料,说了一堆精神病院出的事故。闺蜜因此赶紧来叫停。

　　我动摇。撤吗? 曾在网上看过种种爆料,事故、意外、伤害、官司。

　　弟弟说:姐,刷了卡可以退的。你表个态,说不住,就先回去。

　　[*]　为保护精神病人隐私,书中患者均为化名。

协议书和其他事交给我。我帮你处理。

五个多月，我实地侦察、点滴铺垫，就差一步迈进病房。于公于私，我迫切需要有精神病院住院治疗的第一手资料。必须住进去。

姐，我先去侦察。你等我电话。我说取消行动，你就别进去。

入住精神病院之前，家人的帮助特别重要。

事关生死。让理智、负责任的家人送进病房特别重要。这是关键环节。不可省略。不可大意。病人感受力强，判断力弱。一步走错，步步错下去，就是弯路或是死路。

关闭的手机里，我保存了一段微信信息："下午入院。碗是塑料的摔不烂，勺子是木制的，安全。耳塞是必要的，不知病房里有多少人。旧布鞋比塑料鞋木板鞋轻，万一被误伤不容易脑震荡。亲爱的兄弟姐妹们，俺住院后不能与外界联系，没有手机没有电脑。我进入幽暗深谷，用属灵的心寻找光明。"

许久，弟弟没来电话。不想干等。

住院大楼墙壁，贴了一张"温馨提示"。提醒住院患者和家属：不许带水果刀、剪刀、绳子、打火机，不许带玻璃瓶、铁勺、陶瓷碗碟，不许借手机给患者，病房里只能穿布鞋。探视一律在下午。

电梯门一侧，有标示牌写明，二楼，少儿区病房，三楼，早期干预科病房，还有四楼、五楼、六楼……

我住过肿瘤专科医院。那些病人，五官不齐破相的、开颅之后怪异的、放疗摧残虚弱的、化疗面有死色的、癌细胞扩散浮肿看不出人样的。面对这样的病人，心里涌起的是怜惜、叹息，没有特别害怕。而此时，我清晰地感觉到：李兰妮，你害怕。

入住精神病院，我做了最坏的打算。深圳的住房钥匙多配了两把。存折、银行卡、户口簿、住房证……统统转移至广州。坚壁清野。

进电梯，上二楼。出电梯，迎面两块牌子：医生室、护士室。电梯左侧是病区大门。

大门正敞开。门前侧放着一把旧椅子。一个五十出头的女护工坐在那里，架起二郎腿。脸微微上仰，眼露精光。颇有点"姐在江湖多年"的气焰。

弟弟的木柄长伞放在椅边，猜得出，是被这护工缴了械。

疑惑间，见弟弟一路小跑，门口一照面，便笑：刚想下楼接你。来，认识一下，我姐。请多关照！嘿嘿。这是芬姐。

弟弟比我小六岁。智商情商比我高。开路闯关，他赢得了芬姐几分信任。

芬姐秒变友善。起身，把椅子向门里推了推，让开道，示意门外两人进来。道：李先生，你带你姐他们去看吧。中意就来说一声。

芬姐把椅子拖回原处，照原样坐守。

先生说：人家对你很客气哟，李先生。

弟弟笑，说：刚才我往里走，她指着我大吼：伞！你的伞！原来长伞不能带进去。我马上道歉认错。夸她像穆桂英，往这儿一坐，整个儿元帅升帐，谁人敢在此轻举妄动。

进门左转，走廊两边是一间一间病房。有五人间、四人间。朝南一间病房门口，弟弟指着一张空床说：48床。住不住你自己定。

走进病房，光线还可以。重度抑郁病人不便在黑暗之地久留，容易诱发幻觉、幻听，有时还会骤发濒死感，心脏剧痛，飘冷汗。一束阳光有时比药物还见效。我们在黑暗中感受亮光的敏感度远超常人。

再看同屋病人。一个面向墙壁，闭眼睡觉。一个头发蓬乱，昏睡在床，打着吊针，一个女护工收拾她床头柜的果皮。另一张病床没人，床下有一双透明粉紫色拖鞋。

女护工四十岁左右，脸色红润，长发利索地在脑后绾成一个圆鬏。

姐，靓女小满给你换了干净的床单、枕头套。

这张病床看着很别扭。一头抵窗，床腰正对室内厕所。一头朝向门口，墙上悬挂的旧电视机黑压压对准床头，似乎要掉下来。

姐，我问过，没有其他床位。下星期五人房有人出院，可以调。我去看了，五人房背光。别急。你看看整个环境。

这是医院唯一的开放式病区。

病区当中是个大厅，厅里摆了一张乒乓球台。旁边散散地摆放了十几张小圆桌、圆凳。一头沿墙是一长溜低木柜，柜面扔着破旧的图书和杂志、涂鸦画作。走廊两边是病房，房门或开或闭，光线暗的居多。厅的一头连着护士室，开着宽阔的窗。里面护士可以看到整个大厅的动静。病人在病区内无法干扰护士室或医生室。厅里没见到医生。护士两三个，护工随处可见。

弟弟擅长调研。

姐，这里病人要么家人陪，要么陪护公司护工陪。病区自己的护工三个，芬姐、小满都是。她们一人陪两个病人。你住，就是芬姐陪。她地头熟，医生护士都很给面子。

先生谨慎提议：今天别住。等有合适床位再来。

很不想住。转念又想，好不容易"潜伏"进来，不可临阵逃脱。

我很想逃跑，嘴里却说：你们走。走吧。我可以。

左手腕戴着蓝色胶环，上面写着病区、姓名、年龄、床号。身穿一套绿底小碎花的病号服,头冲门口躺在被子上。心情晦暗。行李箱没有打开,水桶、脸盆等日用品没有收好。不想动弹。悬在头上的电视机,阴影幢幢。睁眼,感觉房顶是斜的歪的。闭眼,感觉头上一个黑怪物窥视我。

小满坐在一把旧木椅上打瞌睡。47床、46床、45床并排,头靠病房一面墙。这三张床既不面对房门,也不紧靠窗户。屋里有空调,床头有紧急按铃、插座。据说这座楼才启用几年。

各精神病院床位告紧,病区要加塞病床。48床位置原是陪护员夜晚加床睡觉之处,硬塞一张病床,当然别扭。

如厕洗浴一室两用。有抽水马桶、盥洗盆、淋浴喷头,而两扇掉漆的旧木门只可掩着,没有门闩,以防病人在里面自杀。木门的上半截不能全遮蔽,有一条一条木格,用以透光、监管。

我的病床离厕所木门仅一步距离。半掩不掩的门使人恍惚,以为自己同在浴室里,或者也坐在马桶上。

例行查房。五六个女护士进来,领头的护士长年龄较大、身形瘦硬,抬起下巴扫我两眼。

48床,箱子、柜子打开。检查。

护士们把旅行箱里的外衣裤、文件夹、睡衣、内衣、袜子、收纳袋一件一件拿出来,放在床铺上。再把收纳袋里的杂物统统倒出来。护士长一只手扒拉物品,捡起一个三寸左右的胭脂口红盒,又拾起半米长的一根细绳。立刻有护士接过这两件违禁品。

镜子一点点大……

你在这里不需要抹。这两件,我们帮你保管,出院时还你。你把洗衣液、浴液放进床头柜,锁上。

锁上很麻烦。

同屋病人拿它喝了,出事你负责?

烦。心乱。

这里供应开水限时。早六点到七点,午二点到三点,晚六点到七点。医院规定病人不许喝茶、喝咖啡。我胃寒,酷暑天都要喝热开水,不喝冷饮。抑郁多年,我每天至少要喝一杯浓咖啡,提振精神。

带的是小号保温杯。小满告诉我,大厅西窗口,有几个自来水龙头,里面是温水。温水随便喝。三十度。很安全。

47床不知何时起来了。半步半步蹭啊蹭地往厕所方向走。小满忙去扶。46床、47床归小满陪护。

小满推开厕所门,扶她进去,大声问:你带纸没有? 小便大便?

47床不回答。

这病人头发灰白。面部有些浮肿,没表情的"扑克脸"。站似一块木,躺似一块木。床头卡写着年龄:五十九岁。

住院病区有三个特殊病区分年龄段。六十岁以上,住老年病区。老年病区不在这幢楼。三岁至十二岁,住二楼儿童病区。十三岁至六十岁,病情较轻可控的,住三楼早期干预区。

芬姐拿着纸和圆珠笔进来,说:明天的菜单。ABCD,你想吃哪个就勾一下。今天没得挑了,有啥吃啥。你可以叫外卖。

吃在广州。精神病院里也能体现。A套餐:豉汁香芋蒸排骨。B套餐:青瓜炒肉片。C套餐:梅菜肉饼。D套餐:蒸水蛋,另配青菜、例汤。

勾了一个A套餐。心情好了一点点。

芬姐慢吞吞地掏出一部手机。

我的手机!

病人不能用手机。李先生再三拜托我,我就给你一个机会。紧急时用。手机藏好。平时不能开机。

接过手机。有了一丁点儿安全感。

芬姐斜我一眼，说：不要到处走动。不要问这问那。不要惹是生非。不守规矩的，就上楼。知道吧？封闭区。

她说"上楼"二字时，诡异笑容一闪。像触电，我立即狂点头。

我的头发剪得比任何时候都短。为的是两个月不剪发、不吹发。万一不慎卷入斗殴局面，不致被人揪住头发暴打。碗盆是低幼儿童用品，印着彩色维尼小熊。身份证、银行卡、现金怎么办？准备了一个巴掌大的便携包。结实、不起眼，能斜挎或吊在脖子上。轻软，内层有几道隔层，拉链拉上。

心理阴影笼罩我。不了解今天的精神病院流行什么疗法。看过书。身为哈佛大学教学医院的美国麦克林医院，有近二百年历史。[注1]环境优美像大学校园，不像精神病院。它流行过某些治疗方法，很恐怖。水疗时病人被冰水冲洗灌洗。低温疗法是让病人体温降到濒死状态。最令我害怕的是冰锄额叶切除术——先电击让病人昏迷，用冰锄敲进眼睛上方骨头，随意移去额叶组织，令精神病人从此安静。上世纪六十年代后期这种疗法才停止。[注2]

世界一流的精神病院，都曾用过惨无人道的治疗方法，国际上也曾流行过这样的治疗理念和方法，"精神病院"无异于希区柯克惊悚片的真实版。入院头一天，躺在精神病院的病床上，恐怖联想如扑天海浪席卷而来。

是不是自投罗网？是不是疯了？

C医生步履轻盈走进病房，给我做入院病案记录。白大褂下摆露出一截亮眼的彩色裙边。

门诊时，就是这一条大花朵长裙，给了我一点信任感。

那是第Ｎ次门诊。打量Ｃ医生。她化了淡妆。年纪四十出头。白大褂下面露出几寸花长裙的裙边。半高跟黑皮鞋。长发染成栗色，烫的是大波浪卷。有这样的生活情趣，可见内心丰富，懂得享受生活。

Ｃ医生翻阅我的病历。皱起眉头，说：你怎么总是换医生？

我故意答非所问，道：请问住院可以换药吗？我吃赛乐特太痛苦。我住院换文拉法辛可以吗？

可以。

我吃阿普唑仑每晚吃3片，夜里还是要醒几次。

给你换成氯硝西泮。这都好办。

那……那我请求住院，现在就登记排队。

你确定要住院？

确定。

你工作是做什么的？

我……嗯，文化文案之类的。

冲着Ｃ医生的花长裙、大波浪长发，我判断，这医生心理健康，不会变态折磨病人。

入院要做病案记录。作为我住院期间的主管医生，Ｃ医生来找我。她问得快，记得快，走得也快。我在她身后追着问：我今天可以换药吗？

她已在门外走廊，答：今天不行。过几天。我会安排。


晚饭餐车出现在大厅。没等厨工叫号，芬姐已把我的饭菜领了出来。一次性长方形饭盒，里面间隔开米饭、荤菜和青菜。一次性圆形汤盒装了半碗例汤。

所谓例汤，味道寡淡。不是老火例汤，也不是刷锅水。排骨不是鲜肉排,是冰冻大排,不可能滑嫩鲜香。咸。青菜倒是一条一条的绿叶菜,硬。

饭后回到病房,见木姐躺着不动,饭菜搁在床头柜上。

46床吊针打完,坐了起来。五十岁左右,高颧骨,薄嘴唇,眼神亢奋。头发蓬乱得像电影里的野人。她突然跳到45床被子上,趴在那里做伸展运动。

小满拽她起来。"蓬蓬头"看见我,伸直双手,跌跌撞撞冲我扑来。我嗖地缩到靠窗角落里。小满抱住她。她挣开。一转身,抄起木姐的饭盒,打开就吃。小满夺过饭盒,呵斥:再闹就绑你!

木姐视而不见,躺在床上,盖着厚被子。她的"扑克脸",令我联想到希区柯克的《精神病患者》中旅店男主的老母亲侧影。男主病情发作时,就以老母亲的人格、声音、动作行事。精神分裂成男女两个人。僵尸老妇杀手。玛丽亚在旅店浴室被杀。影评人津津乐道,那是经典画面。

阴风慢慢吹起。病房变冷。

走廊传来芬姐的声音:朱莉亚——回来了。护士长刚才问起你。

进来一女孩。二十来岁,身高有一米七三。北方人长相,双眼皮,直鼻梁。T恤,七分裤,运动鞋。长手长脚,短发齐耳。

朱莉亚是45床的英文名。听说已住了两个多月,病情再稳定些就可以出院了。今天请了假,跟妈妈去广州亲戚家吃饭。

朱妈妈进来,看见来了新病人。朝我客气地笑笑,算是打了招呼。

46床蓬蓬头两只脚在床外肆意乱蹬。朱妈妈急忙坐在两床之间木椅上,保护女儿不受打扰。

芬姐道:Wu太,Wu太。坐起来。

听不清是吴太还是胡太。听称呼,她先生八成是生意场老板。

朱妈顺口安抚吴太:你清醒多了。今天不用喂饭了。

朱妈五十多岁,眉清目秀,似有一半南方人血统。化着精致的妆容,穿着淡雅的连衣裙,背着小巧的黑色双肩包,这款式大概国外才有。身高估摸一米六〇左右,坡跟鞋,微鬈的头发做了酒红颜色,打扮时尚而不张扬。母女俩五官不太像,母亲比女儿漂亮。

48床,打针。

小护士额头两颗大青春痘鼓起,像添了两粒红眼珠。她推着点滴杆和器具车,拿起一袋250cc的粉白色药水,叫我躺下。

我不打针! 医生没说我要打针。

医嘱写了。今天打得少。明天起,500cc。

今晚我不打。明天再说。我要知道这是什么针。

好多警匪片有这种场面,一个查案的警察,或者追踪真相的记者,让黑帮分子假装医护人员,一针下去,就昏迷失忆。

粉白色药水,颜色可疑。我不经吓。这叫什么疗法! 我不该住下来。

叫你打你就打。躺下。

病人有知情权。你们不能强迫我打针。

若往门外跑,跑不出去;反抗,会被护士绑起来;呼救,会被当作疯子,关到封闭式病区。可以向谁求救?

芬姐、小满与护士一伙,木姐、吴太不能指望,朱妈会向着护士,朱莉亚可能中立。微信段子说:你越是高喊"我不是精神病",越证明你绝对是精神病;护士抓住你,你越是挣扎,越证明你是危险病人。几秒钟内,大脑如电脑完成运算:文斗武斗,取胜概率是零。不。概率是负数!

护士和芬姐逼到跟前了。

等等！这种粉白色药水，治什么的？

脑蛋白粉。

脑……我请求，我要跟医生通电话。

朱莉亚走过来，说：是帮助睡眠的。住院的人都打。

闪光灯记忆。自动脑补希区柯克的影像。黑白色精神病人的亢奋眼神，鬼火般闪烁。秒变色盲，眼前看什么都是黑白色，像早期黑白默片。褪色，特别敏感类型，易感人群。

渺小。飘零。空中有细声尖叫：粉白色、粉白色……


九点半是熄灯时间。朱妈走了。芬姐、小满各自搬来一张行军床。小满的床铺在朱莉亚和吴太之间。芬姐的床隔在木姐和我之间。

关灯了。那三个病人头朝墙壁躺卧。黑暗中，人脸会不会狰狞？

我紧贴墙壁，恨不得变成墙上一幅涂鸦。打了粉白色的针，没有安眠作用，反而激发了强迫性联想。夜半，疯子聚集。屋里屋外，气氛诡异。

朱莉亚不会作案。"蓬蓬头"吴太起身动静大。"扑克脸"木姐白昼木僵，黑夜某个时辰一到，巫魔苏醒，切西瓜——摸一个脑瓜，一刀；再摸一个脑瓜，一刀……


## 医学选摘

我国第一家精神专科医院是一八九八年由传教士Kerr（即嘉约翰）在广州建立的广州惠爱医院，此后陆续在北平、哈尔滨、苏州、上海、大连、南京等地区建立了类似医院。至一九四九年新中国成立时,全国共有精神卫生医疗机构不足十所,精神科床位一千一百张,精神科医生五十余人。新中国成立后,政府对精神卫生工作的重视不断提高……截至二〇一〇年底,全国共有精神卫生医疗机构一千六百五十家,精神科实际开放床位二十二万八千余张,精神科医生两万名,精神科护士三万五千名……(选自《沈渔邨精神病学》第6版,以下简称《精神病学》。)

## 历史闪回

一八七二年至一八九二年,嘉约翰医生(Dr. J.G.Kerr)连年呼吁要建医癫院。多年来,他在广州街头、博济医院,频频见到疯癫病人被亲人遗弃,被差役毒打拘禁。博济医院有个病人几次用腰带悬梁自尽,都被嘉约翰及时用刀砍断腰带救下。他向医学会提交报告:"中国的疯癫病人长年被锁在家中,几乎不见天日。他们因亲人的粗暴对待而短命。他们常常自杀。疯癫病人往往被族人有意除掉"。

他写信给美国公理会差会部,希望教会能帮助募款建院。差会部秘书回信,建疯人院是不务正业。秘书写信通知美国、广州教会人员,不许为嘉约翰募款。

嘉约翰两头不讨好,甚至讨嫌。

清政府地方官烦他:堂堂博济医院院长,他应该埋头多做外科手术,让广州博济扬名天下。衙门里的人都清楚,美国驻广州总领事对美国著名记者说过,嘉约翰可与当今世界上任何活着的外科医生媲美。他要是在纽约执业,每年收入可达五万元至七万五千元,而不是拿目前那一点点工资。他常用微薄工资救济贫穷患者。

差会部秘书很恼火:一个医学传教士,本末倒置,每天忙于给病人诊病、做手术、管理医院行政事务，居然还想把时间、金钱花在疯子身上。简直是犯罪，堕入歧途。

有历史学者指出：事实证明，嘉约翰的惠爱疯人医院是一个完全独立于教会之外的事业。

一八九二年，嘉约翰在广州芳村买下十七亩荒地，花掉了个人的所有积蓄。只剩下二百元作今后的开销。因资金不够，他继续等待。一八九七年，一位与嘉约翰素不相识的传教士赠款三千元，这才解决了建院经费。嘉约翰亲自设计，一栋简陋的两层砖木小楼，在荒芜的土地上建成。这是中国精神专科历史上的第一楼。

......................................

[注1] 身为哈佛大学教学医院的麦克林医院（MacLean Hospital），是美国最古老、最有威望的精神病院之一。建于十九世纪初。住院患者多是上流社会家族成员、名门巨富、文化精英。如诺贝尔奖获得者约翰·纳什，普利策奖获得者罗伯特·洛威尔、安·塞克顿斯，以及由弗洛伊德用精神分析治疗而未愈的著名病患霍勒斯·佛林克、卡尔·李博曼等等。西尔维娅·普拉斯二十一岁时在麦克林住院期间，接受了五次电休克疗法。她将住院和电休克经历写入自传体小说《钟罩》。普拉斯三十岁时死于自杀。

[注2] 额叶切除术始于一九三五年。葡萄牙医生安东尼奥·艾格斯莫尼兹首次进行"前额叶白质切除术"，获得成功。因此而获一九四九年诺贝尔奖。国际上出现"额叶切除术"风潮，将此视为精神治疗学最新神奇成果。《纽约时报》头条写道：治疗忧郁症的手术"已协助百分之六十五把它当成最后手段的精神病患者恢复正常"。

一九三六年美国医生沃尔特·福里曼开始在华盛顿特区进行"额叶切除术"。他参与了千余次这种手术，并在美国各地倡导"冰锄额叶切除术"。

有媒体称它为"灵魂手术"。"在一九四九年前,医生每年为五千名病人施行这种手术。"但是,世界上一些顶尖而杰出的神经学科专家却对此保持高度怀疑。不到二十年时间,"额叶切除术"变得声名狼藉,以逐渐退出该领域告终。

# 第三节　朱莉亚

45床朱莉亚不多事，不多话。上午，跟着护士夫做各种辅助治疗，听康复讲座。下午，探视时间一到，朱妈准时出现在病房门口。她就黏着妈妈，母女俩低声说话。

朱莉亚身材适合当模特或运动员。"九零后"的妙龄少女，本该眉眼活泼、浑身散发青苹果的魅力，她却有些举止迟钝、反应缓慢。妈妈或芬姐不在病房时，表情有点呆萌。近距离跟她说话，她眼球会神经质地转动几下，瞳孔朝上，下面露出过多的眼白。两手自动握拳，四肢发僵，像高科技会展上的人工智能小姐姐。

自理能力尚差。她连洗头洗澡都要妈妈在场。学医出身的朱妈与C医生沟通良好。通常C医生巡房时态度平和，行色匆匆。

这种年龄段的女医生，上有老，下有小。职称要往上走，科研文章要发表。前面有前辈要追赶，后面有后辈赶着追。家庭、事业、健康、人际关系，每一项都要精心维护。容貌、服装，要花费时间打点。还要赚足够的钱，带父母孩子旅游、吃吃大餐、买最新电子产品。她们比微信段子里的"白骨精"还强大。

朱妈与C医生同样热爱生活。事业、家庭兼顾，惺惺相惜。她可以去医生办公室商讨女儿治疗进度。可以为女儿请假，母女俩去看动画大片、逛购物中心、吃西餐美食。有时从外面回到病房，当妈的看上去非常疲惫。陪精神病患者出门,神经紧绷,要保护病人免遭恐吓刺激。好在她借住在广州亲戚家,上午休息,下午探视。

她常累得不想动弹,坐在木椅上尽显疲态。女儿看不出妈妈疲倦,会躺在床上叫唤:妈妈,我要吃香梨。

妈妈立即起身,给女儿洗梨、削梨。

女儿又支使妈妈:我要吃黑提子,你去洗一串来。

朱莉亚算是省心的病人。短发清爽,身上干净。洗头的时候,通常是芬姐手拿花洒给朱莉亚浇水。朱妈抹洗发液、润发液,揉搓、清洗、擦干。出浴室,妈妈用干毛巾包住女儿的短发,芬姐去护士室借来吹风筒。朱莉亚坐在木椅上眯着眼,享受短发被热风徐徐吹干。

芬姐说,她一人可帮朱莉亚洗发吹发。朱妈坚持亲力亲为。我猜想,她在自责。女儿住进精神病院,是父母亏欠孩子。要赎罪。

我忍不住问朱莉亚:你出院以后,要在家休息多久?

医生没说。

你在读书,还是上班了?

我在××委工作一年了。

××委可是个好单位。专家一堆。高级职称集中地。

芬姐夸道:人家硕士读的是名校。妈妈医生爸爸院长……

我又问:你住院,单位知道吗?

朱莉亚眼珠往上转动,眼白定格。

朱妈道:我们不想惊动单位领导。我给她请了长假。

不妨猜猜。××委这种部门,外界听起来高大上,人才济济。然而,朱莉亚似遭遇水土不服。

朱莉亚家在北方,本科是在北方高校读的,紧密的社会支援系统在北方城市。作为从小被父母保护周全的女孩,相对单纯。

她读研才来广东,硕士且不是本地人,能进入××委工作是幸运的。可是,专家扎堆的职场,人事复杂。你热诚做事,人家提防你,说心机重、图谋上位。你谨言慎行,人家说你不堪重用,拉低部门智商情商。

家教好、三观正的孩子,若遭遇媚上欺下、假公济私的上司,或遭遇心口不一、拉帮结派的同事,会惊慌失措。要么被人孤立、算计,一次又一次掉入陷阱;要么被迫扭曲个性,违心逢迎。长期压抑,出现精神障碍。这是警报。

原生家庭杂乱的新人,反倒容易适应或如鱼得水。

朱妈说:不去想出院以后的事。过好今天。

芬姐附和:对。上班是次要的。不要太大压力。

我跟着说:不一定要回去上班。你可以考博。换个环境。

我认识一个中度抑郁的母亲。父亲是新中国第一代海军,某海战英雄舰舰长。丈夫是南海某海监船船长。儿子大学出来进了某银行。两年后,儿子进了监狱:信用卡诈骗案东窗事发,窝案,同一办公室的人全判刑入狱。在狱中,儿子对探监的母亲说对不起,他给家族抹黑了。同一个办公室几个人都"黑"都"脏",他一个人逃不出来。不懂怎么逃。

监狱里,儿子抑郁了。监狱外,母亲也抑郁了。母子俩都吃抗抑郁药。这母亲工作地点与我家相邻。每次见面,她都念叨,儿子向她发过求助信号,她太忙忽略了,"早知道就叫他辞职好了"。她每次都说,"可惜世上没有后悔药"。

朱妈对考博话题有兴趣,问我:你在大学教书吗?

没有。我住在大学里。女生读博比男生多。女生通常外语好,能加分。

她导师很欣赏她,说她踏实,坐得住,适合做研究。

她导师招不招博士？大学里有硕博连读。

导师好像说过。

为什么不试一下？

那时候，她特别想去工作，单位听起来……挺有面子的。谁知道……

朱妈突然一惊，噌地跳了起来，看着空床叫：人呢！人在哪里？

芬姐道：厕所。

说完，芬姐意识到什么，火速进了厕所。

你给我出来！你待多久了？搞什么搞？

看着眼前两人冲进厕所，心想：什么意思？蹲厕所很正常啊。

芬姐搀扶朱莉亚出来。

朱莉亚仰起脸，嘴边、脸颊上有血迹。朱妈用几张纸巾堵住她流血的鼻孔，帮她上床躺好。朱莉亚闭上双眼。

没看懂。我仔细听芬姐、朱妈说话。

她对里面镜子……又来了。毛病又来了。

才纠正过来。我一直盯住的，不许她自己在里面超过五分钟。

还好发现早。这回没有大出血。止住了。

朱妈把沾了鼻血的纸巾扔进垃圾桶，去浴室取拧干的毛巾替女儿擦脸。

芬姐对朱莉亚说：不许自己去照镜子。强迫症可以慢慢纠过来。再出这种事，医生不会放你出院。

朱妈、芬姐反复叮嘱、哀求、警告。

听得出来，朱莉亚有严重的强迫症，伴有自伤行为。专科医院对这类精神障碍治疗手段成熟。加上朱莉亚年龄小，如配合治疗，病情可控。

朱莉亚合上眼睛。表情无助，夹杂着失望、惧怕。朱妈抓住女儿的手,轻轻揉搓,久久不放,似乎想把全部能量输给女儿。

同情朱莉亚。我也有强迫症。只是没到失控地步。

我眼前不能看到图书、报纸以及有文字的载体倒放,必须立即纠正。否则,就晕眩、恶心。无形中倒置的书报结块像肿瘤,压在胃里又堵又痛。

出门上锁后,下楼。我脑子里会出现强迫性意象:煤气灶没关,厨房漏气了。每间屋子充满毒气。毒气进邻居家了。毒气会不会害死上下楼的小学生? 完了完了我的乐乐,乐乐被关在家里出不去,他要被毒死了。我干的坏事。我的罪。我有罪。

每次我都要慌忙返回。坐电梯到十二楼,急切打开门,直奔厨房,观察煤气灶阀门是否打开。看到阀门关紧仍不相信,我要把灶上的煲汤瓦锅、炒菜铁锅一一端下来,看了又看,闻了又闻。心里告诉自己,关了,真的关紧了。我的“狗儿子”乐乐会摇着小尾巴跟着我,高兴又困惑地望着我。我摸摸他,说:乖,没事。妈走了,真的走了哈。说着,还往灶上仔细看几眼。对自己说:关了关了。没事。再次关门锁门。下楼。下次出门,依旧。这是病。

有强迫症的人,心里明白,身不由己。这种病不易判断,病人会有意隐瞒不外显。症状异质性强,涉及多个心理学领域。不同的患者所具有的症状可以完全不同。[注1]

住院头十天,我忙于做各种精神专科项目检查。

上午、中午病区大铁门紧闭,有专人看守。去做检查的患者,要老老实实跟在陪护员身后。病人出铁门前,陪护员在护士室门外登记簿签字。简述哪一床病人去做哪项检查,时间、地点一一确认。护士要站在门前验明正身。刚住院的,或做重要检查项目的,要病房分管护士督阵前往。

检查大楼在院内马路另一边。人极多。各病区的住院患者都在楼里做各种检查。门诊病人也在此处做检查。

一年前,这里出过事故。

广州新闻报道:一名精神病杀人嫌犯从医院逃脱。

这人幻想自己是高级间谍,被人追杀。他持刀行凶时被捉拿。因有精神病史,被警车押送到精神病院。确诊为精神分裂急性发作。

经治疗,病情好转。说来也巧。那天他跟随陪护,出病区铁门,到此楼做精神项目检查。另一患者突然发病,陪护注意力转移,他趁机穿后门逃出医院。

坊间传:出事了,大事件。跑了一个疯子。疯子是杀人犯。为保护市民安全,警方、媒体不断发布有关新闻。一天半过去了,还没有抓到精神病逃犯。街道办、居委会群发微信通知:街坊邻居们,时刻要小心。幼儿园紧急停课。

这人逃到佛山市黄岐镇。身上没有钱,没有手机,没有身份证,饿得要死。突然断了精神类药物,体力智力急速下降。他主动去黄岐派出所求助,说他两天没吃东西。求警察打电话,通知弟弟从海南岛来接他回家。见他说话颠三倒四,警察马上比对通缉照片。正是在逃的精神病嫌犯。拿下。归案。

警报解除。此事过后,医院管控升级。住院病人出铁门做检查,陪护、护士监护格外紧张。


芬姐或小满带我下楼,出住院楼,到院区这栋楼那栋楼做各种精神专科检查,如脑地形图、脑干听觉诱发电位检查、神经心理测试、头颅MRI(核磁共振)平扫等等。趁此放风机会,我故意磨蹭,四处张望。芬姐管得严,掐着钟点,心明眼亮。督促我走直线,不许找借口在院区绕道溜达。做完检查即回病房。

芬姐教导我:要是表现好,十天后,就让你下楼散步。

真的?可以四处走?

发梦吧你。

医院有便利店吗?我很想买零食吃。最好能喝杯热咖啡。

没有。

这像坐牢……

坐牢有这么舒服?现在很——文明啦!前些年……哼!你知足吧。

噢。

我点醒你,表现好,就奖励。让你去康复园。那里有阅览室,可以写字画画,捏泥巴做手工。

没想到,进了精神病院,每天还要争取表扬。


小满相对宽松。她带我去做脑观测试验。我看见远处一个废弃的、有围墙的院子,里面长长一排又一排空置的破旧平房。门前荒草丛生。

我问:哎,那是什么地方?

以前的男病房女病房。要是没建住院楼,你们就是住这里。

住院最久的病人,有没有二十年的?

岂止二十年,有个病人住了四十年还没走。记者都来采访过护士。

小满把那人传闻一说,有可信成分。

广东人称不识姓名的男子为"阿生"。这位阿生是上世纪七十年代后期进入这家医院的。那时街坊称这种人"癫佬"。他属于"武疯子"。街坊邻舍知道他疯疯狂躁,大人吓唬淘气玩耍、不肯回家的

"细蚊仔"（小孩子），就会说："癫佬来了！"阿生真的伤了人，众人报警。警察和老豆（父亲）捆押他住进了这家医院。七十年代，精神病院完全封闭，对疯子就是手铐脚镣铁头罩，全副武装，比监狱犯人看管还严。直到上世纪九十年代，医院管理转变，对病人采取较为先进的药物治疗。阿生病情好转。

过了千禧年，阿生病情稳定，医生建议亲属接他回家休养。弟弟一家坚决反对。街坊邻居也害怕。又过了几年，父母接连去世。监管人换成了弟弟。医生诊断认为，他符合出院标准。弟弟拒绝接他出院。院方不断解释、劝说。弟弟索性断绝与医院的联系。

阿生父母给他预留了一笔钱。每年弟弟会将哥哥的住院费用打到医院账号上。不拖欠，也不露面。阿生成了无限期住院病人。

农村人视精神病人为不祥祸害、家族耻辱。个别家人会故意弄死精神病患者，"早死早投胎"。城市人讲文明。阿生遭弟弟遗弃，精神上被判死刑。

《精神卫生法·总则》宣示：患者的人格尊严、人身和财产安全不得侵犯。患者的教育、劳动、医疗等合法权益，受法律保护，任何组织或者个人不得歧视、侮辱、虐待患者。不得非法限制患者的人身自由。

从媒体报道看，各地都有执法难的问题。医院对病人爱莫能助。


如果哪项检查排队顺利，我不用提前赶回病房，小满就会带我开眼界。她会告诉我，哪里是医院食堂，病人、医生、护士的饭菜都是那里做出来的。跟着她，我看见院内居然有球场、花园、苗圃。占地面积——简直太阔气啦。惠爱医院床位是两千个。床位数也许全国第一。

路过葱郁的榕树和草坪。那里有个嘉园。园内立着两个塑像。我近前观看，并蹲下身，逐字念碑文。一个是惠爱医院创始人嘉约翰医生。另一个是中国第一位华人精神病学家莫淦明的塑像。

嘉约翰医生塑像前，摆放着几枝枯干的白菊花。碑座上刻了中英文字。中文用的是繁体字。

"1824年11月30日生于美国俄亥俄州邓肯维尔，1847年于费城杰斐逊医学院学成，返乡行医。1854年受美国基督教长老会之遣赴华，在广州行医执教。1859年1月创办博济医院（中山大学孙逸仙纪念医院），任院长。1898年2月28日创办中国首家精神病专科医院——惠爱医院（广州市精神病院）。1901年8月10日逝于广州，享年77岁。"

小满说：这个大胡子，是医院最老的老院长。

我站起来分析道：有人来献花。白菊花代表纯洁、思念。说不定是他的后人送的。比如曾孙、曾孙女、曾曾孙女之类。

你猜错了。他没孩子。哦不对，有。他的小孩都死了。没长大就死了。

他是名医耶。怎么会救不了……

死了三个。儿子、女儿三个噢。就死在广州。听说是夭折。

我伸出手，轻抚嘉约翰的塑像。心里想：他是很有名的名医，眼看着心爱的孩子一个、两个、三个夭折。多痛啊！难以想象有多么心痛。

小满道：没有活过十岁的。他一家五口都埋在广州。

什么人会到这儿送花？这里是精神病院啊。

好像是医学院的学生。我见过几次。还见过鬼佬来。他建的小楼还在，两层的。以后我带你去北门看。

朱莉亚蜷缩在床上,低头沉思。听见我回了病房,抬眼望着我说:阿姨,你说像我这种情况,读博能完成学业吗?

我不敢乱说。我看过一本书,美国一个法学女教授写的。她读的是牛津的硕士,耶鲁的博士。读硕博期间,她住过好几次精神病院。

她是什么病?

精神分裂。她崩溃时住院,好转时就读书,考试照样能过。

老师同学知道她住院吗?

记不清了。总之她成了法学教授,把住院经历写成了书。[注2]

我从小到大可能太顺,如今命犯灾星。阿姨,你相信命运吗?

相信。

阿姨,你从哲学的角度研究过命运吗?

这……我读书少,不敢谈哲学。

见朱莉亚眼光暗淡下来,我跟她谈起了宠物疗法。果然,她特别喜欢这话题。她的笑容像清新的微风漾起,眼睛里流动着娇憨、纯真。

怜惜这孩子。母亲可算她的私人保健医生。教导她怎样保护心脏、严防肝炎肺炎、少吃垃圾食品、注意个人卫生、流感高危时期打疫苗、远离传染病源。百密一疏,妈妈没教预防精神障碍ABC。相对于物质环境,心理、精神环境更会左右孩子的一生。


**医学选摘**

**强迫障碍**　它是一种以反复、持久出现的强迫观念或者强迫行为为基本特征的神经性障碍。

强迫症状不只对患者致残,也给家庭成员造成重大的负担。它对婚姻、职业、情感、社会功能都有影响。

强迫障碍是仅次于抑郁症、酒精依赖和恐惧症的第四常见病。可与人格障碍共存,共病发病率为百分之三十三至百分之八十七。

各种神经递质的失衡状态可能是产生强迫障碍的重要原因。

强迫思维:反复出现、持续存在、不恰当地闯入头脑中的一些想法、表象和冲动。患者能认识到这些想法是无意义的或攻击性的,但却无法停止或控制它们……

强迫表象:在头脑里反复出现过去感觉到体验到的、常常具有令患者不愉快甚至厌恶的内容(如一些恐怖的画面、表情、声音等)……

强迫联想:反复联想一系列不好的事件会发生,虽明知不必要,却克制不住,并引发情绪紧张和恐惧。

强迫意向:在某种场合下,患者出现一种明知与自己心愿相违背的冲动,却不能控制这种意向的出现。如看到刀子,就出现想捅人的冲动,担心真的这样做……

强迫怀疑:对自己已完成的事情不确定,产生不必要的疑虑,要反复核实。

强迫性穷思竭虑:对一些毫无意义的"问题"进行反复思考、刨根问底,明知毫无意义,却不能停止。

……


## 历史闪回

清光绪二十四年,即公元一八九八年,二月二十八日那一天,惠爱医癫院开业了。史料对中国首例精神病人入院的记叙有几个版本,大同小异。

嘉约翰的学生叶芳圃回忆道：他们几个博济的学生跟随老师，从博济医院门前岸边上了一条船。船上坐了病人和家属，船家用力划船，前往对岸芳村码头。上岸。开业第一天，分别接收了一男一女两个病人。男病人被家人锁在一块大石头上，手脚戴着镣铐锁了三年，已经不能行走。要由人背着入院。另一个女病人被找到时，脖子上还缠着锁链。

嘉院长给惠爱医癫院规定了三条原则：1.凡入院者皆为病人，他们的言行有时不合情理，那并非他们的过错。2.这里是医院，不是监狱。3.尽管疯癫，但他们仍旧是男人和女人，而不是野兽。

惠爱医癫院头一年，接收了十一名病人住院。医生只有嘉约翰一人。医癫院免费医治住院病人，经费拮据。嘉约翰被迫辞去了博济医院院长职务，与嘉师母一同迁居惠爱。离开博济时，他带走了他所教医学班男生。学生帮他打理惠爱。

嘉约翰夫妇与十一名精神病人同住在一栋楼里。上面一层住着医生两口子，下面住着一群精神病人。共用一个楼梯。病人有时候会跑到楼上看师母做家务，有时候他们会占领医生的房间。夜里发现危险，学生们会紧急叫醒老师。精神病人会抽出床板当打架的武器。砸门，砸窗，抢起栽了鲜花的花盆砸人。嘉约翰夫妇几乎没有一个晚上能安睡。他俩与精神病人同住了十四个月。

嘉师母回忆：为了防止病人凿墙逃跑，建筑的墙体下部有三块砖的厚度，在墙上不能打出洞来。担心病人习惯随地吐痰、吃剩食物乱丢，难以清洁，便铺上硬木地板。

"学生们向华人募捐筹款。一九〇〇年九月，集资建好了一栋两层住所，嘉约翰夫妇这才搬出病人区。"第一栋楼的两个大病房改装成洗浴室。楼上为女性专用，楼下为男性专用。

住院病人渐渐达到五十人。医院允许病人家属任何时间来探病。为了消除民间疑虑,医院允许社会各界人士进院参观。市民们进去,看到疯癫院并不可怕。这里常举行集体文娱活动和体育运动。病人参与康复活动,比如碎石、抽水、搞卫生、种菜、帮厨、缝纫等等。很新鲜,很文明。

有些病人好转出院。第一个入院女病人被治愈,还找到了工作。一传十,十传百。谈论这家远东第一家医癫院,广州人抚掌称道:好嘢! 坚嘢!

........................................

[注1] 强迫障碍同一患者可能有很多不同的强迫思维和行为,不同的患者所具有的症状可以完全不同,从而导致诊断困难。

美国全国共患疾病调查结果表明:强迫障碍是仅次于抑郁症、酒精依赖、恐惧症的第四个常见病。致残率较高。流行病调查显示:只有百分之三十四的患者寻求医治。百分之五十的患者就医前二十年已出现强迫症状。

国内对普通人群特定精神障碍的知晓率调查发现,强迫障碍知晓率最低。

[注2] 艾琳·萨克斯是美国南加州大学古尔德法学院教授,也是美国加州大学圣地亚哥医学院精神病学兼职教授。在牛津大学读硕士学位期间,及在耶鲁大学法学院读博士学位期间,曾数次入住精神病院,被诊断为"精神分裂症","将永远不能康复"。她直面困境,学业、职业均获得成功。在职业生涯中,她始终致力于捍卫精神疾病患者的合法权益。

## 第四节 "六一"儿童节

两个小病人,穿着儿童病区黄绿色病号服。一个四岁,一个八岁。

"磁共振"室候诊厅第一排座位上,四岁的病童右腿有伤,从膝盖旁直到脚背,血口子一路下来。伤口血痕干了,没有包扎。他目光不与任何人接触,旁边阿嬷估计是孩子的外婆或奶奶。

小满与儿童病区的护士说着话。护士眼睛总盯住八岁的男童,他在座位上扭来扭去,起落,跳跃,前仰后合,嘴里叽里咕噜的,对着空气傻笑。

我坐在二排尽头,猜:四岁男童自闭症? 八岁男童多动症?

"磁共振"室门前,一个穿蓝T恤的小伙子,应是门诊患者,心神不宁,走来走去。听到医生叫号,大口吸气呼气往里走,害怕。

我多次做过"核磁共振"。癌症手术、化疗那几年,一年半载就做一次。做完会头晕,恶心。面对"磁共振",就像英语中级班学员来到初级班,气定神闲。

过了一阵子,里面又叫号。八岁男童跳起来,没等护士赶过来,自己先跑了进去,兴冲冲的,好像公园里轮到他坐空中缆车。"蓝T恤"捂着耳朵出来了,表情有点蒙。

阿嬷用粤语普通话大声问:叔叔啊,系唔系好痛啊? 惊成哩

（这）个样？

阿嬷摸摸四岁小仔的耳朵，担心。

"蓝T恤"说：耳朵震。不痛。

阿嬷喃喃道：叔叔话唔痛。无晒惊。*

叫号到我了。进门。险些与八岁男童相撞。男童小旋风般飞奔，追出来的护士似老鹰叼小鸡，紧紧揪住他的病号服。

做"磁共振"，比"核磁共振"简单。护士给了两团棉球堵住耳孔。仍似蒸汽火车头开过来，轰隆隆震耳。


病区里，每天要做经颅磁刺激的病人，事先会在大门内排好队。少则七八人，多则十几人，像一年级小学生列队，护士老师逐个点数，检查、叮嘱。一个跟一个，排好了。开大铁门。

经颅磁刺激疗法属于物理疗法。C医生叫我做两个疗程。

出发。前有护士领队，后有护工压阵。经过治疗的精神病人，远比综合性医院病人听话。吃药打针，大脑受控，谁敢不乖？如学龄前乖宝宝。自动踏步，自动对齐。若是与另一病区患者队伍相遇，自动打擂台：脖子不要歪，昂首，挺胸。胳膊甩起来，膝盖抬高点，脚板落地要跺出响声来。

治疗区附近，集结着几支队伍。我排在绿碎花病号服的队伍里。穿蓝白相间病号服的队伍是封闭式病区的。黄绿色病号服是少儿病区的。坐轮椅的是老年病区的。封闭式病区队伍又分为男队、女队。


治疗室有三个治疗座位，可供三位病人同时做治疗。其余人，

---

\* 叔叔说不痛，不要怕。

或站或坐在室内等待。靠墙有一大排长凳，通常是封闭式病区女病人坐在那里等，开放式病区的病人站着等。

老年区第一拨，儿童区第二拨。儿童区做完，开放区的上。开放区的做完，封闭区的女队上，往后才是男队上。

我前面是个五六岁的小女孩。座椅上方的机器像变形金刚罩。患者落座，机器启动，卡住患者头颅两侧。小女孩不等护士抱，自己麻溜爬上去，在宽大的椅子里挪挪晃晃，熟练地将自己安置妥帖。变形金刚罩卡住她的小脑袋瓜，开始振动。小女孩的模样让我心疼。

当我接受治疗时，感觉像骤喝冰水，痛感强烈，太阳穴两侧持续刺痛。

国外医生介绍经颅磁刺激治疗，说可能会引发头痛，建议吃扑热息痛片止痛。"治疗时，这种磁场就在脑内产生电脉冲。如果磁场加在额叶上，那么可能会对情绪产生影响：据说施加在左侧会让人变得悲哀，右侧则让人变得快乐。"

磁场施加在两侧额叶，电脉冲令我头部刺痛。痛过之后，既没有变得悲哀，也没有变得快乐。

无论做检查还是做治疗，常遇见儿童病区的孩子。有时，跟着护士下楼梯，若是二楼儿童病区铁门打开，能看见很多穿黄绿色病号服的孩子。

"六一"儿童节那天，我路过二楼病区，铁门正敞开。惊讶发现，里面的小孩子竟在走秀。小病人穿着漂亮的公主裙、小西装，抹了白粉，涂了红脸蛋红嘴唇。举着各种花色的小纸伞，嘻嘻笑，学模特表演时装秀。病区临时开放，允许小病人的家长来探视。当父母的全程负责鼓掌、拍照。

从门外望进去,看不出异常,就像幼儿园的孩子在过节。歌舞升平,痛苦被遮蔽得严严实实。父母脸上看不到苦大仇深的表情。

三楼病区,最小的病人是个男孩。没长开,看着约十岁,成天一副没睡醒的模样。圆乎乎的娃娃脸。病号服太大。上衣松垮垮,扣子扣错了。裤子是自己的家常裤。脚下一双偏大的拖鞋,不利索,拖呀拖的。

小迷糊身子总倚在陪护人胳膊上或背上、腿上。陪护人是个十六七岁的少年。听说是哥。不清楚究竟是亲哥、堂哥、表哥还是远房什么哥。这哥成天久困牢笼、有苦难言的表情。兄弟俩看似来自山区,不富裕。

以前我没见过嗜睡症病人。我以为严重失眠才是病。看到小迷糊,知道了睡眠障碍有好几类,他这种睡病有危险。小迷糊总是睡不醒,能够睡一整天,连吃饭都免了。他不能上学。因他随时会发病睡瘫,让老师同学反感、愤怒。他吃饭、走路都能睡着。

我跟芬姐在大厅吃饭时,看见他哥总要拍拍他的头,拍拍他的背,督促他赶快扒拉碗里的饭粒。小迷糊嘴里嚼着饭菜,眼睛没睁开,半睡半醒。有时候,他把下巴搁在饭桌边,像一个圆圆的白面包。

一周约三个下午,护士会让病人在大厅 K 歌。

机器里随机放送什么歌,病人就跟着唱什么歌。都是早年间卡拉 OK 流行的旧歌。病人可以放声"干号",就"谢主隆恩"了。封闭式病区可没这待遇。

但凡能走动的病人都在厅里晃悠。护士掌管 K 歌机,陪护员一对一盯防,生怕乐极生悲。

住院病人以广东人居多,主要来自广州周边各城市、乡镇。K 歌曲目里粤语金曲深受欢迎。"人生路,美梦似路长,路里风霜,风霜扑面干,红尘里,美梦有几多方向,找痴痴梦幻中心爱,路随人茫茫……"港片《倩女幽魂》插曲。张国荣唱的。

K歌机器周围,八九个人摇头晃脑,刻意往深情方向唱,没有一人不走调。多声部节奏混乱。围观的多半人不看字幕,随心所欲跟着"啊啊啊、啦啦啦",声情并茂,五官挪位,很陶醉。

无意间,我看到小迷糊和他哥。他哥被粤语版《沧海一声笑》所吸引,张嘴跟着唱。小迷糊软软瘫坐在地上,小脸蛋紧贴哥的腿,像一坨小肉肉。


中国儿童及青少年的患病数据是多少?搜过官网,数据是一九九三年的。已经二十多年没再做数据更新。

"据一九九三年来的不完全统计,我国目前十五岁以上人口重性精神病有一千六百万人,抑郁症三千万人。十五岁以下儿童少年精神障碍三千万人。"

美国近年数据显示:"在美国的儿童和青少年中大约有十分之一患有精神疾病……尽管这些疾病可以通过心理治疗和药物得到有效治疗,但这些患儿中仅有不到五分之一接受过治疗。"[注1]

按照中美数据分析,小迷糊和儿童病区的患儿算不算幸运?


## 医学选摘

**儿童精神障碍** 常见的包括:注意缺陷多动障碍、对立违抗性障碍、品行障碍、抑郁症、抽动秽语综合征、孤独障碍、精神发育迟滞……大部分儿童精神障碍都会跟随到成年……儿童神经系统发育尚未完善,因此,同一病因可导致不同症状。儿童精神疾病的病因常是生物学因素和心理社会因素共同作用的结果。

……一个举止怪异的孩子可能会吓到或者冒犯其他孩子,使他成为一个被社会排斥的人。由于缺乏足够的精神疾病的常识,家人不能理解和应对他的行为,因此会感到受挫。最终,受挫感会升级为对孩子进行语言和身体的虐待。


## 历史闪回

一九〇〇年的夏天,受北方兴起的义和团运动波及,广州发生过大骚乱。有人放话,杀番鬼佬有赏。参与者在市内集会、讨论,并开出传教士的人头价码。

来自美国的罗斯、哈维、恂嘉理医生已来到惠爱,协助嘉约翰工作。依嘉约翰的构想,惠爱医癫院要发展到拥有五百张病床。

惠爱医院已成为暴徒动手目标。广州官府与市民难得立场一致,声明:不管其他的传教士和传教场出什么事,谁也不许动嘉医生,不许毁坏芳村疯人院。

民众自发组织起来,轮班站岗、放哨,不许任何人冲击疯人院。各地不时传来拳民杀洋人、毁西校的消息,势如洪水。广州百姓却万众一心,保卫芳村。嘉约翰与洋医生毫发未伤,医院照常运作。

生有时,死有时。哭有时,笑有时。

一九〇一年夏,酷暑季节,嘉约翰"偶沾痢病,服药无灵"。弥留之际,他对同事和学生说:你们要照看好医癫院。

嘉夫人忍不住问:"惠爱还能走多远?"嘉约翰说:"把它交托在上帝的手中。"

八月十日,嘉约翰在广州去世。出殡那天,有数千广州市民沿途送别。嘉约翰葬在广州白云山边,埋在他三个儿女遗骨旁。他的学生回忆说,经常到嘉约翰墓地祭拜的达数千人。

嘉夫人在巨大的悲痛中仰望神。作为惠爱医院董事会五名成员之一,她负责行政管理工作。她与同事们致力于把现代西方精神病学和医疗技术传入中国,疗治疯癫病人。惠爱医院病床位真的达到五百张。她免费教贫民识字,为惠爱医院内福音堂讲道,带领部分工人和病人读经祷告。就连孙中山先生都深深敬佩嘉师母。[注2]

......................................

[注1] 有关抑郁的多种病因仍存在争议。目前的研究表明,可能的病因有基因的、家庭的、生化的、生理的、心理的和社会的因素。在许多患儿中,病史显示有特定的人格缺失或压力过大可能与易患重性抑郁的倾向有关。

[注2] 清末民初,博济模式培养了中国最早的一批西医。学生们学习西医知识和技术的过程中,接受博爱、平等、牺牲奉献精神的熏陶,探索为国培元、以民为重之路。据史料记载,来华五十年间,嘉约翰培养了我国第一批西医近一百九十名,通过他们带动了现代医学的普及。

香港西医书院于一八八七年开办。孙逸仙离开广州博济是因为他在博济不断谈论推翻清政府计划,官府视他为危险人物。一八九二年,孙逸仙作为香港西医书院第一届毕业生毕业。

# 第五节　吴太是个潮汕人

　　吴太扭腰踢腿。打完吊针,病房里来回跑步。懂得自己刷牙洗脸,也不用小满帮她洗澡了。小满只要站在浴室监督就行。她会拿别床病人的牙刷刷牙。我赶紧将牙刷、洗脸巾锁起来。

　　好几次,她拿木姐的洗脸巾、洗面奶洗澡。有一天,她拎着芬姐的水桶、沐浴液和换洗内衣,进厕所洗澡。小满没发现这是芬姐预备洗澡的桶。"哗啦哗啦",吴太在里面洗了半截子,芬姐突然发现自己的桶和内衣不见了,气冲冲把桶和内衣抢了出来。她愤怒地给桶消毒。吴太笑,笑得像个顽童。芬姐警告她:再闹,就叫你上楼!

　　吴太神经大条,满不在乎。她懂得看电视剧了。病房里,电视机遥控器掌握在芬姐或小满手里。除了周六周日,平时白天不许看电视。晚上七点四十分左右,要由护工打开电视。

　　小满、芬姐、吴太只看爱情剧,每晚追看爱情剧。护工不能全程看,有时要干活。遥控器就到了吴太手里。护工不在,吴太就将电视音量任意放大,不时地张开嘴,无厘头呵呵呵……

　　电视机就悬在我床头,备受烦扰。自从入院,我失去新闻来源,不曾看过电视新闻。心中感慨:院中方一日,世上已百年。讨厌那些雷人的抗日剧、充斥网红脸小鲜肉的爱情剧。偶尔想看看体育节目。吴太不关心新闻、体育、综艺,只关心爱情。

微信段子议论潮汕人，说他们天生会经商。祖祖辈辈出海打鱼卖鱼为生，宗亲老乡关系铁。不管走到世界哪个角落，都会抱团取暖，结聚打拼。属于亲情、乡情最浓的族群。潮汕商会影响力无处不在。异乡遇困境，只要开口一说潮汕话，就会招来一群潮汕人。乡亲就是兄弟，就会出手救援。

即使是在精神病院这种常人避之不及的禁地，最敢于探望精神病亲友、最勤于给精神病老乡送温暖的，必属潮汕人。

第一拨探视吴太的，年龄与她相仿。有男有女。看那熟络亲热劲，像是一母同胞，或是姑表族亲。坐在床头床尾，说说笑笑。不像是来探望精神病人的，倒像自驾游来到一个风景点。叽叽呱呱，说着家乡话。不是潮汕官话，似某一地域方言。吴太脸上病容一扫而光。

从门外又进来一个男人。说时迟那时快，两只拖鞋噌噌飞了过去。吴太光脚跃起扑向那人。男人闪得快，逃窜到浴室这头。

女眷们哇哇喊叫，拖住吴太。她抢起木椅，小满急忙夺下行凶工具。男眷们一时呆住，不知该帮哪一边。吴太十指如钢爪，隔着人肉沙袋小满，去挠男人的脸。芬姐赶来抱住吴太，狠狠向后扳。吴太随芬姐倒在地上。男眷女眷摁住她，抬她上病床。吴太用方言大骂。我一句都听不懂。

吴太抓起茶杯，即被小满缴械。她哭骂不止。众亲友围住她劝慰。

挨打骂的，正是吴老板。身高比她矮半个头，却显年轻，长相很体面。穿着、举止像成功商人。从吴太的气焰看，她老公经商，可能大大仰仗了岳父家族的资源和人脉。

为什么动武？方言比潮州官话难懂。应是夫妻恩怨。我连猜带蒙。

第一种可能,签字送她进精神病院的就是吴老板。她一百个不愿意,或许老公给她吃了安眠药,连骗带绑,她就成了这里的46床。

第二种可能,老公命犯桃花。吴太的模样,百分百"糟糠"。家里的煮饭婆。生孩子,养孩子。老公驰骋商海,眼前美女招摇,烂桃花朵朵盛开。小三小四小五小六……一个个生扑生擒。经商经商,要经得起妖精伤了又伤。

芬姐不让我追八卦剧,推我出门,说大厅里空气好。她骗鬼哟。

随着吴太病情好转,陆续有更多亲属老乡来看她。有个堂嫂想必是开酒楼的,每次都带潮汕美食来慰问。吴太吃着潮汕牛肉丸、卤鹅头、水晶粉果,有滋有味。似乎恩恩怨怨都咽下去了,不再提起。

吴太居然有三个儿子。

三个俊朗的青年,齐刷刷站在她床前。老大正读博,老二、老三分别读大四、大一。老二身后还跟着漂亮的女朋友。老三稚气未脱,跟老妈拥抱,轻拍老妈的脸,叮嘱她要乖一点。老大看他妈的神情像中学老师看一个学习成绩拖全班后腿的学生。老二将带来的车厘子、西梅放进床头柜。

老大、老三点个卯就走。老二和女友腻在床边,老二低声跟老妈说话。不管老妈屡屡打断他的话,不管老妈听不听,老二继续说。女友拿出大梳子,坐在吴太身后,从杯子里蘸水,湿润那头蓬发,细心梳通打结的乱发。

潮汕人习惯多生多养。有这样的儿子,吴太绝对是家族功臣。吴老板没有后顾之忧,只管打拼发财,上市融资。

木姐心事比吴太重,病情比吴太复杂。她一周要做两次电击。

入院前期,我要出病区做脑检查,特别耗时。住院病人、门诊病人都混在一起等,排长队。等我回到病房,就快到午饭时间了。木姐也是这个时间被推回来,毫无知觉,像个死人。我跑过去看,嗅不出一丝电击焦糊的气味。

电击疗法对木姐有效。她的扑克脸有了浅淡的表情。吴太坐在床上追看爱情剧时,木姐躺床上也看几眼。除了女儿、老公,没有其他人来探视。

"芳村"是老广骂人的话。广州人口头禅之一"黐线!"意指对方脑神经错乱,搭错线。老广甲调侃老广乙:我睇你黐线黐到离嘞谱,迟早要送你去芳村。老广乙会回嘴:呸呸呸!你啱啱(刚刚)从芳村返来。

"芳村"代指广州精神病院。就像"青山"指的是香港精神病院。看香港电影,有时剧中人物会说:叫阿sir拉你,送你返青山。

粤港澳同文同源。"芳村""青山"是老广讥讽疯子的民间俗语,文化隐喻。沾上这词,代表这人这家"行衰运"。祖上没积阴德,为乡邻所鄙视。

木姐是广州人。住芳村医院,自家人不会往外说;亲友心知肚明,不会探视,以免双方尴尬。

女儿一周来两次。每次拎着保温桶进门。干练的白领打扮,尖领衬衫,黑色半身裙,黑色高跟鞋,五官不像母亲。她熟练地扶起母亲,把被子、枕头卷巴卷巴放在母亲背后,让她坐舒服。保温桶上层是银丝捞面、白灼小菜心。下层是滤掉了汤渣的靓汤。粉葛煲鲮鱼,清热解毒滋润。

为什么她每次都是Office穿着?有点像银行项目经理接待VIP客户。

木姐能在病房慢慢行走了。偶尔站在病房门口往走廊、大厅张望。依然失语。女儿送来西洋参炖乳鸽汤、马蹄香菇陈皮蒸肉饼,几乎能吃完。女儿跟她说起,哪个姑姐打麻将手风顺,连赢。哪个舅公从英国探亲回来了,他不想在那边养老。还有南沙买的房,房价还在涨。木姐似听非听。

女儿悄悄对芬姐说:她比上次差。会不会老年痴呆?

芬姐叮嘱:别乱想。说说她喜欢的事。

女儿道:她没爱好。得闲跟朋友打打麻将。

女儿来去匆忙。挣钱越多责任越大。自己小家要管孩子的功课、班里的成绩排名。要操心股票、房价、老公升迁。老公有钱要严防严打,老公没钱会家庭危机。加上老妈第二次入住精神病院,发作病因不明,康复前景堪忧。

木姐的老公周六或周日来探视。每次带来好饭好菜好汤,陪她共进午餐或晚餐。老公看起来像公职人员,进屋就跟每一个人打招呼。很客气、远距离那种招呼。木姐不肯出病房,老公将就用纸壳铺在床头柜面、椅面,一一摆上饭菜、碗筷。很殷勤地搀扶老婆坐下,俩人背对众人吃饭。木姐厌烦老公碰她。老公给她夹酿苦瓜、煎鳕鱼,木姐会立即夹起来扔回给他。老公尴尬地留意周围反应。若触到别人目光,立即缩回。过一分钟,他会背着众人发出嘿嘿嘿笑声。这种尴笑不如不笑。

这一通秀恩爱,弄巧成拙。

老婆不配合做戏,老公却喜欢当戏精。老公可能大小是个官,极要面子。他走的时候,会乐呵呵地跟芬姐大声道别,顺便向病房其他人点点头。就像懒政官员去灾区走过场看望难民,要表演接地气。朱莉亚见到他在病房,会立刻闪人,去大厅溜达。

认识好几个这样的戏精。在家里,亏欠太太;在单位,欺下媚上。当你见到某人异常地殷勤,满嘴高扯哥们儿义气时,掉头快跑。千万不要相信这种人。

老公离开病房时,木姐不理会。女儿离开病房时,她会站在门口目送。

精神病人内心敏感、爱憎分明。也许明辨忠奸,不懂变通,特别在乎惩恶扬善,无法做到难得糊涂。神经递质消耗大,5-羟色胺严重不足。大脑迟早产生病变。一个一个,都是伤心人。


## 医学选摘

**人文精神病学** 主要包括(但不限于):社会精神病学、文化精神病学、医学心理学、心身医学、心理治疗学,以及精神卫生领域中重要但并未独立成为亚学科的交叉边缘领域,……但这些领域却没有在我国得到充分的分化和发展。……精神病学缺乏人文精神,深层原因是对心理学问题的过度物质化态度,忽视对精神活动本身的规律的探究。

……我国在近现代以来发生了翻天覆地的变化,家族主义的瓦解、个性发展日益得到尊重和张扬是其中最深刻的一项变化。在中国的社会文化背景下,……归结起来最常见的是"忠、孝、爱不能三全"而产生的内心冲突和人际冲突。

……文化对精神疾病的发生、精神症状、患者求医行为、疾病预后及照管等均有十分重要的影响,结合全球化及移民等因素考量……对患者及其精神疾病的跨文化评定就变得越来越重要。


## 历史闪回

史书说到中国西医教育,必提博济。博济院志,必有章节专写嘉约翰,写孙逸仙。老师的理想:疗人身体之伤,救人灵魂之苦。[注1]

学生的抱负:医病医身医心,救人救国救世。

回望追想——一八五三年十一月二十八日。美国。纽约码头。

年轻的医生嘉约翰带着新婚的妻子爱蓓·金斯伯理登上了一艘六百五十吨的商船,前往中国。按照大清律例,当时在广州经商行医的外国人,只能单身居住此地,妻子、女眷只能住在澳门。[注2]

经过一百多天的海上颠簸,船抵香港。嘉夫人晕船严重,不适应华南湿热环境,上岸后一直生病。她远离故土、父母,独自在澳门居住、治病。在广州,嘉约翰接管了眼科医局(一八三五年伯驾医生创办)。星期一、三在医局诊治病人,二、四、六在惠济医局接诊病人,星期五做外科手术。一八五五年八月,嘉夫人在澳门病逝。

一八五六年,广州医局毁于战火。嘉约翰被迫回国。一八五八年底,他携第二任妻子伊莎贝拉·莫斯利返回中国。重建医院,取名博济医院。博爱济众。

此后十余年,第二任嘉夫人病逝,三个孩子患病夭折。一八六六年,嘉约翰成立博济医学校。一八七九年,医校开始兼收女生。

一八八六年,二十岁的孙逸仙打碎村里的菩萨金刚,逃到广州暂避。由人引荐,他想学医。院长嘉约翰听他英语流利,可兼职做做翻译,便收下这个学生,减免他的学费二十元。博济其他学生要交学费二十元,还要自己掏钱买课本。

同年,马撒·诺伊斯成为第三任嘉夫人。

这届学生有十二名男生,四名女生。遵习俗,男女授受不亲。医学堂男女学生听课时,要分开就座,中间隔一道帐幔。孙逸仙带头表示反对。嘉院长顺水推舟,同意撤去隔离。医学堂规定,男生不能学妇科,不能参与产科实习。又是孙同学,大胆去找嘉约翰问,男生不学妇产科,遇到急症病患如何施救?中国需要更多的妇科西医。嘉院长深以为然,采纳建言。

在博济读书时,孙中山的同学有康有为的弟弟康广仁,还有日后同盟会的几个元老。他们不断谈论推翻清朝计划。嘉约翰夫妇帮孙逸仙转到香港继续学医,避开官府对他的盯梢。

孙逸仙行医时,曾是外科、妇科医生。他不忘师恩,敬重师母。嘉师母八十四岁生日当天,孙中山特意委托英文秘书写信祝寿:我谨代表中国人民对你的贡献表示衷心感谢。

一九一二年,作为中华民国首任总统,"旧日学生"孙逸仙博士回到母校参观,并为医院捐款。一九二五年一月,孙中山病重住进北京协和医院。三月病逝于行馆。

一九二六年,嘉夫人病逝。一九二七年,广州国民政府接管惠爱医院。惠爱院区面积再次扩大。一九三五年,惠爱医院改成广州市精神病院。病床达到八百张。

·········································

[注1] 嘉约翰等医生认为,每一个病人都有自己的灵魂和人格,值得尊重。对身体的疗救和对灵魂的疗救缺一不可。病人们痛苦、绝望的心灵,需要医生用爱心之光去照亮。

[注2] 西洋医学传入中国,明末清初便有记载。而西医小诊所的出现,约在十九世纪初。近代西医学在华传播,以澳门为始端。葡萄牙人占有澳门之后,在此建立了一所医院。

一八〇五年五月,英国东印度公司医官皮尔逊医生就是在这里为第一批中国人接种预防天花的疫苗的,牛痘接种技术引入中国,西医东渐从此写进历史。

# 第六节 "芳村黄飞鸿"

芬姐召唤小满。她手里抓着一团绳子,脸上肌肉紧绷,有特警出动的范儿。俩人快速朝大门方向跑。我溜边跟去看热闹。

一个新病人不肯入院,这人练过拳脚,医院增派两个男护士都降不住他,现加上芬姐、小满和三名女护士,还有病人家属,病区门口上演动作大片。

两个男护士平日在楼上对付危险患者。新病人黝黑精瘦,看似不起眼,却把男护士撞得东倒西歪,无法贴身擒拿制伏他。

芬姐比男护士更勇。趁新病人与男护士近身缠斗,她全身贴地面直蹿过去,双脚蹬得新病人踉踉跄跄。护士们趁势扑上去,想反拧住他的胳膊,逼他头朝下跪地。此人双肩耸了几下,甩开了十几只手,拔腿往门外跑。芬姐提前在门口防守,手中一团麻绳佯装要砸他的脸。此人躲闪,脚步不稳。男护士用脚绊倒新病人,将他压在地上。众人叠罗汉般又压又摁,大叫芬姐快绑住他。

围观的病人喝彩。有人用粤语喊:芳村黄飞鸿!扯脖子嚯嚯声唱出电影《黄飞鸿》主题配乐。病人们激动地抓耳挠腮乱叫。喉咙痒痒,我跟着嗷嗷呼啸。一种叛逆的痛快。

芬姐骑在那人背上,快速将他五花大绑捆上。末了,还在绳结那里上了一把大锁。明晃晃的钢锁。

若有导演拍新版《黄飞鸿》，该给黄飞鸿加一个会武功的表姑妈。武器是一团花式绳索、一把大钢锁。请芬姐客串。

连拖带抬，那病人被送进走廊尽头的病房。八成要打"蒙仔针"。粤港澳地区的人看惯港片。警察、医生对张牙舞爪的犯人、疯子一针扎下去，片刻，犯人、疯子就蒙了，浑身瘫软。粤语区俗称"蒙仔针"。就是镇静剂。

芬姐胳膊上被新病人挠了一道血口子。她在护士室窗边弄了一团药棉消毒。我听说过，吴太也是绑进来的。便向芬姐求证。

芬姐随口说：是啊。

急救车医生绑的？

家人绑。以前医院急救车出车，医生护士绑。绑上车很麻烦的。现在不出车了。送医院家人自己搞定。

为什么？

现在有法嘛。病人住院要自愿，亲属要签字。急救车去了，病人不自愿啊。亲属也有不肯签字的。

她闹得厉害吗？

在床上绑了五天。

五天！那她吃饭、拉屎拉尿怎么解决？

关你什么事。

芬姐警惕地盯着我。她曾跟小满说，别的病人进来，至少闹腾十天八天，48床不哭不闹，有古怪。


二楼病区为显示人性化管理，允许病人下午打乒乓球。我心想，没啥看头。精神病人嘛，别指望什么。

我表现良好。没有自杀自残冲动，不攻击医护人员，作息守规矩，老实听护工训斥。我申请，要随陪护下楼散步，要去康复园参加工娱活动。

病区里很闷。试图走进其他病房,在门口一露面,就遭遇戒备的目光。

住院两个目的。一是尝试物理治疗,二是想了解住院病人治疗效果怎样。以后做公益活动,能告诉大学生抑郁群体真实体会。

听不到。看不着。

我曾找借口到别的病房站一站,有人挡在门口,口气冷硬。"你找谁?""不知道。""问护士。"

一种敌意的拒绝的目光。

难道在病人和亲属眼里,他人都是人肉炸弹,会带来死伤祸患?在医院外,他们被所谓正常人歧视;在院内,他们也歧视除自己之外的每一个病人。

疯子才住精神病院。耻辱。软肋。


两个病人在打乒乓球。球技很烂。我在厅里散步,偶尔看一眼。

哈利、艾弗森过来接管球桌。哈利一把夺走发球病人的球拍,头冲艾弗森一歪,对面那病人自觉交出球拍。

哈利上身酷酷的T恤,下身病号裤,说话走路转转的。这几个病人成天凑一起,场面让人想起港片《古惑仔》《逃学威龙》。

见过他们吃饭时围聚一桌,不容其他病人来搭台。碰壁的病人嘀咕:"好巴闭咩(有啥了不起)。"我向芬姐打听,人家全是英文名:哈利、艾弗森、海伦、辛迪。

粤港澳的人用英文名很常见。幼儿园的孩子有英文名,小学生、中学生、大学生有英文名。发型屋师傅、洗头的,每人必须有英文名。上班时一律以英文名相称,否则算违纪扣奖金。我所住的小区,绝大多数狗狗都用英文名:桑地、阿历克斯、菲利普斯、波比、亚瑟、杰克、艾伦。

广州人将青春年少之人统称为小靓仔、小靓妹。这几个靓仔靓妹名副其实。哈利和艾弗森球技令我意外:千万不能小看精神病人。就像大学校园里两个本科生打球,人家是练过的。哈利喜欢打快球,扣球动作很酷,艾弗森发旋转球,气势凌厉。两人抽拉推挡可达十几个回合。

被夺去球拍的病人,二十岁左右,脸白得有点娘气。头发浓黑,双眉清秀,表情有点傻。他畏缩地退到大厅角落,啃手指头。芬姐路过,一巴掌拍掉他啃咬的手。他知错地把双手摆在背后。

芬姐走了。他依然傻傻地背着双手。

我问:你叫什么名字?

鹅鹅。

英文名?

他们……叫我小企鹅,还叫我……烧鹅仔。

不要理睬骂你的人。

他们说我走路像。

哈利扣球扣飞了,球朝这边滚来。一头秀发的海伦跑过来捡球,小鹅鹅抢先捡起乒乓球,讨好地送到她手上。

海伦没正眼瞧他。他却满面堆笑目送海伦的倩影。喃喃道:她是我的小仙女。住你对面。她不睬我。

芬姨也叫你小企鹅?

她叫我阿仔。

你几岁了?

不知道。我不会算数。

要保密?

我数不到十。我被他们电……电……电……就傻咗。

住进惠爱之前，我通过书本了解电休克。简单呀，"电休克治疗是以一定程度的电流通过大脑，引起全身抽搐，来治疗精神疾病的一种方法，见效迅速，使精神病患者的自杀人数大为减少"。入院后，一直想申请电休克。

见阿仔这模样，我把申请延迟，等等再看。

物理治疗还有一项脑深部刺激术，即脑起搏器治疗术，一种新型的功能性神经外科手术方式。用于难治性强迫障碍、难治性抑郁障碍、酒依赖和烟草依赖。

跟朱莉亚聊天时，很想问她是否了解这项治疗。碍于芬姐、小满、朱妈盯得紧，我没机会问。我动过念头，要不要试一试？是否安全？费用贵不贵？哪个病人尝试过？

芬姐常护着阿仔，不许别人欺负他。哈利等人不掺阿仔玩，阿仔总是用目光追随他们，一脸羡慕、崇拜。

阿仔是躁郁症。[注1]病情有好转，走路不再是企鹅步。说话日见流利、丰富。青春期少年，爱跟海伦说点肉麻的话。若是哈利等人在场，阿仔不敢撩妹，眼睛不敢多看海伦，害怕艾弗森扇他后脑瓜。

我听朱莉亚说北欧游。她说，每年圣诞老人是从芬兰出发的，给全世界小朋友送圣诞礼物。她特喜欢圣诞老人。

朱妈温情地瞅着女儿。孩子快出院了。

芬姐道：等你出院了，让你妈陪你周游世界。

朱莉亚道：我想去巴西，看桑巴舞。快乐的桑巴。

从门外飞弹般进来一人，冲向浴室，破门而入。没看清是什么人。

芬姐已闪到浴室门口,喊:你是男人啊,跑到女厕所。吓死人啊!

里面的人不说话。

芬姐捏着鼻子往后退,无可奈何:带纸没有?你要擦屁股擦干净,冲水多冲几遍。

她用手在鼻子前扇风。听见马桶冲水声又跑进去。快速地清理一下。

芬姐揪着女浴室的男人出来了。是阿仔。

阿仔提着没系好的病号裤,脸上泛起顽皮的笑容。

憋不住,憋死我了。差一点点就要拉裤子了。

扯谈。你旁边几个男病房男厕所,跑到这里拉。你个衰仔。

芬姐把阿仔推出病房。几秒钟,阿仔又跑回来,对朱妈说:阿姨,你长得很漂亮。这句话,我早就想告诉你。

母女俩愣了愣。芬姐笑着拍打阿仔屁股。

阿仔撒娇道:姐姐也漂亮。我好喜欢你们。真的,我爱你们!很爱很爱哦。

走廊传来小满的声音:阿仔——你妈你哥来了。

阿仔闻声像被人点了穴,骤然萎靡,僵在原地。

芬姐催他:快回你病房。

阿仔嘟起嘴,眼神空洞。芬姐陪他往外走,说:快点,你妈你哥等你。

阿仔呆头呆脑,走起了企鹅步。妈妈哥哥来探视,他怎么这种反应?

阿仔妈右手提着鼓鼓囊囊的大袋子,里面装着米蕉、火龙果、鸡仔饼、榴莲酥、元朗蛋卷、金沙巧克力等食物。她左手搂住小儿子进病房,溺爱地用脸紧贴他的头。

大儿子没进病房。双手插在裤兜里,倚在门前走廊,心不在焉两头看。他长得远不如弟弟,比弟弟矮,皮肤黑、糙,眉目不清秀。形象不讨喜。

芬姐对我说:走吧。回吧。

我跟着芬姐回病房,说:不像俩兄弟。

芬姐道:他家开连锁店,有钱。

他哥好像讨厌弟弟。

他哥铁定接班。嫌弟弟残废。不想花钱给他治病。

那怎么办?

芬姐叹气:出院就复发。住过三回了。他哥说,几十万块银纸打咗水漂。要送他回老家。

想起了上海的"徐为案"。精神分裂症病人徐为住院十年,等到可以出院时,监护人大哥拒绝接他出院。他用逃跑、自杀来抗争。在女友支持下,他将医院和监护人告上法庭。

我说:他哥接班,迟早……会放弃他。

芬姐甩了一句:有钱大晒,不怕雷劈。

能住进这里的病人,不算太惨。我给尚善公益新闻奖做评委,集中看过大量新闻资料。没钱治病、没钱住院的贫困人群,如下岗工人、校园贫困生、接受救济的人群、农村留守妇女儿童、空巢和孤寡老人,是抑郁症高发群体。大约两亿七千四百万从农村到城市打工的农民,精神健康问题多,如抑郁、焦虑、自杀等,他们的就诊率不到十分之一。

研究显示,社会发展不均等可能增加精神疾病发病的危险。强调自我为中心的社会中,常见精神疾病的发生率较高。[注2]

看这类报道,很焦虑,很压抑。

集合排队。芬姐排第一，我紧跟其后。小满殿后，她特意让吴太排在她前面，方便管教。其他女病人和陪护在队伍中间。

木姐迟疑地走过来。

她能下楼散步？

小满不敢拿主意，望向芬姐。芬姐果断伸出手臂欢迎。迎上去，扶木姐入列，将她安置在队伍第二名。

芬姐像港片中女警官训话：慢慢走。刚吃完饭，快走不健康。不许走散。哪个不守纪律，取消散步。

下楼喽。

芬姐带队，沿着住院楼慢慢走。绕过一排小榕树、青草坪、嘉园塑像、休闲弯弯小径。经过老年病区楼、康复园楼、物质依赖病区楼、司法鉴定楼，到门诊楼附近大榕树为止。小憩几分钟。看看天边的黄昏，捡一片青黄色落叶，闻一闻医院外面吹过来的风。继续。沿原路返回。

木姐腿脚笨，有点小磕绊。芬姐慢步走，她勉强跟得上。后面的病人多是刚被批准散步的，脸上都现出庆幸待遇升级的笑容。吴太走几步就走歪，走出队伍。小满总要把她拽回队伍中。

没有闲人游人，没有车来车往。可以看天上的晚霞，享受清风拂面，听树叶沙沙啦啦响。闻得到医院食堂饭菜的香味。

国内最早的精神病院园区，一队穿着绿色碎花病号服的女病人，乖乖地跟着女护工散步。按时间，可以走两圈。

正要绕第二圈。大榕树下，站着一个中年男护工。身体壮实，期待地看着这支散兵游勇，眼睛发光。后面小满大叫：姐夫——姐夫你来了，姐夫你看我姐想我姐呀。

队伍站住。病人们蒙。小满从队尾跑到队首，用手推着芬姐的后背。芬姐嗔怪地瞪她一眼，往前几步，与男护工相视而笑。

姐夫是芬姐那口子，他穿着一身护工服，站在物质依赖病区紧闭的大门前，手里拿着一个饭盒，还用小方巾裹了裹，里面有好吃的。队伍乱了，吴太和另几个女病人凑上去，嘴里乱嚷嚷——

姐夫——噢这是姐夫。哈啰——姐夫好。

姐夫，饭盒有咩坚料？白斩鸡？

公不离婆。姐夫想你啦。你跟姐夫回家吧。

姐夫你跟我们走。啊哈姐夫不好意思了。

芬姐接过饭盒，没有躲一旁说悄悄话。她指挥病人们重新排好队。

一个跟一个。向后转！往回走。

队伍原样排好。掉头，往前走。小满成了队首，芬姐殿后。我边走边回头看。芬姐向姐夫挥手，示意他回去。姐夫恋恋不舍，目送散步队伍。

太巧了吧？这对夫妻都在精神病院当护工。

我所住的中山大学校园，有这样的打工夫妻。丈夫先从家乡到广州，靠老乡介绍，进校园某学院当值夜保安。几年后，将妻子从家乡接出来，给学院当保洁工，或者食堂员工。若是混得好，儿女可到广州附近读中专或打工。

随后两天散步，姐夫仍在老地方等芬姐。手里没拿饭盒，只是瞅空见个面。当着一长队精神病女病人的面，两人没有多说话。你看我，我看你。一两分钟之后，分头离开。离开前，姐夫目光不舍。离开后，芬姐脸带笑容。

二人岁数都五十出头了。两个病区隔得有点远，芬姐是护工，又要监护两个病人，姐夫在封闭式病区，见面不易。看两人目光交织的黏糊劲，有点青年夫妻春心荡漾的意思。难道……俩人是新婚?

　　我故意掉队,落在芬姐身后。对芬姐说:哟,姐夫还在看着你。

　　芬姐笑得很甜蜜:有啥好看的。

　　连着三天,他都在这儿等你。是有什么家事要汇报吧?

　　他就这样。以前我也在那个病区做。那里太累。

　　哦,病人闹得凶?

　　芬姐点头。看表情,很满意调到开放病区。

　　猜猜。

　　新婚? 二婚? 婚——未婚?


　　自从打工大军进入一线城市,乡村家庭、婚姻受到严峻挑战。听说过太多临时夫妻、二婚三婚N婚夫妻、同居男女的故事。

　　进了城的男女身体要健康,才能挣钱。起码雇主雇用他们时,这是基本前提。这个庞大群体,精神障碍比率是多少?

　　广州报道过一个案例:一个家政保姆,新到一户人家照顾单身老人。刚过了半个月,单身老头突然去世了。老头的儿女觉得死因可疑。经公安调查,是这个看似老实的保姆所害。

　　深入调查发现,这保姆前两任雇主也是突然死亡,都是保姆所杀。只不过前两任雇主没有亲友追究,以为老人因病而亡,还按习俗给了保姆一笔白金,谢谢她帮着送终、火化。

　　案发后,警察审保姆:为什么害死雇主?

　　保姆答:他早点死,我可以早拿到这个月工资。再另找一家。

　　保姆自己觉得无罪。她认为,这些老废柴,留着净浪费社会的钱。

　　这个保姆是否变态杀人狂?

　　杭州保姆杀人案。那保姆是广东东莞农村人,赌博成性。远走杭州去打工。女主人一家待她极好。她开着女主人的豪车去买菜购物，她骗女主人说乡下盖房缺钱，对方借给她十万元。赌博输钱，为赖账，她一把火烧死女主人和三个幼小的孩子。此案惊动全国。雇保姆的人家提心吊胆，互道"要谢保姆不杀之恩"。

听过许多例子，单身半瘫痪老头，儿女帮父亲雇保姆时，会告诉保姆，要像宫女陪太监，任老头摸弄，做不是老婆的老婆。这样每月工资就多给，年终给奖励。或者，陪N年以上，可以获得N万元补偿。也有老妻尚在，却装糊涂，默许老头与保姆黏黏糊糊。谓之食色性也，自欺欺人。常年在这样的环境中生存，不疯，也会心理变态。


黄昏。排队散步。队伍经过康复园，园区大门紧闭，只有一大簇籁杜鹃枝条伸出墙外，红艳艳的花朵很喜兴。

我对木姐说：听说里面有苗圃、花圃。你申请吗？

木姐没反应。

我唠叨：你电击做完没有？哎，做了多少次？

习惯了。她没反应很正常。

木姐突然止步。回头，说：八……

吓我一跳。蒙了几秒钟，才明白她说八次。

我报喜：47床会说话了！我第一次听见她说话。

芬姐报之以淡然：她去年住过。不说话，就送进来；说话了，就接回去。


## 医学选摘

**双相情感障碍（躁郁症）**　是一类既有躁狂发作或轻躁狂发作，又有抑郁发作（典型特征）的常见精神障碍……通常，患者在躁狂发作早期为愉快,后期为易激惹。发作严重时,患者极度兴奋躁动,可有短暂、片段的幻听,有错觉、幻觉及思维不连贯……抑郁发作时患者整日不想做事,不想上班,常闭门独居、疏远亲友、回避社交……严重的抑郁发作患者常有自杀或自杀未遂行为。约百分之十五抑郁症患者最终死于自杀……病因仍不清楚。大量研究资料提示生物学因素和心理社会因素都对其发生有明显影响……多次反复发作之后会出现发作频率加快、病情越发复杂等现象……研究报道,双相情感障碍共病其他精神障碍的比例高达百分之九十以上……目前越来越受到国内外精神专家的重视……治疗的观点和药物种类等内容更新较快,在诸多问题上还存在争议……

## 历史闪回

一九〇四年起,惠爱医院为市政府收治疯癫病人,约占住院病人的三分之二。技术与国际接轨,对狂躁病人施以约束和药物镇静,对激动病人采用水疗(持续浴),对拒食病人用鼻饲。连上海、香港、山东、新加坡的病人都送来治疗。

抗日战争爆发。一九三八年十月广州沦陷。国民政府撤退,匆忙把精神病院交给广州天主教会代管。当时留医人数八百多人。教会派了三名加拿大籍修女管理医院。没有医生,只有十几个护士和杂工。眼巴巴看着经费断绝,病人死亡。等到抗战结束时,留医病人仅剩六十余人。

日本侵略军放火烧毁了惠爱医院全部档案。

一九四六年初,国民党广州市政府将医院收回自办。收容精神病人有三百人。

一九四九年十月,广州解放。同年十二月,市军管会接管了精神病院。

精神病院从一九四九年至五十年代被军管会接管。广东地缘复杂，华侨侨眷众多。南大门南风窗敞开。国民党潜伏特工、境外间谍、残渣余孽林林总总，难免混入边缘地带。

解放初期，精神病院的治疗手段多是电休克、水疗。关闭式护理，粗如钢缆的手镣是重要工具。

.................................................

[注1] 研究报道，双相情感障碍共病其他精神障碍的比例高达百分之九十以上。双相情感障碍患者最终死于自杀者接近百分之二十。

世卫组织报道：一九九〇年中国自杀/自伤约达百分之十九点三，预计二〇二〇年将增至百分之二十点二。

[注2] 世卫组织对不同社会文化背景下精神障碍诊断的可靠性、一致性进行了研究，发现临床医生之间在疾病诊断上存在差异。

精神障碍多数确切病因不明，至今尚未发现可明确帮助诊断的客观生物学指标。病因诊断本是最理想的医学诊断思路，但许多精神疾病的病因尚未明确阐明。

# 第七节　我豁出去了

绿色碎花一队。黄绿色一队。蓝白色分男队、女队。若不是穿着病号服,看不出这是精神病人。像圣诞前夕,名牌折扣店外急待开门抢购的人群。各支队伍有护士监管,他们要将病人送进门内,交由康复园的护士清点、登记人数,再离开。[注1]

病人工娱活动四十分钟,秩序、安全由康复园负全责。三十五分钟左右,各病区护士返回康复园。号令病人集合,排队,照登记簿清点人数。

获准进园活动的病人,经医生护士评估,没有自伤、伤人危险,交纳工娱费,取得资格。

康复园里有苗圃、字画美术室、报刊阅读室、K歌影像室、叠纸工艺室、彩胶泥手工室、陶艺坊、小卖部。都想试试。一节课时间太短。

大门迟迟不开,我着急。问护士:小卖部在哪里?

排我前面的,是对面病房的海伦。阿仔心目中的小仙女。典型的广东靓女,眼窝有点深,皮肤有点混血儿黑,大奔儿头,双眸流转精灵。长发直溜溜的,刚过肩膀。发尾修剪过,参差恰到好处。

海伦总跟哈利几个人在一起。阿仔见她单独一人时,就往她跟前凑,爱慕之心表露无遗。海伦高兴时骂他几句,不悦时当他透明。

海伦转过头来，第一次主动跟我说话。

我知道小卖部。我也去。

我跟着你。买买买。

小卖部东西很少。

有没有热咖啡？

No。

紧闭的大门打开了。护士们领着各自的队伍进去，在院子里排队，听宣布纪律：一二三、四五六、七八九。

终于听见："解散！"

哗——病人们四散。抢着跑。

傻眼。进来了还要跑，抢什么呢？中国人的习惯。哪怕上厕所也跑啊抢啊，快快快，抢位子。

海伦喊：跟我来！

我傻乎乎跟着跑。先是往右边方向，冲进一间K歌屋，从K歌屋后面右转弯，冲进一间没有窗户的小屋子。

小屋是储物室。小卖部。病人们排队已经排到门外。

赶紧扫了几眼木架上货物。嘻，多是些日用品，面巾纸、厕纸、毛巾、牙膏、洗脸盆、香皂、浴液。能吃的极少。一小盒，一小袋，润喉糖、话梅糖、葵瓜子。

似穷乡僻壤。

我问海伦：你买什么？

海伦指指卖货员身后说：饮料。

踮脚，伸长脖子看了又看。有矿泉水、纯净水，三种盒装饮料：柠檬茶、维他奶、纯牛奶。

每天挎着绿色防水的小方包。不时摸摸里面的身份证、银行卡及关闭的供紧急时刻用的手机、一千多元现钞。不曾用过。知道能进康复园，园里有小卖部，曾担心，现钞万一不够怎么办？目前看，钱花不出去。

你买什么？

柠檬茶。

嗯，我也买一盒。

耐心等啊等。眼看快到了，海伦在病号服兜里摸了摸，转头说：哎呀，我忘记带钱了。

我有。我给你买。

回去我还你钱。

请你喝。不用还钱。你我住对面，熟人。

海伦犹豫几秒，点头同意。

很久没喝饮料了。含着柠檬茶吸管使劲嗍。二百五十毫升不经嗍。海伦要留在K歌室玩。她主动告诉我，不远处小侧门通往苗圃。里面有兰花。

真看不出海伦有病。"靓靓团"每一个看起来都正常。传闻艾弗森有惊恐发作。依我所知，惊恐发作、广场恐惧症并非罕见病。有人上飞机，舱门一关，就会心悸、气急，喘不过气来，自以为是心梗。有人去公司上班，一接近公司大厦就昏厥，被送去医院做心脏检查，结果正常。国内数据我没见到，美国的年患病率是百分之十一。据说，病人与父母的依恋关系早期破裂是因素之一。不好意思胡乱揣测艾弗森与父母关系怎样。这种年龄段的孩子多有叛逆心理。

苗圃里真有兰花。我喜欢的细叶兰，可惜没开花。有盆栽哟。小小的假山石，有清水流动。一小潭水，不够一个大男人双脚踩进去。潭里有几尾鱼游动。我蹲那儿看了好一阵子。我家曾有鱼缸，金鱼、热带鱼颜色艳丽，游来游去。不会喂鱼，鱼缸里常有死鱼浮起，令我感觉罪过。不到一年，不再养鱼。在精神病院苗圃，能看到活泼泼的小鱼儿,心情清爽。起身随意走动,一棵棵小树苗细细的,叶子绿绿的,苗圃里显得安全、闲适。

晚饭后,海伦出现在病房门口。双手背在身后,人不肯进来,灵动的眼睛瞄着我。

海伦道:我请你喝的。

一支瓶装五百毫升的雪梨菊花茶,硬塞给我。广州人不喜欢欠人情债。哪怕只是一丁点。海伦才十六岁,界限分明。广州人的礼貌之道,不能拒绝。

我扭开瓶盖,喝了一口。海伦笑了。这一笑,含义是你这人明事理,讲默契。

她转身,连蹦带跳,跑向走廊等她的辛迪。看不出海伦、辛迪哪里不正常。放在校园里,可以任性"恃靓行凶"。男生宠,男老师也会多看几眼。放在大街、广场,男女路人随意瞥去,目光锁定——出众。

辛迪是带着家里保姆来住院的。她家有两个保姆,轮流来陪护。辛迪比海伦大几岁。长发的黑亮程度可作洗发水广告。头发有点自来卷,脸形、五官像回族美女,长得俊,皮肤白。说的是地道的广州话。

看到这个"靓靓团",有点不适应。我在门诊部或电影里看到的疯癫病人,多属较丑一类:面容浮肿、身材变形,或五官不正,眼露凶悍或呆滞。没想到,第一次住进精神病院,屡见美女出现。难道颜值与患精神疾病概率成正比?

有点困惑。他们真需要住精神病院吗? 有没有搞错呀?

病区大厅里,小迷糊围着乒乓球桌在躲,他哥在追。病情好转了,他会淘气了。他光着脚丫子,他哥抓他穿鞋。小迷糊躲到辛迪身后,他哥不敢到辛迪跟前揪人。辛迪顺手一抄,揪住了小迷糊的病号衣。小迷糊想挣脱,辛迪扯住不放手。这时,我注意到她手腕的刀疤。

辛迪左腕有几道粗刀疤。歪歪扭扭,不连贯。至少是两三次割腕的疤痕。平日有住院手环遮挡,不易看见。

想起医书说:渴望疼痛——患者会毁损自己身体的某部分,将注意力集中到身体的疼痛上,这种生理疼痛比起精神的痛苦较易使人耐受。

移开目光。不忍看。我左胳膊窝两条粗血管条件反射,突突跳动。鲜血在血管里面高唱:“放血、放血……”我狠狠掐住胳膊窝。痛。耳朵听见有微声说:“关闸。关闸。”我的大脑开关有故障。要关的时候,关不住;要开的时候,启动不了。深受折磨。闭上眼睛。眼前闪过一张张烂掉的脸、一个个肿胀的眼球……一个一个落在地上堆起来,眼球眼球……希区柯克大师的眼珠子、骄傲的大脸盘子……咬牙。不能尖叫。强迫联想关不住!


我随队伍冲进康复园。先排队买了一盒柠檬茶。

彩泥室。室内两三张大长桌,可供十几个人同时做手工。屋子里很空。

一个四十岁出头的男管理员,坐在靠墙一边监管。没有人教学。长桌上左一堆右一堆彩色橡皮泥。有些彩泥尚未被人动过,有些彩泥是废弃的小坦克、宝塔、大头娃娃。桌上扔着彩色图画册,按照里面的图示就能捏出橡皮泥玩具。

屋里算上我只有三个病人。一个男病人转一圈出去了,可能觉得太没意思。另一个女病人手里抓了一团橡皮泥,在捏一条翘尾巴的鲤鱼。

彩泥五颜六色。我喜欢鲜艳的红、绿、金黄。长桌上没有这几种彩泥。我去问管理员。管理员懒洋洋地说：用完了。新的没开封。

我恭敬地提醒他：我看见柜子上有。打开，拿出来就能用。

他横眉，道：桌上有什么色，你就用。到这里……还挑三拣四。

此人面相阴郁、固执。跟这种人讲道理，用广东话叫"嗮气"。

在人屋檐下，不得不低头。进康复园前，表现要"够乖"。进康复园做工娱要交钱。在医院外，顾客是上帝。在精神病院，你就是疯子、废柴。

挑出几块相对干净的彩泥。别执着于色彩，人生就是黑白灰三种颜色，凑合吧。

很想我的"狗儿子"乐乐。特意来这儿，想学着捏一只小狗狗。

在家每天会跟狗儿子嘟囔：我家儿子系帅锅锅。柔软的毛发金黄与白色相间。头发是金黄色，小胸脯是纯白色，尾巴是金黄色。两只眼睛圆又大，常咧嘴笑，露出一小截粉红色的舌头。摇来摇去的小尾巴像一朵白绒花。

长桌上没有金黄色。我只好将就。

黑色的两只大眼睛，白色的小脑瓜，黑色的塌鼻子和嘴。白色的小身段，四只白色小爪子，还有两个深棕色的耳朵。

另一个女病人走了。我搓啊搓、捏呀捏，捏出一只简单笨拙的小狗狗。半个巴掌大，立在平坦的蓝颜色橡皮泥上。没有绿色泥，蓝色泥就算草坪吧。

一点不像我的狗儿子。心里当它就是周小乐乐。我请求带这只小狗狗回病房。管理员说不行。

我想买下这只小狗狗。

管理员很不耐烦：不卖。把你的狗扔回去。

他指指那堆废泥料。里面的坦克、宝塔、娃娃都是病人做完丢弃的。

不肯丢。我把周小乐乐搁掌心托住，不放手。这就是我的狗儿子。我要花钱把它买回病房，放在枕边陪伴。我就不放手。

管理员要锁门，喝令我放下。他不容病人挑战权威和常规。敢在精神病院说"不"，蠢得不知死活。

看他那副嘴脸，我怒从心头起。

近十年，我每次离家不超过半个月。乐乐是我的治疗犬。我曾写过《我因思爱成病：狗医生周乐乐和病人李兰妮》。宠物疗法对我很有效。我对乐乐有极强的心理依赖。住院时间久，想念让我情绪不稳定。这是打针吃药不能解决的。

集合时间到了。护士点人少了一个。小满留下来，找到我。

小满和芬姐知道。我跟朱莉亚念叨过，狗儿子乐乐陪伴我度过三次重度抑郁复发。乐乐温暖了我的旷野岁月。

小满对管理员说：她想她的狗儿子。你就让她买走吧。我要带她回病房。

管理员不理睬小满。用手指冲我一戳：放下！

眼神充满轻蔑——疯子！

我脑子里火焰升腾。

管理员对小满说：你赶快把她弄走。

小满作揖道：大佬大佬，求你给个面子吧。我马上打电话请示护士长。

管理员悻悻然扭头不睬。

小满急忙走到门口电话请示。请示完毕，她把管理员拉到一边，小声嘀咕。管理员听了，阴沉地瞥我一眼，不置可否。

小满对我说：护士长叫你先回病房。她保证帮你要回这只小狗。

不。我一走,他会把我的小狗扔进废泥堆。

你放心。护士长会给康复园负责人打电话。

我不相信这些人。

小满两头说好话:就当心疼我,跟我回去哈。护士长一定帮你要回来。大佬大佬,求你了,别动她的小狗哈。求求你谢谢你。

不想太难为小满。我把小泥狗单独搁在桌子另一边,远离那堆废泥。

回病区的途中,想起香港青山医院出版的《开门见山》。书中提到二〇〇八年发生的一个真实故事。一个有暴力刑事纪录的精神科住院病人,院方为了帮助他康复,根据他的喜好,竟然同意他在两名男护士的陪同下,离开医院参加香港沙田马拉松十公里公开赛。[注2]

这才叫为病人康复着想。工娱活动用不着太多项目。面对病人时,没有诚意,反是伤害。病人群体太弱势,人善被人欺。我要豁出去,争一争精神病人的正当权利。哪怕只是一丁点儿。


午饭套餐是香芋蒸排骨、空心菜、例汤。没心思吃饭。气不顺,胃脘胀痛。午休时间,我躺在床上勉强眯着。情绪很不稳定。心境非常恶劣。

很怕乐乐因老妈不在而抑郁。

二〇〇三年十月,偶然相遇,我把一个月的乐乐抱回家。我家丁克,也没有养过猫狗。我想试试国外书里说的宠物疗法。作为癌症、重度抑郁病人,我自闭。对外部世界冷漠、麻木。

周乐乐自带强烈的爱心和责任感。无论我病成啥样,从不嫌弃我。我病情时好时坏,忽喜忽怒,不敢出外见人。每天乐乐默默守护我。最深的爱,是始终如一的长久陪伴。

我幼时上军营幼儿园就住读。附小住读无家可归。从小随野战部队到处搬家。没有故乡。不曾在一个城乡、山区、海防前线居住超过三年。成年后,独自一人漂在深圳。没有家的概念和享受。直到癌症手术、重度抑郁。乐乐来到我身边,朝夕相伴十二年。我不再漂流。乐乐就是我的家。

抽血自残时,乐乐皱着小眉头,用小爪子扒拉我。我抱着乐乐,把头埋在他脖窝的软发里,告诉他活着比死更艰难。乐乐沉默。这个小生命理解我,温暖我。有道是:偶尔治愈,有时帮助,总是安慰。小乐乐做到了。

第三次重度抑郁爆发,乐乐吓得躲在茶几下。我失控嚎叫,摔倒在地。他哆哆嗦嗦从茶几下爬过来,用小身子紧贴我的后背。不放心,他又趴到我脖子上观察。

有一年,病情缓解。我出差近半个月,乐乐大病一场。农大小动物系教授说:你的小狗狗抑郁了。狗狗对家人很忠诚,你要珍惜,多陪伴。

我对乐乐说:妈爱乐乐哟。乐乐是老妈的心肝臭宝贝。

住院前,我怕乐乐抑郁,把一件旧睡衣、旧袜子铺在乐乐的小窝里,这是老妈的气味哦。


头顶百会穴痛。

想起《简·爱》。简·爱与罗切斯特先生之间的障碍,是那个阁楼上神秘的疯女人。凭一个"疯"字,她就被定"罪"。像野兽一样被锁在黑暗的阁楼里,任她自生自灭,死不足惜。没人去想:这条生命曾经鲜活,她为什么会疯掉?

结局那场大火，观众断定，她天生邪恶，就该烧死。"疯"就是"罪"。

人若感冒发烧、咳嗽，或者高血压、糖尿病、心脏病、胆结石、胃穿孔、脑癌血癌、断肢聋哑等，会获得同情。哪怕得了传染性肝炎、肺结核，甚至"非典"，都能得到理解。可是，谁会祝福并尊重一个精神病人？


午休结束。大厅那边又在K歌。芬姐从门外进来，边走边喊：48床——起来。起来吧。

不动。我对自己失望。对精神病院失望。

芬姐在我床前说：别装睡了。起来。快起来看看。

我讨厌这时有人打扰我。我恼火地睁开眼睛。

芬姐手掌心托着——泥捏小狗狗。

接住你的宝贝。护士长中午去帮你要回来的。

噢——太好了！马上。我马上付钱。

我急忙打开小绿包，慌慌张张翻找钞票。意外的惊喜。

那边负责人说了，不用交钱。人家说理解。

谢谢护士长！谢谢你，谢谢小满！呀呀呀——这是我家小乐乐呀。

很珍惜地捧着泥捏的小狗狗。想找个安全的地方搁着。床头柜上，不行。枕头边，不行。锁在抽屉里，不行。

木姐悄无声息地出现，递给我一个干净的空饭盒。放进去正正好。

为表示谢谢，我托着宝贝小狗，愿意给木姐把玩一阵。木姐抿嘴摇头，退回病床。吴太K歌去了。朱莉亚跟妈妈去了亲戚家。很想找人分享我的快乐。我要赶快找人聊天，说一说我的乐乐多可爱。

忽然想到海伦。今天海伦没去康复园活动。

海伦为什么不去？她怎么了？我要去关心一下。

走到对面病房门口，没有遇到阻击的目光。顺利进入病房。

病房里此时只躺着一个病人。这病人四肢分开，被绳索紧拉硬绑，绳结那里还锁了一把大钢锁。病人头歪向墙壁，头发遮住半边脸。

新来的？芬姐绑的？

刚想退出去，护士推着发药车进来，车挡住了路。护士说：48床，回你病房去。

被绑的病人转过头来，长发滑落，露出脸。

我大吃一惊，说：怎么是你呀？

海伦被绑在病床上。嘴巴紧闭，一脸倔犟。

我问护士：怎么会绑她呢？

她不吃药。把药偷偷扔到垃圾袋里。被发现了。

可是……她……

她精得很。好几天骗过我们。

海伦此时像一只受伤的小母猫，有点美丽，有点危险。

护士说：不认错，就不给你松绑。

同情海伦。我想说几句安慰的话。这话不能刺激护士，不能火上浇油，也不能怂恿说：下次药片别丢那里，丢到马桶里冲水冲走它。

精神病院发药，监管甚严。通常是两名护士，推着一辆小车，上面的小药格里，仔细放置了各病房、各病床病人当时要服用的药片。发药时间点,病人要回自己病房,坐在病床前等候。

一个护士叫:48床——吃药。另一个护士就把药格里的药倒在我手心。两名护士盯得紧,药片放在嘴里,喝水,吞咽,张开嘴。护士察看口腔、舌头。病人要随护士手势,张嘴高声说:"啊——啊——啊——"还要使劲吞咽,反复吞咽。直到护士认可。

电影里,总有真疯子、假疯子不肯吃药,骗过护士的情景。入院后,我发现,当着两名虎视眈眈的护士,旁边还有一名二十四小时陪护员,病人要藏药极其困难。每次要吃一把药,大小不一、薄厚不一,有药片、药丸、胶囊、水剂。

病人若拒吃精神病药,没什么特效招数。

服药后,等护士走了,你去浴室抠喉咙、对马桶催吐、对盥洗盆呕吐,不太现实。陪护员盯得紧。浴室门没有门闩,陪护员贴身紧防。偶尔真让你呕吐一回,也不会让你再吐。即使陪护员是至亲,心疼你,愿意陪你共同作案,那也不是长久之计。你一天吃三次药,抠挖喉咙无数次,折腾几天便难以持续。


佩服海伦。心够狂野,胆子够肥的,居然能瞒几天。怎么辛迪和"靓靓团"没来陪她?我陪她说说话。独自被捆绑在病床上,惨兮兮的。

我俯身,说:今天我去康复园,捏橡胶泥。捏了一只小狗狗。

海伦脸上闪过痉挛。扭头面朝墙壁。憎恨的气场,令我不知所措。

怪不得"靓靓团"没来。他们比我懂事。海伦愤怒、无助时,床头出现别的自由走动病人,分明是来打脸。

对待癌症、精神病人,健康人能说的安慰话极有限。不走心的安慰话,有毒。理解莫过于不打扰。

上世纪八十年代，艾琳入住美国某著名精神病院。多年后，法学教授艾琳对记者说：……那些皮带勒紧我，一张网盖住我的双腿、双臂和胸部，随后他们从四个角把它拉紧。我几乎窒息。那时在美国，每年大约有一百人在被捆绑起来时或在被捆绑状态中死亡。

对比之下，今天绑海伦的绳子和铜锁，就像芬姐所说，文明多了。尽管如此，我仍受刺激，心里忧伤。


辛迪在大厅，翻看一本英文绘画本。

我向小满打听过她。小满所知甚少。听说辛迪是大学生，可能读大二。她很小就做噩梦。她有"阴阳眼"，能看见死去的人。

小满说：富二代还做噩梦。吃饱了撑的。像我们这种穷人，不做梦。

理解辛迪。我常梦见死去的人，认识的、不认识的。梦里，我见过小学生家长用刀捅老师，鲜血高高飙起，在空中画出血红色抛物线。自杀的梦困扰我，逼迫我要做电休克。

我梦见自己茫然走。一个陌生的大医院。一个陌生的女孩跟着我，大学生模样，清汤挂面的短发。她说："我知道你很想自杀，我也很想自杀。一起自杀吧。"短发女生塞给我一瓶饮料，说："最新的毒药。死了看不出是自杀。"我喝下瓶里的液体。有些稠，无味。女生突然呼救。医护人员劈头摁住我，喊："手术——！"

梦醒。自残的心魔吼吼吼。

我跟亲友说起噩梦。有人敷衍道："别说这些。不可能。不要相信作家的话。"有人嘲讽说："你梦里有人物、情节。编，继续编。无聊不无聊啊。"

不要跟不做梦的人说噩梦。

## 医学选摘

**梦魇障碍**　是一种常见的异态睡眠……病因及发病机制尚未明确。频繁发生的梦魇跟持久的人格特征和精神病理学有关。急性应激障碍或创伤后应激障碍患者常出现梦魇。

……梦魇障碍特征为反复出现高度烦躁不安的梦境,梦境体验栩栩如生,非常真实,常在REM睡眠期*出现,常导致觉醒,并能详细描述梦境内容。梦境内容常集中在对个体迫在眉睫的躯体危险,也可涉及其他令人悲伤的主题。当这些梦境呈现出来时,患者常变得焦虑、恐惧、害怕、愤怒、尴尬、厌恶、情绪低落等。

……该睡眠障碍引起有临床意义的痛苦,或导致社交、职业或其他重要功能方面的损害……

## 历史闪回

嘉夫人死后与嘉约翰合葬在一起。一家五口,遗骸葬在广州一块公墓。

一九五八年某一天,前去祭拜嘉约翰的市民发现,嘉约翰墓地已被夷为平地,骸骨失踪。私下打听,原来上面下达紧急通知,公墓这块土地要另做他用,迁坟平地,不得延误。一大片西洋墓地,一百多座坟碑,速速灰飞石碎。

"文革"期间,精神病院不许用西药。军宣队、工宣队要清除西方反动势力的影响,精神病院照样造反。"打倒""肃清""追查"。医

---

　　*　REM(rapid eyes movement)睡眠期,在这个睡眠阶段,眼球会呈现不由自主的快速移动。

院的治疗号称"一把草、一根针"。草是中草药。针是针灸用的长针。重用赤脚医生。贫下中农从农村来到医院,护理教育精神病人。

工农兵为拯救精神病人,教他们读红宝书、唱语录歌、跳忠字舞。走资派、黑五类及有海外关系的人不在被拯救之列。

......................................

[注1] 中国第一位获得国际"南丁格尔奖"奖章的护士王秀瑛,一九三一年毕业于协和护校。她曾回忆:协和护校创建于一九二〇年,是中国第一所护士教育高等学府。校训:勤、慎、警、护。校歌的歌词:"勇敢坚强,扶助弱幼病伤。倾听,为患者解除身心疾苦……让爱的花朵开放。"

[注2] 一九四九年之前,香港没有精神科护士。护理精神科病人由普通科护士负责。在五十至六十年代,共有十七名本地受训的普通科护士被送往英国修读精神科护士课程。一九六七年,青山医院护士学校开办了首届精神科登记护士课程。首班招收二十人,十八人如期毕业。此后,青山医院精神病学护理学校成为精神科护士培训重地。

# 第八节　医生的胆儿

精神病院的女医生是女汉子。胆儿大。

我想换掉赛乐特，十二年来，多家综合性医院心理科医生就不给我换。

病人吃这种药副作用太大，大到生不如死，生存质量成为负数。医生体会不到。医生说，你是心理作用，别多想，你要忍耐。

这么说话的，算是好心的医生。他没有害人之心。你总不能盼着他也重度抑郁，正好也吃这药，正正好他也经不起副作用巨大吧？

有些医生仿佛不带心肝上班的开药机器。病人太多，三五分钟打发一个病人。医生见的病人都有精神障碍，看多了堵心，听多了麻木，坐久了疲惫。

医疗界职业倦怠率是多少？国外是百分之四十九。国内据说没有做过统计。知道医生的自杀率远远高过常人么？这是常识。

入院第三天，C医生给我停掉了赛乐特，换上了文拉法辛。同时，停掉了阿普唑仑，换上了氯硝西泮。

在综合性医院，医生即使同意换药，只敢慢慢换。半片半片减，先观察十天，再一片一片减。半片半片加。减药、加药、观察、试验，总得一两个月。

精神类用药，在综合性三甲医院，种类不多。一刀切。一百人用此药没说不行,凭什么就你说不行? 你啰嗦什么尊重个体性独特性,那是西方文化流毒。咱们是中国人,不要整那些个幺蛾子。

专科医院艺高人胆大。换药说换就换。何况住院病人随时可抢救,随时可采用强力手段。


C医生曾经历险,临危不乱。

几年前,一个夜晚。她在精神病院门诊部值夜班。

快到下班时间。门外没有候诊病人了,她收拾诊桌准备走。"咣当当——",门被大力撞开。门外冲进来一个持刀男人。

C医生噌地跳起。心里哆嗦,五官、手脚没哆嗦,大脑依然好使。她立即辨认出,人是精神病人,刀是西瓜刀。无处可逃。

诊室很小,唯一的门被疯子挡住。西瓜刀的刀锋在她眼前乱晃。她背后的铁窗有栅栏。

不愧是精神病院的医生,绝境下迅速自救。大声呼救没用,会刺激疯子更癫狂。刀片上有血迹,可能砍了人,会继续砍人。疯子的刀在抖,手抖,浑身抖。

女医生报以微笑,安抚的目光示意欢迎。

女医生坐下,语调平稳,道:坐吧。你要看病?

疯子呆了呆,想不清楚往下该如何行动。

C医生把他当作平常病人。指指诊桌前凳子,请他坐下来。他犹犹豫豫坐下,紧紧握刀在手。

医生开始攻心。

这么晚来看病,说说吧,哪里不舒服? 你说出来,我一定帮助你。

我难受——!

噢。你来看过病吗? 吃过什么药?

我发病了！砍人了！

疯子又举起了西瓜刀。医生示意他冷静。表情、声音极尽同情。

你不是故意的。不是你要砍人，是脑子里有声音命令你，你控制不住。你不想伤人，对吗？

难受——！

我就知道你不想伤人。你这是病重，急性发作。我完全理解。确实非常非常难受。我能帮你。

疯子举起的刀放下来。

药。我要吃药。

好。很好。你知道要来看病、拿药。不要害怕。我一定帮你。

面对疯子的眼睛，桌底下，医生双腿哆嗦。去拿处方笺的手忍不住哆嗦。她要尽快将疯子哄出诊室，逃离诊室，争取足够时间报警。

计上心头。

我给你开针剂，打针好得快。开三天的针，你去找护士打针。没事了，很快就没事了。

疯子拿起开好的处方单，走到门口。女医生站起来，叫住他。

你等等，把刀寄存在这里。护士怕这个，害怕怎么打针？

疯子听话，把西瓜刀搁在诊室门边。他真去值班药房找护士。女医生立即拿出手机报警。

报完警，她才发现自己头上、背上全是冷汗，腿软得跑不动。太恐怖了！她要把疯子的西瓜刀藏起来。坏了！万一疯子突然袭击护士呢？护士不知道他刚砍了人，毫无防备。要是给他打针，近距离接触太危险！要抢在他打针前通知护士。

心急火燎，她赶去值班药房报信，远远看见疯子在取药窗口等，护士还没有接近他。谢天谢地,警车到了。警察来了!

此后,这家精神病院有了新规定,女医生不值夜班。


C医生查房。我申请做电休克。

C医生说:电……全麻醉,知道风险吗?

知道。我看过书。

你目前状况,不至于……做电休克。

我自愿。

你家人同意吗?

不需要他们同意。他们不懂。

做电休克,必须家人签字。

我意识清醒。我签字。

那不行。不符合规定。


非亲非故,多一个病人做全麻醉电休克,就多一个医学实验品。一个疗程是八至十二次。每次五百元。我自愿交钱电击。医生干吗要阻止?

有过犹豫。二十一岁的阿仔不会数数、算不清年龄,与他说的"电、电、电"有关联。

看过红色电影。敌人给被捕的革命者上电刑,残忍、恐怖。直电到革命者昏死过去。看过文摘。国外大毒枭被判死刑,执行时就是上电椅。若电流调试故障,那人就电、电、电,一时半会儿电不死。

既然叫做全麻醉,应该不痛。我第一次做癌症手术时,就是全麻醉。对手术过程没有记忆。

第三次癌症手术,不是全麻是局麻。淋巴癌清扫时间延长,麻药效力减退。手术全程加过五次麻药。广州每年二月最冷。手术室没有暖气,手术床冷痛钻心。吊瓶的针剂滴入血管,冰痛。血管收缩。这种直逼灵魂之痛,难以忘却。会突然出现在噩梦中。

我对C医生说:我申请一个疗程,做八次。八次就停。

她立即回答:不是你说八次就八次。要听电休克室医生的。

十二次也行。

没必要做。我是为你着想。

我懂。

不是人人做了都有好结果。有人做了失忆。短暂失忆。

我看过书。说电休克失忆,因人而异,也有……例外。

哼。你该多看轻松愉快的书。


病区大厅护士室窗口,有公用电话。经护士批准,病人可给家人打电话。

告诉家人,我想做电击。医生说要家人同意、签字。

先生说:免谈。我不会签字的。

给弟弟打电话,弟弟说话更直白。

我警告你,电死了不要紧,就怕电成植物人。不死不活,谁管你?不签字!傻瓜才信书。写书的自己做过电击吗?再住你就真的疯啦!


一直吃病号餐。羡慕过木姐家人送的老火靓汤。羡慕过吴太亲友送的潮汕卤水拼盘。羡慕过朱莉亚每周跟老妈出去吃大餐。羡慕过大厅里病人们点的各种外卖食物。

眼馋胃不馋。不点外卖,不劳烦家人送饭送汤。先生来探视,经医生批准,带我到医院附近小馆子吃饭。

家人要说服我放弃电休克。我早有准备。刚点完菜,就拿出半张纸。亲写笔迹具有法律效应。

　　李兰妮自愿要求广州惠爱医院给我做电休克疗法,周××和医生都有所保留。李兰妮请求周××作为监护人签字,出了任何问题甚至死亡或意外,一概由李兰妮自己一人承担,与别人无关。

李兰妮　　201×年×月4日晚8点

　　药物疗法、认知疗法、宠物疗法、饮食疗法、光照疗法、香氛疗法、阅读疗法,都试过了。仍然抑郁,仍会重度复发。

　　背水一战。全麻醉电休克。不试,怎么甘心!

　　封闭式病区做电休克的病人多,开放式病区也有急症病人要先安排。我的申请要等待回复。慢慢排队吧。

　　一路朝北。小满把我领到睡眠图室放下。

　　做睡眠呼吸检测,要做几个小时。检测室很大。三张病床,就我一个病人。中年护士面相不太和善,肢体语言倦怠。示意我睡中间的病床。

　　挂上睡眠检测仪器的这线那线。拉上窗帘。窗帘钩掉了几个。护士下令睡吧。检测机器、医生在隔壁。

　　我问:睡不着怎么办?

　　继续睡。直到睡着为止。

　　想上厕所怎么办?

　　护士指指一个半旧的水桶,道:自己解决。

　　护士出去了。

　　啥玩意儿。自己怎么解决。要想早一些脱离此地,必须尽快睡着。

深呼吸。腹式呼吸。从一数到一百。

仿瑜伽腔,在心里说:放松——脚尖放松——脚背放松——脚踝放松——小腿放松——放得很松很松……

头皮放松——眉毛放松——眼皮放松——鼻孔放松——放得很松很松……

越念越睡不着,越睡不着越焦虑。很想大声喊:我放弃。我不想做这个检测。

空荡荡的病房。总睡不着,岂不是要在这里待到天黑。闹心。

想我的狗儿子周乐乐。乐乐每次洗完澡,就在床边"嗯嗯嗯",要到床上睡觉觉。他用的是美国顶尖品牌杏仁沐浴液,小身子散发淡淡的香味。他入睡很快哦,不一会儿就打起小呼噜。小呼噜声甜蜜蜜的,像是在告诉世界:休胡(舒服)。休胡胡。有时他会说梦话,嗷嗷叫,那是在梦里跟邻居小狗狗K歌。狗医生周乐乐睡姿很放松,小爪子有时一动一动的。周乐乐的小呼噜像催眠曲,岁月静好,天地和平。


睡着了。时间短暂。

只要进入过睡眠状态,就能检测到病人的睡眠效率、氧减饱和度、呼吸暂停/低通气指数等等,仪器还会自动打出一张曲线图表。

睁开眼睛。中年护士进来了,看了一眼旧水桶。

病人合作,没添麻烦。护士显出满意之色,给我取下那些检测夹子,拔去头上、身上的检测线,道:你没小便?

没有。

肚子饿不饿?

不饿。

午休时间快过了，不许自己走。

小满及时赶到，用一次性纸杯给我端了一杯温水。早就想喝水，一饮而尽。早就想去厕所。那个旧水桶令人困惑：男病人小便可以用桶接，女病人怎么用？不能提供一个女用便盆吗？

小满带我上了个厕所。护士告诉小满，医生说这个病人睡眠时间短，建议做夜间睡眠呼吸检测。

我催小满快走。心里拿定主意：不做。


没吃午饭。有点儿饿。

路过老年病区，大门正敞开。小满看看里面，进门说：你进来，站在这里不要动。

她去找护工老乡说点事。我忙说：不着急。你有事尽管办。

每次经过老年病区，我都琢磨要混进去侦查一番。

远远张望，很气派的民国时期建筑。长长一排，红砖式两层洋楼。房梁高，走廊通道宽，宽阔的落地窗。外面的人，能看见窗边有单人台、凳，有病人坐在台前。能看见护工推轮椅走过通道。

通道连接病区后门。后门对着一个独立室外花园。园内支了两把大大的阳伞，伞下有凳子。四围有几株细竹，摆放着一盆盆鲜花、一丛丛绿植。

教学示范病区？海外的精神专科医生来参观、交流之地？有多少张病床呢？什么样的病人才住得进去？

说不定哪天，能让老妈住进去治疗一番。老妈在三甲医院心理科看过病。科主任给她开过氟伏沙明、百忧解、思诺思、佳乐定。吃了几天，她拒绝再吃，忍受不了抗抑郁药物的副作用。

我连哄带骗，又带她去另一家医院神经内科看病。专家开了七天服用量的赛乐特，嘱咐吃完要去复诊。她吃两天又不肯吃了。

到了精神疾病高发季节,她会出现幻听幻觉,通宵失眠。她天天说不想活,活得没意思。说话几乎全是负面怨言。她会当着儿女发飙:不要来惹我。我会杀人的。先杀掉死老头子,再杀我自己!你们等着,等着!

我跟弟弟商量对策。

我说:咱们绑她去住院。

弟弟说:我……不敢惹她。

我敢。在医院她不吃药,护士会灌药。

你……你俩都是神经病,互相刺激。少惹她。

她拿刀砍人怎么办?她应该住院。

黐线*。哪家医院肯收她?

我到这里住院后,弟弟来探视。我说,这家医院有老年病区。从外面看,环境不错。咱把老妈送进去住住?

弟弟说:你脑子有病。

我就是有病。所以才住院。怎么地啦!

弟弟想了想,说:她不肯。我也不会签字。

你是纵容。愚孝。

弟弟发火:你住院我不拦你。老妈不想住院,你也别烦她。


站在门边,三百六十度扫描,察看老年病区动静。

一对四十多岁的夫妻,低声下气地跟男护工说话。看上去,夫妻俩是来探视病人,向护工了解病人的情况。估计没有什么好消息,两人垂头丧气的。

一女士五十岁出头,挎小众名牌包,七分衣袖九分裤,英国名牌

---

* 神经错乱。

便鞋。提着一个印了××大学校徽的环保袋,里面装了两本教材。

她追随一个女护士,人家走哪儿她跟到哪儿。再三央求:俾我睇吓得唔得?(让我看看行吗?)

女护士像男人婆。粗胳膊肌肉发达,手上有活儿忙。

男人婆随口答:靓姐,我唔得闲啊。

广东人习惯叫五十岁上下的女人"靓姐",六十以上叫"靓姨"。

靓姐看见我,问:你系呢度住院? 仲有冇床位?(你在这里住院? 有没有床位?)

我用普通话答:不知道。你教什么的? 我家住中大。

靓姐转用普通话:艺术专业。

见她皮肤蜡黄,法令纹明显,一脸焦虑。我猜她家九成九有个精神病人。她被磨得够惨。

我帮她追问:有床位吗? 护士长在不在? 我们要找护士长。

男人婆答:都说了这周没有。出去出去。别阻三阻四。

靓姐很失望。

我说:这周没有,她排队等。你给她看看病房嘛。来都来了。

我从大学城打的过来的。路远。拜托你。麻烦你。

慈悲心动。男人婆领我们走到建筑另一面,就是大走廊通道一面。病房门口全朝这边开。她站在一间大病房门口,说:呐,监护病房。病人住进来,先住在这里观察。

探头往里张望。

面对面两排病床,中间过道窄,里面约有十二张病床。男病人女病人同住一屋。都在床上或躺或坐,佝偻背、深凹大眼窝、鹤发鸡皮。有几个老人剃了光头,辨不清是男是女。没有生气活气,有老人味。远看很美好,近看受不了。

护士道:那边小房间,几个人住。病情稳定了,就住小房间。再

99

住一住，就该出院了。

看了大房间，我立即打消了送老妈住院的念头。

小房间能住几个月？

不超过两个月。不走还得了。你以为养老院啊。

灰溜溜退回病区门口。我问靓姐：什么人要住？

我老爸。八十多了。

你要先去门诊老年科找医生。帮他登记排队，才住得进来。

两个月太短。

老年痴呆？

搞不清。又像……又不像。唉——怎么办？

靓姐自言自语。我感觉她有明显抑郁倾向。她不太了解老年精神病。我周围也有这种高知。我做公益活动时，察觉这是一个盲区。

老年精神障碍是全球性社会难题。即使在欧美发达国家，许多老年人不愿意跟医生谈论心理症状，只细述躯体问题。有些老年人绝不承认自己有精神疾病。

有数据统计，近百分之二十的美国老年人患有精神障碍。八十五岁以上的老人，患重度记忆障碍的约百分之三十六。八十五岁以上老人约有四分之一患有严重抑郁症状。

我没找到国内详细数据。周围八十五岁以上的老年人越来越多。家人、社会都没有做好准备，怎样面对高龄人群的精神障碍和共病。[注1]

这个世纪开始，老年人不再安详、仁慈。部分人不再爱儿孙爱社会。他们对过去、对家人充满怨恨、愤怒，每天闹得全家人不得安宁。精神病毒杀伤力凶猛，最亲近的家人难免受伤、抑郁。

靓姐眼眶发红，使劲抿嘴。压抑太久的负面情绪涌动。

我忙问:是不是出门不懂回家,吃了饭还说他没吃,不认识家里人,听不懂你们说话? 这是常见病。

他可能……不痴呆。认得人,认识路。好像是……

什么?

有点……咸湿(好色)。

哦——听过。这种老爷子……看见靓女会流口水,喜欢盯着肥师奶看大屁股,公然对女人动手动脚。对吧?

嗯……还不止。

你家有保姆吧? 老爷子骚扰小保姆?

靓姐如遇知音,一吐为快。

你说这是痴呆,还是耍流氓? 真的不好意思跟别人说。他连着吓走了两个保姆。有个保姆的老公还说要报警,骂老流氓不得好死。多丢脸!

这是病。好像叫颞叶什么症。我们小区有个老教授,在电梯里总扑女人。那栋楼五十岁以下的女人不敢跟他一起乘电梯。叫他咸猪手。

他有老婆吗?

有。

老婆不管?

管不住。以前是谦谦君子,还当过领导。老了就傻了,见年轻女人就摸,要抱抱。

人家打他吗?

没问。他家上下左右住的是同事、熟人。老婆忍无可忍,送他去养老院,陪他住养老院去了。

我老爸打死不去养老院。我觉得他不痴呆,我想送他来住院。

你给他找个男保姆。

男保姆？

对呀。男保姆会做家务,陪老人散步、聊天。家政公司有。一个月五六千块。你上网查。现在流行请男保姆。

跟你说说,我心里舒服多了。这种家事没地方说。我都想过,是不是我老家祖坟风水不好,倒霉事都叫我遇到。我……迟早心梗。

靓姐揉心口。揭开遮蔽的伤口,说出来,是防治的第一步。

别人家也有这种事,只不过隐瞒不说。很少人知道这是病。我老爸也闹。给他找保姆,难看的不要,年纪大的不要。喜欢丰满的小保姆。讨好小保姆。一个苹果切两半,一半先给小保姆吃,另一半自己吃。我老妈看着特窝火。说要杀掉这个老东西。

靓姐笑了,说:这种病,医院治不了吧。

小满跑过来,她的事情办完了。匆匆催我跟她回病房。

拜拜——谢谢。

小满边走边说:你们谈什么?

如此这般一说。

小满唬唬笑:我老乡碰到过。那家老头子半夜摸到她床上喊:"你抱抱我,我有钱,我有很多钱。"老皮老肉恶心死了。她跑出来喊救命。

你遇过吗?

咸湿佬……到处都有。你叫芬姐给你讲故事,有钱的百厌公*最脏。我在这里跟芬姐做,钱赚少一点,省很多心。


中国人追崇长寿,到精神病院住住就知道,善终很重要。人老

---

\* 老头子。

失能失智，尊严不再。显贵富豪、高知名流，最终看尽他出丑、蹬腿咽气的，多是保姆。保姆眼里无圣贤伟人。

## 医学选摘

**额颞叶痴呆** 核心临床特征是额叶、岛叶皮层和颞叶前部的变性，以及与之相应的行为症状和语言障碍……是非阿尔茨海默病型的一种痴呆。额颞叶痴呆行为变异……患者因冲动行为而花钱大手大脚，部分患者出现囤积废旧物品的行为，因而卫生很差。孩子气的行为，粗鲁，出现不适当的色情语言、玩笑以及诸多令人尴尬的、不适合身份与场合的行为，如偷窃、在公众场合便溺、脱衣服等……

## 历史闪回

中国精神病院百年历史，历经第二次鸦片战争、辛亥革命、军阀混战、抗日战争、解放战争等。上世纪五十年代肃清西方精神病学流毒和余孽，六十年代荡涤资产阶级污泥浊水，学术传承断裂，人才严重流失。直到八十年代，才迎来精神病学、精神治疗全面发展。

天下万务均有定时。拆毁有时，建造有时。

中国民众没有忘记嘉约翰医生。二○一○年之后，有历史学者、医学院师生、文化记者、教会牧师、广州民间史学研究者，不约而同找寻嘉约翰的遗骸下落。找到当年守墓人丘叔的一个记录本。

听到墓园要铲平，丘叔连夜挖出嘉约翰的骨坛，偷偷转移到安全之处。因怕混淆、遗忘，他特地用一块小麻石刻上嘉约翰的英文

名字。临终前他告诉儿子，那个他亲手刻的麻石下，埋的是好人、恩人。[注2]

根据丘叔记录的遗骨埋藏线索，人们刨开麻石附近的硬土，小心地挖出了五个骨骸坛。是嘉约翰一家五口。

人们将嘉约翰一家五口安葬在一起，重新制作了墓碑、墓园。惠爱医院的院方，将最新的惠爱医院规划图郑重地放进嘉约翰墓穴里，告慰这位医院的开创者。

[注1] 北京大学国家发展研究院二〇一三年调研报告显示：中国现有百分之四十(约七千四百万)的老年人有程度较高的抑郁症状。

全球每年有近百万人自杀，自杀者中约百分之五十可诊断为抑郁障碍。美国所报道的抑郁障碍患者自杀率约为十万分之八十五点三，约是普通人群的八倍。

[注2] 一八九四年春季，广州、香港相继爆发鼠疫，当年鼠疫患者病亡数多达十五万。人们非常恐惧，争相逃离城市。

为了隔离瘟疫患者，嘉约翰院长临时租用了船只，停泊在珠江中，充当"隔离病院"，分为男病区、女病区。收治了二十四名鼠疫病人。赖马西(一八八二年从美国来华，博济第一位女西医)协助嘉约翰救治这些高度危险病人。

找不到护理人员，一男一女两名普通中国人冒死上船照料病人。女"护工"曾在博济做过手术住过院，她护理照看女病人是出于感恩。男"护工"原在医院当杂役，敬佩嘉约翰医生坚持救治瘟疫病人，便跟他上船，负责护理男病人。男护工不幸染病去世。

嘉约翰、赖马西两位医生没有退却、放弃，日以继夜，尽心尽力医治鼠疫病人。隔离船上，有十名患者最终得救康复。

这是中国西医院最早的传染病"隔离病区"。

## 第九节　哈利和电休克

晚上八点。禁止进食饮水。早早睡下。第二天上午,全麻醉电休克。

有点怕。

国外医书写道:"当病人出现强烈自杀倾向、幻觉或拒绝进食时,人们常会采用电痉挛疗法。现在使用了麻醉剂和肌肉松弛剂,通常仍会出现失忆和记忆混乱。"

脑海里浮现负面信息。

一九三八年,罗马一名精神分裂症病人首次接受电击休克治疗。医生说:他出现瞬间且全身的痉挛,癫痫抽搐。病人如尸体般脸色发青。打鼾般的呼吸与阵挛出现,他逐步恢复清醒。

三年后,美国麦克林医院记载,已有四十三名病人接受此疗法。病人可能会伤到自己。身体有时会猛然出现激烈且极度的扭曲,五名病人脊椎发生压迫性骨折,另有两人颚骨脱臼。

我心里喊:"关闸。关闸。"脑闸开关失灵,关不了闸。

阿仔做了十二次电休克,病情时好时坏。他不会数数,不能工作,生活不能自理。前景莫测。木姐开口说话了,依然寡言阴郁。

野地黑暗,吞噬天地万物。

清晨六点起床,洗漱完毕。不能喝水。已经空腹十二个小时、禁水十小时,难受。吃抗抑郁药特别口渴。十年来,我无论走到哪里,随身要带水杯。随时想喝水。不能喝水,很焦虑。

我不时去浴室漱口。忍耐。焦虑如捆绑精神病人的绳索,越勒越紧。

要等到什么时候?电击室每天有多少病人排队啊?

小满安慰道:芬姐会想办法。每个病区的护士,都想自己的病人早点做。要跟那里的护士说好话。每天都不同,今天这个区先做,明天那个区。重症、急症的先做。咱们区总是十点半之后。

撑不住了。脸朝下趴着,心脏因干渴膨胀,脑浆滚烫。躁狂之魔像恐龙发出吼声,黑暗之魔张开大嘴。

移动手推床来了。芬姐边推边说,轮到三楼排队了。

紧闭双眼。竭尽全力在与心魔抗衡。移动床推出病房。

推床的轮子发出摩擦地面的声音。铁门推动的声音。电梯上行的声音。推床移动……停。脚背有针扎的感觉。是在操作全麻醉流程吧。

恐龙退去了。干渴退去了。

移动床又在动。耳边隐约有人低语。床移动。换了人推动。低语。周围有好多好多轮子的声音。辽阔的海——床在海面漂——

黑暗之魔……退退退……消逝。

天上,飘动白色的轻纱。宽宽的,长长的,拂动,扬起来。

一点灵魂升上天空。海天白纱,轻柔飘扬。一重又一重,无穷,无边。洁白的天际……

睁开眼睛。许久,才看清白色的天花板。

听到人声:醒过来了。醒了。

无力。合眼。

有一双手用力拖我,硬拽我坐起来,背靠墙壁。

醒醒。睁眼睛。喝水。你的水。

有东西触碰我面颊,滑向嘴边。本能地张嘴。

半口。半口。水。水啊。

睁开眼睛。认出芬姐。

没事了。你自己喝。小口喝。

芬姐捉住我的手,教我自己喝水。半杯水喝下去。慢慢转动头。病房里其他病人在睡觉。床头柜上,扣着小熊维尼饭盆,有绿色菜叶从碗盆边露出来。分不清是什么时间。

几点了?

快一点了。

我回来了。

早回来了。一直没有醒。你第一次电击,比别人醒得慢。

嗯。

吃饭吧。

不饿。

多少吃一点。我帮你。

勉强扒了两口饭菜。舌头、上颚、内腮麻木。嘴唇、牙齿没有触觉,舌蕾、咽喉没有味觉。饭菜下咽缓慢,食道吞咽不顺畅。咽至喉头噎住,咳嗽。就像不会吃饭的幼儿被饭粒呛住。咳得饭粒掉在衣服上、病床上。

芬姐捡去饭粒。我努力咧嘴,想笑一笑。第一次电击成功,要振作。抬起发软的脚,我想站起来。

躺下,快躺下。怎么了?

嘴干、苦。

马上给你倒水来。坐好。

倒掉……饭。不能闻,想吐。

马上。很快。你坐好啊。

芬姐速去速回。

给你水,小口喝。没——事的。你太敏感,太害怕。

我不怕。

嘴里不怕,心里怕。我看得多。怕也不丢人。

极度疲倦。犯困。杯子交给芬姐,软绵绵躺下。

睡着了。


不知睡了多长时间,醒了。身子不想动弹。脑子能动了。脑子动动动,全身有感觉了。一只手掌发麻,睡觉时压得太久。两只脚丫冰凉。肚子咕咕叫了几声。心脏跳动缓慢。

听见走廊外有人来回走动,闻到病房里有人吃橙子。芬姐在走廊喊:李生来了——你姐没事,OK的。

爬起来,靠墙坐在床上。我不喜欢让家人感觉惨兮兮。

弟弟进屋了,后面跟着先生……

弟弟笑嘻嘻喊:首长来看你了!

老妈驾到。

老妈道:你幸福吗?老妈八十多岁了,能够来看你。啊,怎么样?

弟弟搬木椅让老妈坐,说:她敢说不幸福! 首长来慰问,公务员代表、教授代表齐聚一堂。感动吧?

我声音嘶哑,听着像别人在说话:太——感动。

先生递过来一盒曲奇饼,问我:能吃东西吗?

嗯。

弟弟近前仔细看看我,说:气色差。

老妈说:认得我们吗? 有没有被电傻? 傻就傻吧,你自找的。

我……百毒不侵。

是啊,你癌症全麻,上午八点推进去,中午一点推出来。半夜两三点才醒。

两回事。不一个学科,不在一个层面上。

行啦教授。她现在零智商。她从小就傻,妈你说是吧? 小时候我比她聪明。

不要这样说你姐。手心是肉,手背也是肉。

老妈惦记你,没有睡午觉,催我带她早一点来。探视有规定,来早了进不来。打车又特别难打。咱们首长又晕车。来一趟真的很不容易。

唔该晒*。

谁都不容易。我十六岁离家当兵,一路行军南下,背着背包还要去扶受伤的战士,帮伤员背枪。我们那时候是真苦。

打住,说重点。第二次电击……什么时候?

要评估。

听说会失忆。

目前没。

你的毛病就是走极端、乱吃药……

她在这儿……跟犯人似的,药控制在护士手上,走啥极端,往哪儿走? 我担心她不跟医生说实话,硬扛。

命是你自己的。父母老了,帮不了你。

---

\* 谢谢。

电击试过了,后面几次就不要做了。趁着没治傻,出院吧。

憨居居*,厕所当茶居。做完一疗程,你就真残废了。


我没有失忆。真好。我很正常。

早晨起床,记得泥捏的小狗狗在空饭盒里。小心翼翼拿出来,托在掌心端详。有点缩水,一只耳朵耷拉,四只小爪子缩短,小身子有点垮塌。没有头几天神气。

芬姐过来说:缩水正常啦——一坨泥,没经过特殊工序处理。

我用指头轻抚小狗狗的头,心里说:乖,妈想乐乐哦。


梅菜扣肉配菜心。没有食欲。

是否叫一份外卖,比如干炒牛河、生滚鸡肉粥?不饿。这是个问题。怎么熬完八次电击?要保持体力。

其他圆桌的病人,吃完饭陆续散去。我所坐的圆桌剩我一人。

背后有人聊天,聊得火热。转过身看,正是哈利那拨"靓靓团"。

哈利两手拍着桌子说:……书画世家出来的,至少熏陶了十八辈子。我家老祖宗姓赵,南宋时跟着小皇帝逃到这里。小皇帝跳海了,大臣背着跳海的,悲剧呵。听过这段历史吧?喂,听过的点个头——你,还有你。

传闻有传小皇帝是在广东斗门跳海的,有传是在虎门跳海的。旅游景点都在争,都说其他地点骗人。多年前,我去过深圳福永镇凤凰山,见过南宋遗民后裔,听说是文天祥胞弟的一支血脉。

索性把椅子移过去听。原怕遭遇嫌弃、排斥,哈利绽放笑容表示欢迎,辛迪默然冲我微笑。

---

* 傻乎乎。

哈利道：我姐姐最熟这段历史。别看她是画家,她历史也考高分。

辛迪道：你姐姐不是大学老师吗?

哈利道：她是画家。她去教大学生画画,不行吗? 捣什么乱。

艾弗森做了个不耐烦的手势,示意辛迪别打岔。

哈利道：我姐好烦。烦死。总骂我不用功。切,用功算什么? 画画你天才就搞定。我考中央美院不一定,考广美分分钟! 我在学校不回家,就是要躲这个克我管我的姐。我花几个月时间,画了一张画。几个月啊,一张画。就是叫她闭嘴。你给我闭嘴闭嘴! 看——你弟就是天才。一百年才出一个的天才!

我插嘴：你画山水还是人物?

阿姨你听我说。灵感爆发是挡不住的,太阳月亮挡不住,台风地震挡不住。画家不是凡人,跟外星人有一拼。我托我姐带画给广美教授看。我可以保送的。

清华、北大都有保送的。

我姐到学校来了,她来看我的画,来看我的大作。艺术家是要受尊重的。我就坐在这儿,我姐站在……阿姨就是像你的位置就这么近。你们说怪不怪? 我起身跟我姐说话,一转头,死啰,画不见啰! 消失啦!

不会吧?

我的心血呀——不见了! 懂不懂? 毁我,灭我,天妒英才啊。×××,两秒钟前还在。一转头,画不见了! 穿越时空,去黑洞了。

我说：打110。请阿sir*派警犬搜。

*111*

———————————

*　警察。

哈利冲我鼓掌，"靓靓团"对我行注目礼，有一种找到组织的感觉。灵感、艺术、警犬，都是我擅长的话题。没想到，在精神病院派上了用场。

哈利坐下，说：我也想到了这一招。

辛迪说：真的派警犬了？

哈利道：切——派出所说，他们没有警犬编制。骗细蚊仔的鬼话。广州有警犬基地，机场有缉毒犬。跟编制无关。

艾弗森说：内鬼。背后是中情局。

我心想，不可能。艾弗森……他……什么病？

我问：后来找到没有？

哈利站起来，张开双臂道：后来——我就到这里来了。散——会，我明天要出院，回病房收拾一下。女士们先生们，拜拜。

哈利很有礼貌地做了个女士先行的手势。

他帮我移开椅子，像绅士那样笑：阿姨拜拜。

我替哈利惋惜。可能这个事件打击他，猝不及防就……疯了。

哈利由专职陪护员陪护。我没见过他爸妈、他姐姐来探视。他的陪护员怕他，不敢管他，总离他远远的。这种陪护要不要都罢了。

康复园有字画室，我很想帮助哈利，托芬姐跟医生说说，让他去康复园继续创作。按他一贯的表现，靠他自己，很难得到这种奖励。回到病房，没看到芬姐。跟小满说也白说，小满面子不够大。


第二次电击。准备过程相似。

晚八点停止进食、喝水。早睡。睡不着。

早晨五点左右坐在床上发呆。芬姐、小满等人在睡觉。不敢惊动众人，蜷缩在病床上，心里很烦躁。

等待。等得好累好累。又是十点半左右。移动床推动。记得电梯里的声音。

断片儿。

醒来后，是病人午睡时间。恍惚。是停留在那天，第一次电击回来还没有过完？时间很长啊。不对，那天好像家人来过。第二回电击做了吗？没有走廊车轮滚动的回忆，没有漫天白纱、船漂海面的记忆碎片。

没有记忆。零星半点都没有。不是所有电击过的病人，失忆都能慢慢全部恢复的。书上说的并不全对。

三楼，大厅，圆餐桌。

又见哈利。

幻觉吧？哈利不是出院了么？哈利左边坐着海伦，右边是辛迪。一幅美少年油画。

视力有些模糊。走得很近，才看清海伦笑嘻嘻听哈利说话。她冷漠地扫我一眼。海伦松绑了，看起来情绪稳定。

晕，海伦被绑过吗？有点不确定。

哈利说：我姐教书是极大的浪费，那些学生才气一般般。我说她笨蛋，天才越早出名越好。钱不是问题。

辛迪说：你刚才说，学校熄灯了，那你画什么画，到哪里去画？

海伦说：没灯光照样画。画就在心里。

哈利说：回答正确。这幅画是自己长出来的，我画了六个月。画是有灵魂的，自己会穿越。你们懂不懂四维空间？

辛迪道：我懂六维空间。

海伦：画是你姐偷了。千万不要相信你家里人！

哈利想了想，说：她偷我画干什么？

海伦：妒忌你，怕你比她红。她不是你亲姐，抱来的。她要害你。

辛迪道：离谱。喂，你姐没来探过你，哪天来叫我看看长什么样。

哈利：就是粤剧《刁蛮公主》那个样。我姐说，放下，立刻放下。她不相信我。她骗我，说画是我幻想出来的……不存在。切，没理由不存在！

海伦说：被我估中，她和你爸妈串通起来想害你。懂了。你才不是亲生的！你是抱来的。你就在这里画，我帮你跟主任说。

哈利道：我明天出院。东西都收好了。我去北京考美院。

我抬手，捏一捏耳朵。手麻，人在晃。是幻觉吗？


昏沉。有人在床边说话。

问你——电两次了。还要继续电吗？

懒得张嘴。

我跟你说话。你再不答话，我就叫医生来。

眼睛睁开一条缝，先生来探视。也许我有过瞬间昏迷。

你脸色很差，别电击了，立刻停。我去跟医生说。

没事。

再做，失忆……我说失忆……

不……

……

（后面的对话断片儿了。）

渴，嘴干。一定要爬……爬起来。

有人扶我。水在我嘴边。咕嘟咕嘟喝水。

芬姐。芬姐摇晃我。讨厌她乱喊,太吵了。

你睁开眼睛,用点力,睁开。

半睁半闭。

芬姐说:哪里不舒服? 给,毛巾。擦把脸。

眼睛睁——睁开了。

芬姐两只手拍打我的面颊,头顶掐一掐,双肩捶捶,背部一顿揉搓拍打。一只胳膊,再一只胳膊,摇摇摇——甩。再甩。

我问:几点?

下午两点多。你醒不过来。要不要通知你家人?

不要。

我给李生打个电话? 他上午来电话问你情况。

不要。

今天电击怎么样?

今天……电击? 不知道。

我推你去的。今天比上次早一点。十点钟就推去了。这是第三次。你不记得了?

嗯。

一点不记得?

嗯。

芬姐拿起枕边的绿色小包,递给我,说:给你先生打电话,叫他来看你。你的手机没用过,没电,要充电。我扶你去打公用电话。你要走动走动。

噢。

像个木偶人。下床之后,芬姐帮我活动四肢。清醒一些了,跟着走。

到了公用电话前,芬姐说:手机号码,我帮你拨号。多少?

嗯……不记得。

想一想。1、3……多少？

1、3……想不出来。

才电三次，三次你就失忆了？

累……

回病房去。没问题，累就躺着。

不知躺了多久。等我睁开眼睛，天色已晚。

芬姐说我吃了晚饭。我不记得吃过晚饭，什么饭菜？没有印象。

脑子能想事了。努力一点儿一点儿回想。去电击室之前一大段时间消失了。好像电影胶片，这一段被完全剪掉了。摸摸头，在。耳朵，在。眼睛，在。嘴巴，在。脖子、肩膀，正常。好像哪里不正常？哪里？

先生站在病床前。记忆混淆。

先生坐下来，说：你认识我吗？

嗯。

你电击电了三次。医生来看过你。今天一天的事情，记得吗？

忘……了。

你有一段时间不会说话。别人跟你说话你没反应。

脑子……木。

再电一次，真失忆，你连医生都不认识。现在跑还来得及。

不懂。

再住，你就是真疯子了。

能出去？

能不能，都必须出院。尽快。免得下回你不认识我。电击不做了，病人不自愿，家人不同意。

出……不去……

《精神卫生法》有规定。你弟学法律的。让他明天来找医生说。公……函。


入院前五个月的准备，派上用场。

那回在北京开会，同行分组讨论"深入生活"话题。我说准备"卧底"精神病院，有人开玩笑说：就怕你弄假成真，进院之后出不来了。

有人附和道：那就拍一个惊悚片，拯救病人李兰妮。

作家中不乏影视编剧，随口道：她卧底进了医院，发现有毒危险药物，想出院报警，不料，一路遭遇追杀。

众人即兴编排一番。

乐呵归乐呵，入院前，我做了报备：精神病院情况不明；若需要"捞人"，请求组织支援。

第二天下午，省作协的正式公函传真到了惠爱医院党委办公室。公函大意是：我协会作家李兰妮赴贵院深入生活，住在早期干预病区48病床。现因公务需要，另有工作安排。请批准该同志出院。


又是K歌时间，一群病人在大厅争相开嗓。我缩在病床上，正在一个一个想亲友的名字。五官有点印象，名字想不起来。再换一个，记得是个女的，不记得姓什么。有点慌。

小满进来说：有人来看你。

话音未落，门口进来一高一矮两位男士。大脑迟钝，不认识。斯斯文文，目光和善。高个子五十多岁，矮个子三十多岁。

矮个子说：李老师，我们党办接到了公函，原来你在这里体验生活。

一种不真实感。眼睛和躯体分离、散开。我要用注意力把散乱的零件捏成一团泥。

这是我们医院的书记，特意来看望你。

你好！作家你好，欢迎你来我院体验生活，欢迎你写写我们的医务工作者。他们很辛苦，默默奉献。这里是不为人知的角落，终于有作家来了。欢迎。

书记握了握我的手。

我们这里是中国最早的精神病院。很值得写。你有公务急着要出院？

出院。

你应该早些打声招呼，我们带你参观这家百年医院。这里就要拆建了，要升级改造，重新规划。错过很可惜的。

是。可惜。

带你看看嘉园，今天还来得及。说说嘉约翰医生，他的事迹很感人。

看过。谢谢。


出——院——了！

绿灯亮。放行。

失忆是短暂的，不要害怕。断片儿不要紧。断片儿不能复原也没问题。

关键是当下。自由了。


　医学选摘

**电抽搐治疗（电休克）**　……已成为治疗抑郁症的常规方法。

尽管如此,它仍是精神病学领域最有争议的治疗方法……(美国)多数州的法律规定,使用此疗法应有书面的知情通知书。适用者包括:经心理治疗和药物治疗无效的重度抑郁症患者,有即刻自杀风险的患者(因为ECT*比抗抑郁药起效更迅速),伴有精神分裂的患者。

没有人能真正解释其工作原理,较为盛行的理论是ECT可以暂时改变脑的电化学过程。

## 历史闪回

今人十有八九以为,中国最早建立的西医院是协和医院。其实不然。

博济医院被誉为"中国西医之鼻祖"。[注1]北京协和医院创始人之一雒魏林医生曾是博济医院医师。协和医学院神经精神科的第一位主任渥德士,亦曾是博济医师。[注2]

北京医科大学创建于公元一九一二年,中国自办的第一所国立医学院。据载:一九一五年医学校附设了诊察所。教员们除了教学,都要去诊察所看门诊。第一天,只来了三个病人。一个月后,每日增加到七十多人。一九二三年,医学校课程四十八门,其中第四十七门是精神病学。

旧协和是指一九〇六年由六个外国教会创办的协和医学堂。内有雒魏林所在的英国伦敦会。一九一五年,美国洛克菲勒基金会驻华医社购买、接办医学堂,新建北京协和医学院。一九一七年举行奠基仪式。一九二一年九月,新协和开业。从此开始了中国医学教育事业的辉煌。

说到精神病学方面的医学教育,一九三六年毕业于协和医学

---

* ECT,发射型计算机断层扫描仪,是一种利用放射性核素的检查方法。

院、后来成为神经精神科教授的冯应琨回忆,从一九二一年来自博济医院的渥德士担任该科第一任主任起,几十年里,历届主任坚持一个原则:培养专才,重理论,更重实践。精神病的示教,只利用当时的北京市疯人收养所。一九二八年,开始由中国人主持教学。

---

[注1] 博济医院前身为广州眼科医局,开办于一八三五年十一月四日。开张当天,一个病人都没有。第二天只有一个女人冒险试探来治眼疾。随后,拥向医院的人越来越多。有记录,当年十一月至次年二月,收治病人总数九百二十五名。当时选择眼科入手,是因为眼疾在中国极其多,而当地医生对这类病"最为无能为力"。

[注2] 据广州博济医院院志记载,一九一六年之后,该院神经科林安德医生去了北京协和医院,在神经科工作。博济眼耳鼻喉科主任霍华德医生,也去了新成立的北京协和医学院,被任命为眼科主任。

协和医学院曾以"小、精、尖"扬名世界。打造世界一流医学机构,培养高端临床、科研、教育、卫生行政专才。协和曾在办学资金、办学理念、师资、生源方面独具优势,名家辈出。"协和人"成为医术医德双全的良医的代名词。

# 第十节　平安夜

出院通知书疗效一栏写着"痊愈"。

作为自愿入住、安全撤出的病人，我对精神病院有一个建议：

病人出院通知书，"疗效"之后，不宜写"痊愈"。不妨用"好转"。用词要留有余地。出院不代表满血复活。

从精神病院出院的病人，外表正常，神经极其脆弱。在医院，不与外界接触，不受负面消息刺激；一天二十四小时有人陪护，除了吃药、打针、做治疗，不用处理复杂的人际关系。类似真空包装的食品。而出院以后，真空不再，全方位暴露。这是一个被严重忽略的危险时期，很容易引发自杀。

出院后，有个呆傻期。分不清自己在医院还是在家里。见到邻居，人家跟我打招呼，我想不起对方是谁，住几楼，哪个学院的教授。

保姆带乐乐在校园散步。我呆头呆脑跟在乐乐后面，走路不太稳，磕磕绊绊。遇到附近小孩子蹲下来跟乐乐玩，模糊懂得是熟人家孩子，不懂得怎么打招呼，嘴巴不听使唤。脑子和心脏不同步，彼此分裂。

自卑。宅在家里，不出门见父母、弟弟。我对狗医生周乐乐很依赖，一旦找不到北，就去抱住乐乐，席地而坐。把脸埋在乐乐脖子柔软的金发里，闻着乐乐熟悉的味道。狗医生周乐乐天生懂得陪伴、安慰。我陷入沉默呆滞时，乐乐会主动过来，紧贴我趴下。毛茸茸的小脑袋依偎我，默默提醒：不要怕哈，放心，有乖乖在。

这就是医治和安慰。万物有灵。

刚出院的精神病患者，特别需要亲友的宽容和理解。若有意外发生，特别不能承受打击。

出院几天后，得知闺蜜去世噩耗。入院前，这位闺蜜陈博士说：我等你出院噢。咱几个去云南玩。我领你们去个好地方。你不许耍赖说不去。记住，等你噢。

陈博士是评论家，上世纪九十年代她看到李兰妮的散文，便意识到内含的精神之痛。她的评论文章是：《你家在哪里？》。一语中的。

没想到，我住院的那一天，就是她骤然离世的日子。

为什么想活的人死去了，不想活的人却总不死？心魔在黑暗中嚎叫。

电休克引发的短暂失忆，越近的事越记不住。我不记得电休克过程，住院的事模模糊糊。住院之前的事，记忆不断闪现、放大。埋入心底的癌症之痛、化疗之痛爆发……我早就受够了！

启动死亡联想模式，关闸关不住。近五个月，三位亲友接连病逝。

深压在心底的阴影搅动、泛起。电休克没有抹去这样的场景——

重症室走廊，我与师嫂偶然相遇，意外得知师兄第二次中风，住进重症室隔离病房。师嫂和女儿隔着小玻璃窗朝里张望。医生说师兄病危，昏迷中。

对于国内医院ICU隔离家人的规矩，我觉得反人道。早早我就跟家人说过，我若病重，不要进ICU，不要抢救。

我对师嫂说：我婆婆也在重症室隔离，一直昏迷。我通过门外电话不断呼叫，护士说她的手动了。你们也要呼叫，他能听见。

隔离病房门外，女儿呼喊：爸爸，我和妈妈在门外，我们在陪你——爸爸——我们在这里！

师兄本是毫无生气平躺着，脸部浮肿，有些变形。这时，双脚曲了起来，被子滑落。听见了。

几天后他走了。以往抑郁爆发，师兄师嫂特操心，总是急切商量怎么设法搭救我。

同一家医院，同一个重症室病区。隔离病房里婆婆喉管插着呼吸机，昏迷。感染"超级病毒"，肝脏衰竭、肾衰竭、心脏衰竭。家属只能在门外小玻璃窗张望，不能安慰，不能交流。

重症室一天消费两万元左右。老人是参加过新四军的老革命，国家报销医药费。亲属在门外干着急。一个多月，老人孤独苦熬。

重症室医生说，病人快离世了，就在这两三天。家属要准备后事。

"求医生，我们要进去道别。"

医生说："病人没有意识，你怎么道别？医院重症室规矩最严，我们都要按规定行事。"

我拜托医生给重症室主任带话："医院以人为本。明天是平安夜，请求允许进病室十分钟道别。这是永别。"

重症室主任答应了请求。

平安夜。

我跟着先生，穿戴一身无菌衣裤鞋帽，消毒后走进小病室。值班女医生在一旁。先生见母亲枯瘦昏迷，眼泪涌出来，不敢哭出声。母亲参加新四军之前，是苏州大学数学系的学生，从小在教会学校长大。儿子给母亲准备了一首《赞美诗二十三首》，他站在母亲病床边，轻声念给母亲听，"……你带我到青草地上，到溪水边……你的杖、你的杆都安慰我……"

我在病床另一边说：妈妈，今天是平安夜。我们来跟你道别。你放心，你去天堂时，能看见你的爸爸妈妈。天国是美丽的。你在天国等着我们，我们会在天国相见的。

话未说完，女医生神色突变，轻声说：眼睛睁开了！

昏迷多日的母亲睁开了一只眼睛，看着儿子。女医生热切推我上前，说：她听见了你的声音。她在找你。

轻轻握住那只枯瘦的手，那手的大拇指动了一下。有感应，有知觉！老人眼睛微睁，目光在儿子脸上停了一秒钟。合上。仿佛用尽了最后的气力。她合上眼睛面色安详。

这是平安夜。

我走出病室，握住女医生的手，诚心诚意说：谢谢你医生。谢谢你的理解和宽容。谢谢你成全。

女医生回答：我谢谢你。真的谢谢你。我在重症室看到的死亡太多了。你们的道别，让我特别感动。平安夜平安。

听到这话，心里闪过念头：重症室医生会不会抑郁？谁来保护他们？

止不住想：谁来保护医生？医生也是人。他们能够指望谁？

死亡的联想启动之后，止不住。我翻找出一次性针头针管，五毫升的、十毫升的，一一摆在面前。双手抓起这些针管，抽血，抽我的鲜血。死魔要吸血。

精神病院规定，病人出院一个月，要回院复诊。主管医生要询问用药情况,调整用药,提醒注意事项。

出院的精神病人不坚持服药,很快复发,甚至出现自杀行为。年轻的病人在网上呼喊:谁给我一个活下去的理由!网上众多的"抑郁吧",病人纷纷吐槽:苍天啊,显灵吧,叫医生去吃该死药。

听说,真有医生慈悲,亲自体验,试吃抗抑郁药,深感那就是毒药。己所不欲,勿施于人。内疚,这位医生转行了。

精神病院做追踪问卷,问病人私自停药、不去复诊的原因。出院病人答案相似:挂号难、排队难、取药难。

外省就有一个事件,发生在山区地级市的精神病院。

某精神病人出院了,二十多岁,男性。出院一周后,服药自杀。据报道,他一次服用了二百片抗抑郁药、一百片安眠药。

人死了,亲属追责。告诉媒体,精神病院管理不严。出院一周就自杀,说明病重、危险,为什么医生允许他出院?出院记录上疗效一栏写着:痊愈。

舆论一边倒,指责医院医生。却无人关注精神病人出院后,他的具体困境,他经历过哪些事。鸡毛蒜皮的小事,都是引爆自杀的导火索。

街坊邻里的白眼、单位同事的毒舌、网络的伤害、亲友的高调加油,让病人如惊弓之鸟,药物副作用所耗费的勇气和忍耐见底。无人体会坚持的苦涩和无助。

精神障碍致残、疾病负担、寿命损失有个排序参考:抑郁症第一,酒精使用障碍第二,精神分裂症第三。

辱骂、诅咒、诽谤精神病患者的人,是天良丧缺、无道德底线一族。经上说:不要抱怨。伸冤在我,我必报应。要以善胜恶,近善离恶。随着精神疾病常识普及,社会道德水平提高,这样的人会越来越少吧。

复诊。C医生长发卷曲，化了淡妆。

她问：最近怎么样？

我答：一般般。

上班了？

没有。不愿意上班。不愿意见人。

你出院太匆忙。至少要住两个月。你体质比较敏感，电休克……记忆恢复了吧？

嗯……好像快乐的事想不起来了。以前不快乐的事都想起来了。

不会吧。

我正在抑郁状态中。能不能给我加大药量？比如文拉法辛。

三片，225mg/d，已经最高剂量了。

那就增加优甲乐。

也是三片。一般人一两片。再增加……不合适。睡眠怎么样？

氯硝西泮还行。夜里醒几次。心情低落，对什么都不感兴趣，音乐都不想听。

加大药量。你情况特别。我按原来剂量开药，你自己掌握。

我加文拉法辛还是优甲乐？

自己掌握。

出院发现我在消瘦。

你……肿瘤医院复查了吗？

我连续五年不查，不体检。

这不行。

检不检照样是癌症病人、重度抑郁病人。前几年，每年体检完，医生都提醒我，去外科复查肿瘤。我做加强型CT昏死过两次。破罐子破摔，不查。

跟家人说了吗？

不说。生有时，死有时。命数没到，死不了。命数到了，再好的医院、医生也救不了我的命。

你很能说嘛。看来电击没有造成太大问题。

出院之后，体重由一百零二斤降到九十六斤。是抑郁，还是癌细胞转移？

找不到消瘦原因。我不忌口，不节食。从早到晚，嘴里轮流吃着巧克力糖、姜糖、棒棒糖、润喉糖、咖啡糖。喝老姜红糖茶、蜂蜜茶等糖水。是没气力，为提振精神而增加热量。

每逢癌细胞转移，或是抑郁症复发，体重会下降。正常情况下，一米六四、六五的身高，体重在五十二、五十三公斤浮动。一旦跌到四十八公斤以下，就是犯病了。二〇〇三年重度抑郁时我体重四十六公斤。

出现过几次类似心梗的疼痛。心脏闷痛，痛到放射性背痛、腹痛、头痛、咽痛，坐立不得，只能歪在沙发上。疼痛开始钻心、发散、蔓延，眼睛睁不开，浑身不能动。脖颈、喉头燃烧地痛。鼻子吸气吸不上来，嘴巴半张奄奄一息。脑子绞痛，痛楚直通肚脐。近乎痛得瘫痪，喉咙里一个"痛"字咯在颚上，吐不出来咽不下去。心里有个弱弱的声音哼：痛……痛……

这种时候，无法发出呼救声音。家人不会发现。所谓呼救，叫人帮着拿救心药放在舌下，叫人打120电话，不可能。

若非家人那时正密切关注着病人，不可能及时施救。许多心梗、猝死的人，就是这样无声地倒下。

痛到顶点接近昏厥时，肢体、躯壳似乎蒸发了。痛楚在心、喉间燃烧糊化。半小时左右，疼痛悄悄退去。大脑重启。

不想做检查。常听说某人前几天检查没事,过几天就梗了挂了。某人按时做全身体检,却是晚期癌症病人。我在惠爱医院做了各种脑科检查,检查时不知结果如何,出院时也不知道。直到要去社保局报销住院费用,才懂得,要去医院档案室申请复印病历。

国内医院习惯病历保密。为什么要做这这那那的项目检查,是不用跟病人解释的。检查结果病人用不着懂。封建家长式关照:你们不需要知道。这是为你们好。

在微信朋友圈看到中国精神医学十佳排名榜(声誉标化值、科研标化值综合得分):

1.北京大学第六医院

2.上海市精神卫生中心

3.中南大学湘雅二医院

4.四川大学华西医院

5.北京安定医院

6.南京医科大学附属脑科医院

7.北京回龙观医院

8.广州市惠爱医院

9.武汉大学人民医院

10.深圳市康宁医院


走进深圳康宁医院门诊开药。挂的是普通门诊号。

我把惠爱出院病历复印件、出院处方复印件展示在诊台,告诉年轻的女医生,不看病,只拿药。每月一次。

惠爱医院都住过,直接开药方即可。双方都省时间。

年轻的女医生仔细看了看那张复印处方,问:你从出院起,一直吃氯硝西泮？

　　住院就在吃。

　　吃三个月,就要换其他药替代。你心脏……

　　对,我心脏难受。消瘦。

　　氯硝西泮除了安眠,还治癫痫。用久了,你心脏受不了。

　　哦。谢谢提醒。

　　阿普唑仑和氯硝西泮换着吃。

　　拿了药方,好奇道:请问你哪个医学院毕业的?

　　回答道:北医大*。


　　出电梯。要去一楼排队付费、排队拿药。迎面遇见一个中年男子双手被绑在背后,两个男护士紧护两旁,后边跟着两个表情紧张的家属。

　　中年男子是从大门口进来的。他嘴里大声说:我就知道你们骗我。谁是疯子?你们才是疯子。搞突然袭击,搞欺骗。我没有病!我没啥好怕的。你们看,我一点不害怕。我不是疯子!

　　护士、家属没人搭话。这人迈着革命烈士勇赴刑场的步子。嘴里说着说着还微笑,讥笑捆他防他的人。

　　我特别注意看绑他双手的绳子。跟惠爱绑海伦的相似,粉红色,淡淡的红。据说这样可以减轻视觉冲击。不会勒得太痛。芬姐没说错,现在……很"文明"了。


　　我把嘉约翰的故事说给同事亚威听。亚威提议拍一个短纪录片。从西学东渐,最早的西医治疗、教育,到中国最早的精神病院的

---

* 　北京医科大学,现北京大学医学部。简称北医或北医大。

创建、发展。我写脚本。她做编导。

惠爱医院要升级改造。除了留下7栋清末民初小楼，其余建筑要拆建。亚威说，赶快抢拍原址。前期经费自己垫。她带机器进院，抢拍一些空镜头留存。惠爱医院支持。

我去拜访中山大学历史系梁碧莹教授。去见梁教授的博士生王芳，她的论文研究惠爱医癫院的创建过程。参观孙逸仙纪念医院院史馆。通过惠爱医院联系广州教会。我跟着一位牧师，去了嘉约翰一家五口的墓地。

站在嘉约翰的墓碑前，他孩子的生年卒年历历在目，刺痛我的神经。我不停地想：嘉约翰失去孩子时，是怎样的心情？是怎样的痛？

鼻子发酸。没哭。我已经很多年不会哭泣、不会掉泪。这是严重病态。原因不明。

时间久远。手头能找到的史料，不足以拍摄一部扎实的短纪录片。一年过去，脚本我没有写出来。[注1]

电休克废了我的武功？我比没住院前还笨，脑功能退化。强迫性思维无法摆脱：我失忆了吗？短暂失忆还是持续失忆？为什么想不出新鲜词语？要是像惠爱的阿仔、木姐那样，我会不会蹭蹭蹭走企鹅步？

强迫意向关不住。我翻倍吃六粒文拉法辛。没有感觉。没有好转，没有恶化。恢复三粒。省着吃。

像在荒海漂。脑子里浮出上岸目标。北京肿瘤医院。北京精神病院。

**医学选摘**

**心身医学和精神病学** *心身医学……用"生物－心理－社会医学*

模式"理解人类的健康与疾病,研究躯体因素与心理社会因素之间相互关系对疾病的产生、发展、治疗与康复的意义……强调从整体上多层面或综合地看待人类的健康和疾病问题……一些国家……由精神科医生和护士、临床心理学家、社会工作者等组成专业队伍,在综合医院的重点科室巡诊。

医学各专科常见的精神科问题(神经科、传染科、心内科、呼吸科、消化科、肾病科、内分泌科、风湿免疫科、血液科、妇产科、泌尿科、男科、急诊科……):肿瘤科:……既涉及肿瘤学又涉及心理学、社会学以及伦理学……主要研究恶性肿瘤患者及其家属在疾病发展的各阶段所承受的压力和他们所出现的心理反应,以及心理行为因素在恶性肿瘤的发生、发展及转归中的作用……癌症患者常见的精神障碍包括焦虑障碍、抑郁障碍和谵妄……焦虑患者常会对死亡、毁容、残疾和依赖等过分担心,看起来无助、无望,常伴随食欲差或失眠等躯体症状,常与抑郁症状共病。[注2]

## 历史闪回

一九四一年十二月八日清晨。协和医学院的学生正在上课,突然看到日本军队闯进协和医院。当天校长被监禁。

学校、医院及宿舍完全被日寇侵占、封闭。病人全部出院。医护员工各谋出路。许多在专业和学术上造诣极深的著名临床各科医学教授或专家被当时的北医校方聘请到北医各系和临床各科,北医教授的阵容在当时可以说是代表了我国医学科学以及各临床学科的最高水平。

许英魁教授毕业于协和。他于一九四一年担任协和医院脑系科主任。一九四二年八月应聘到北医,创建神经精神科,任主任。

他从协和医院带来一位护士长、四位护士、一位病理技术员，一位社会工作者兼做智力测验。门诊部设立在西单背阴胡同北大医院西侧，那里原是国民党某军阀的花厅。经过许教授设计，隔成几间，有诊察室、候诊室、实验室、护理兼治疗室与医生办公室。任何家具都没有，桌、椅、床、凳等都由许教授设计。当时许教授一边绘图，一边说："不要华而不实的东西，又费钱又不耐用。"

来自协和医院的教授、讲师们呵护精神医学的幼芽，帮助学生们在战乱中继续学业。

[注1] 嘉约翰医生学习中文，是在美国开往香港的商船里开始的。

当时清政府规定，中国人不得帮助外国人学习中文；不允许外国人在中国学习中文，不允许外国人学讲中国话。

首位进入中国开办西式学堂的马礼逊博士请过一名中文教师，这名中国人总是随身带着毒药，若被人向中国当局告发，他就自杀，免得酷刑折磨。

美国传教士、外交官、汉学家卫三畏于一八三三年抵达广州，在华工作四十余年。回国后，一八七七年成为耶鲁大学第一位中国语言和文学教授。他曾说：那时我们最大的困难是找不到人教中文。在广州十三行商馆里，二十一岁的卫三畏跟着一名中国先生学中文。每次桌子上要放一只外国女人的鞋。一有可疑的人进来，中国先生就装作为外国人做鞋子的中国鞋匠。

[注2] 一八七五年，中国第一例尝试摘除子宫肿瘤手术由嘉约翰医生施行。首例卵巢切开手术也由嘉约翰医生施行。一八七九年，首位学医的女学生进入医院。一八八七年《中华医学杂志》创刊，嘉约翰医生为首任编辑。

DRS. KERR AND NILES WITH STAFF AND STUDENTS AT THE CANTON HOSPITAL ABOUT 1894.
Ko Yeuk Hon, Chui Ping Lo, Chi Iu Teng, Ng Po Shan, Wong Sau Shan,
Lam Hon Faan, Lau Tit Man, Nye Hat Wan, Tsoh Kat Faan.
Hoh Yat Wa, So To Meng, Leung Kin Choh, Lei Cheuk Kam, Wan Tun Mo,
Leung Hiu Choh, Yue Hin Chi.

\* 摄于 1894 年。嘉约翰医生（前排右四）、赖马西医生（前排右五）与广州博济医学堂师生的合影。嘉约翰医生倾尽毕生积蓄，自费购买荒地十七亩（1892年），在广州芳村筹建惠爱医癫院。

\* 嘉约翰摄于 1900 年 11 月 28 日。中国第一家精神病院——广州市惠爱医癫院第一座楼。此后一年时间里，嘉约翰夫妇住二楼，十一名精神病人住在一楼。一、二楼楼梯相通，病人可随时上楼找医生。

* 1912年孙中山先生回广州博济医校时合影。图中二排中间者为孙中山先生，他左边是夫人宋庆龄，右边是他的女儿。1886年孙逸仙入读博济医校，曾师从嘉约翰校长，其同班男生有十二人，女生四人。史料记载，孙逸仙博士的"新主张、新思想，很多都是他在博济医院的时候发展起来的，是从那里扩展到全中国的"。孙逸仙自述："以学堂为鼓吹之地，以医学为入世之媒。"

本院創辦人Dr. John Kerr与病人合影

\* 广州市惠爱医癫院创始人嘉约翰院长与惠爱医癫院病人合影。

嘉约翰医生 1847 年毕业于美国费城杰斐逊医学院。1853 年 11 月 28 日，作为医学传教士，嘉约翰携新婚妻子爱蓓·金斯伯理从纽约乘船出发，1854 年 5 月 12 日抵达香港。在伯驾医生之广州"眼科医局"基础上，创建广州博济医院。任博济医院院长四十四年。经过他二十余年不懈努力，1897 年底建成中国第一家精神病院（惠爱医癫院）第一栋楼。1898 年 2 月 28 日医院开始接收中国第一位入院的精神病人。

\* 嘉约翰夫人马撒·诺伊斯与病人合影。她是嘉约翰医生的第三任妻子。1886 年嫁给时任博济医院院长的嘉约翰。她参与了惠爱医院的筹建工作，并在嘉约翰逝世后，作为惠爱医院理事会成员，承担了医院的管理和运作等重要事务。1926 年在广州去世。

（嘉约翰第一任妻子爱蓓·金斯伯理来华仅一年多便因病在澳门去世。嘉约翰第二任妻子伊莎贝拉·莫斯利 1858 年从美国来华，在广州陪伴丈夫，生儿育女。因环境艰辛，三个孩子陆续夭折。伊莎贝拉·莫斯利随后因病去世。1886 年，嘉约翰娶广州真光女学堂创办人那夏理的姐妹马撒·诺伊斯为妻。她亦成为孙逸仙等博济医学堂学生们尊敬的师母。）

REPUBLIC of CHINA
Government Headquarters,
Canton.

June I,I924.

Dear Mrs.Kerr,

Dr. Sun Yat-sen is gratified to learn that you attain today the great age of eighty-four years;and I am desired by him to send you his best wishes and,in the name of our people,to thank you for the good work that you have done in our midst.

Very sincerely yours,
(signed)    Eugene Chen

* 1924 年孙中山委托其英文秘书陈友仁于嘉约翰夫人八十四岁生日当天致信贺寿之记载。

* 1922年2月10日惠爱医院院内举办了神经研究会。为增进社会各界对精神病院情况的了解，惠爱医院允许亲友随时探访病人，并常常举行集体文娱活动或体育活动，欢迎社会各界人士前来参加。根据当时西医较新的精神病医学理论和技术，医院鼓励病人尽量参加集体活动，促进病人饮食和睡眠正常化。图为神经研究会开会期间，院内的"魔术表演"活动吸引了众多市民观看。

* 1920 年代早期惠爱医院院内建筑。

* 1920 年代早期惠爱医院外景。

* 1927 年，广州市国民政府接管惠爱医院时留影。

* 1927 年被接管之后的惠爱医院。

* 护士对部分激动的病人进行水疗（当时叫持续浴）。此图片于 1948 年 9 月
21 日摄于医院水疗室。

* 1950 年 10 月 15 日广州市精神病院全体医护人员在行政大楼门前合影。后排右一为莫淦明医生（1954 年就任广州市精神病院院长）。

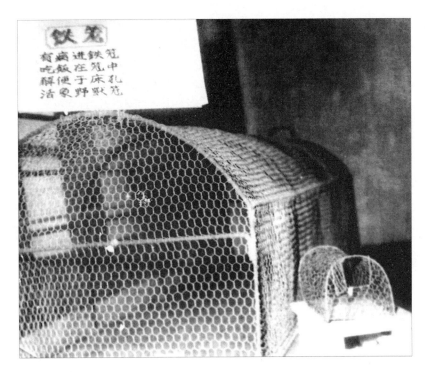

＊旧时代约束禁锢狂躁病人的铁笼状床罩。

＊ 将狂躁病人禁锢在水泥地或窗门铁栏上的手铐、脚铐和铁链。

* 1951 年元旦，广州市精神病院全体员工合照。1949 年 10 月 14 日，广州市迎来解放。同年 12 月市军管会派人接管了广州市精神病院。

* 摄于 1954 年。广州市精神病院的中山四路门诊部。

* 摄于 1957 年。广州市精神病院门诊部开展气功疗法。

* 摄于 1963 年 10 月 1 日。广州市精神病院大门。

\* 摄于 1967 年 10 月 12 日。精神病院的女病人在芳村病房休息。

* 摄于 1971 年。广州市精神病院的正门。其时名为广州市第十人民医院。

* 摄于 1971 年。广州市精神病院的医护人员把采来的草药煲成药汤试药，观察反应。

\* 摄于 1971 年 7 月 23 日。解放军医疗队到市精神病院全面开展新针疗法。

* 摄于 1984 年 1 月。当时广州市精神病院的医院正门。

* 摄于 1986 年 12 月。当时广州市精神病院的病区急救室。

Dr. Kerr's Tomb.    Kerr. Mrs. Happer, Dr. Ball. Dr. & Mrs. Thomson Mrs. Hager

\* 嘉约翰医生广州墓地原墓碑。此照片保存于耶鲁大学图书馆。

\* 上世纪五十年代，嘉约翰医生的临时墓碑和遗骸，在时隔六十年之后，被广州的学者、医生、市民重新发现。

\* 2018 年 2 月 28 日，广州惠爱医院建院一百二十周年之时，嘉约翰纪念墓园（简称嘉园）在广州落成揭幕。这里安葬着嘉约翰医生一家五口人的遗骸。嘉约翰、嘉约翰第三任妻子马撒·诺伊斯，以及嘉约翰医生夭折的二子一女：威廉阿瑟（1859.4.23—1862.10.8）、约翰莫斯利（1860.8.10—1862.10.11）、范妮简（1862.11.17—1865.1.11）。

下　篇

# 第十一节　独自北上

侦察地形。北京。

查安定医院门牌号码。手机导航,坐出租车到了安定医院。刘闺蜜不放心,陪我同往这家老牌精神病院。

安定医院只剩普通门诊号可挂。挂了一个号,是二百多号。不知道要等多久。刘闺蜜没见过精神病院门诊部,这比综合性三甲医院人还多,小小地开了一回眼界。

形容人多,若用"菜市场"来形容,早已严重过时,现在人们都是网购新鲜菜蔬和肉食。你要说"人多得像精神病院门诊部"。

要找住院部大楼,想混进去看看里面的病区。我让闺蜜在门诊大楼等,闺蜜两肋插刀,说:我陪你去。

有广州精神病院三十五天住院经历垫底,继续练胆。估摸着住院部方位,左拐右转,上楼下楼,好一阵忙乱折腾。前方一幢楼房,大门紧闭。嗅出了精神病区的气氛,一种熟悉的感应油然而生。我站在紧闭的大门外,侧耳听,听不到里面的声音。等了一会儿,无人进出。退到几十米之外,作一百八十度扫描。扫见楼房一侧有大窗,依稀有两个人影晃动。白大褂,身形彪悍,男护士。不是好兆头。

附近有个男医生路过。我莽撞地拦住他,指指紧闭的大门,问:

那里面怎么进去?

男医生警惕地打量我,估计他想:这是个疯子?

闺蜜很斯文地解释:我们想进去问问有没有开放式病区。

医生答:里面全是封闭式病区。

全封闭。重症病人。绑人要靠男护士。

闺蜜道:不能住!别冒险。


根据百度地图,找到了北医六院地址。打的上车,说去北医六院。

司机说:没听过。什么门牌号? 拿手机来看看。

司机看了手机上地图导航,道:北医三院吧? 三院我知道。

不是三院,是六院。

就是三院,这地址……我拉你们去。

三院就三院吧。

出租车在北医三院路口停了下来。俩人下车,仰脸望一望北医三院招牌,沿着院外人行道继续往前找。不到三分钟,寻见北医六院的院牌,旁边还竖了好几个牌牌,有一个写着"北京大学精神卫生研究所"。[注1]

两家医院相挨着。六院门脸比三院小得多,占地面积小得多。北京市民知道六院的人不多。一般市民只知道,精神病院就是安定医院、回龙观医院。

火速冲进六院门诊大厅,抢时间挂号。很多时候迟一步,就无号可挂了。还好,挂到了普通号,心中暗喜。

人头攒动。刘闺蜜惊讶道:病人真多啊。

你在这儿等。我侦察住院部。

别呀,一起去。

我溜得飞快。留下闺蜜在门诊等。


六院门诊部与住院部同在一幢大楼。住过精神病院的人，嗅得出住院病区的大致方位。二楼就有病区，一扇门，米白色，门边有刷卡、按铃装置。

琢磨。如果是开放式病区，就能混进去侦察。有人出入，穿白大褂的，患者家属模样的。

搭讪。开放的还是封闭的？啊开放式？好哇混进去。趁有两个家属进门，紧踩人家脚后跟，我进了病区门。

有些蒙。

这里面与广州惠爱医院开放式病区结构、布局不一样。面积至少小一半，走廊窄得多。随处可见穿白大褂的、穿护士服的、穿护理服的。我怕被人赶出去，不敢随意走动。左右张望，推测哪里是病房。

背后有声音厉声问：你怎么进来的？

转身看。一个穿白衣裤的，没戴护士帽。心慌。不清楚这个中年女人是护士还是护工。口气这么硬，多半是护士。眼光毒辣，一眼看出谁可疑，不是病人家属。千万别惹护士。尤其是精神病院住院病区的护士。

我恭敬地说：我来问问。听说这里是开放病区？

出去！你出去。这里不能随便进。

对不起，我就是……我想住院，怎么才能住进来？要登记排队吗？

"白衣裤"没好气地指着门，叫我出去：这里没有床位。

请问在哪里登记排队？我住过广州的医院。登记后等一两个月，就有通知。

没有。这里没有。

旺季没有,淡季有吧?我等。

这里没有淡季!你出去。

马上,马上出去。什么时候相对地床位不会特别紧张?大概几月份?

"白衣裤"神情凛然,傲娇地答道:大年初一。那天可能有床位。

大年初一!不——会吧。

就那一天。想住,你那天来问。

话说到这份上,我实在招架不住,赶紧撤退。

侦察了北京两家精神病院,遭遇红灯。总不能逮住一个北京朋友就问:你能帮我住进精神病院吗?你认识住院病区主任吗?


读过普拉斯的《钟罩》。她因精神崩溃住进麦克林医院。麦克林的病人多是知识精英、上层社会名流。获过诺贝尔奖的数学家约翰·纳什(电影《美丽心灵》的主角)也曾是这里的病人。

美国自白派著名女诗人普拉斯出院了。她还结了婚,丈夫是英国诗人特德·休斯,尽管不久便分居。从美国搬家到英国,她在伦敦英国广播公司工作。一九六一年她请了创作假,去写自传体长篇小说《钟罩》。

西尔维娅·普拉斯在精神病院进行过电击治疗。她回忆:"那是一段黑暗、绝望、失望的象征性的死亡和令人麻木不仁的电震的时光,这么的黑暗,只有人类心灵的炼狱可以与之相比……"刀片、温水、手腕——向海水一直走去,淹死是最仁慈的一种死亡方式。她又尝试着上吊自尽。可是,"压根儿不会打个像样的绳结"。

《钟罩》一九六三年一月在伦敦出版。三个星期后,一九六三年二月十一日上午,西尔维娅·普拉斯打开煤气,结束了自己的生命。

普拉斯所想过的种种自杀方法,散发出无比熟悉和向往的感觉。不敢细看书中具体细节。我怕出现强迫联想和强迫意向。

到了万不得已之时,我不得不去打扰癌症康复名家萍萍姐。想找她看病连她的特诊都难以挂到。我告诉她,我想做颈部加强型CT。[注2]

萍萍姐慎重摸查我颈部的伤口处,两边颈部仔细摸,说:不用做CT。目前你颈部结节不像有问题。

最近消瘦,我担心癌细胞转移。

跟抑郁症有没有关系? 或者内分泌?

我抑郁了。

别呀。怎么又抑郁了?

我想在北京的医院看抑郁症,还想住院检查。抗抑郁药我吃的是最高剂量。

看了吗?

没——有。我好不容易混进北医六院开放病区,一打听,要大年初一才有床位。我想排队登记,人家说,我们这里不登记。

我学"白衣裤"的眼神和腔调。萍萍姐笑。

萍萍姐道:我想想。我认识一个医生,我帮你问问。

六院的? 好啊。我想过,大年初一有床位,那就大年初一去呗。

萍萍姐救过我。

当年淋巴癌清扫手术之后,五个月就发现颈部清扫部位又有多发结节。到北京开作代会,我请了半天假早早去看病。这家肿瘤医院我挂不上号,不认识一个人。我站在门诊大厅无助地祷告。(我在《旷野无人》里叙述过这段故事。)是素不相识的这位名医,令癌症患者李兰妮避免了再三手术的恶性循环。

在北京卫视的节目里,萍萍姐应邀谈癌症康复话题,患者李兰妮跟着现场亮相,令观众亲眼目睹姑息疗法的作用。作为肿瘤医院中西医姑息疗法的领军人物,萍萍姐极其低调。

北京大学医学人文研究院举办过《旷野无人——一个抑郁症患者的精神档案》叙事医学研讨会。作为北京癌症康复会会长的李萍萍教授因门诊不能到会,特意写了书面发言,感谢北京大学医学部为医学教育注入心灵的努力。

她说:"从医的经历使我感到医学面对的不仅是疾病,同时还面对患者的心理和精神需求……对患者的理解和鼓励有时会胜于药物。"

研讨会举办时,我在广州惠爱医院住院。当时与外界隔绝,我不知道有这么一件事,更不知道叙事医学研讨会是李萍萍教授建议召开的。

看过北京"精神卫生发展论坛"的报道。我关注披露的统计数字。

在我国,有百分之九十二的严重精神疾病患者没有接受治疗。总人数估算为一点五八亿。其原因之一就是精神科医生过于稀少。百分之十四的中国注册精神专科医生没有受过任何训练,另外有百分之二十九的人只有三年的大专教育证书。受过良好训练的精神健康人员处于严重缺失的状态。

看过论坛报告,我告诉自己,不要因为住不进医院而抱怨。身处幽暗,往光亮处看。我给自己做认知治疗:李兰妮,你已经非常幸运了。你不属于百分之九十二没接受治疗的重症患者。中国重症精神病患者有一千六百万人,相当于欧洲几个国家的人口。这是二〇一二年的官方数据。中国有九千万抑郁症患者。就算三口之家,噢不对,要算上爷爷奶奶、外公外婆……受影响的人,少说有四亿。中国每年因抑郁症自杀的人至少十八万。发病率每年以百分之十的速度增加。感恩吧李兰妮。

在北京逗留了七八天。我反复想,要不要去北京回龙观医院碰碰运气?看网上信息,那里床位比北医六院多。或者,转飞上海?精神病院十佳排名榜,上海精神卫生中心名列第二。上海有几位好朋友,可是他们都不在医学界呀。

刘闺蜜怕我钻牛角尖,不时陪我聊聊天。叫我安心等萍萍姐的消息。她问我,听说尼采住过精神病院,国外这种犯病、住院的名家多吗?

我告诉她,多到用十个手指头都数不过来。国外传记作家、精神疾病研究学者很重视这个领域。那些分析、描述很精彩。


尼采曾入住耶拿大学精神病院。茨威格很早就描写过。

"尼采……被自己那极度清醒、极度脆弱且已点燃了的神经所刺痛的人发出的呐喊越来越剧烈,越来越愤怒……尼采的胃部、心脏和感官上的每一根神经都是一个极度精确、丝线一样细敏的压力表,任何微小的变动和紧张都以指针的剧摆做出痛苦激动的反应……尼采的神经的这种可怕的、简直是着了魔的极度敏感性是他痛苦的唯一根源,同时也是他天才的价值评估能力的最原始因素……他张开双臂,有意识地将疾病作为一种必需迎进自己的命运……作为一个精神上的真正的悲剧英雄——他正是由于这种毁灭了他一切的危险才热爱生活。"

茨威格称他们是与魔鬼打交道的人。他深深理解、敬佩这样的作家。

"陀思妥耶夫斯基是一个病人。他不朽的作品是从断裂的虚弱肢体那里,是从火红发亮的颤抖神经那里赢取的⋯⋯陀思妥耶夫斯基进入无意识的冥间世界里边是非常深的,比医生、法律学者、刑法学家和精神变态者更深。科学后来才发现和命名的许多仿佛从死亡体会中用解剖刀刮下来的种种心灵感应的、歇斯底里的、幻觉的、性欲反常的现象,他都由于有那种清晰的共知和共感的神奇能力而预先描写出来了。他追查精神的种种异常现象,一直追到精神错乱的边缘⋯⋯进而穿越过一片无边无际的精神新地区。"

世界顶尖的躁郁症研究专家杰米森教授列过一个名单。名单里的艺术家被认为患有精神疾病被送进精神病院、疗养院,或是自杀,包括他们的家人也罹患躁郁或重度抑郁。

比如:安徒生、夏洛特·勃朗特、艾米莉·勃朗特、马克·吐温、爱默生、歌德、果戈理、罗斯金、史蒂文森、柴可夫斯基、惠特曼、左拉等等。

杰米森教授的书有个附录。列举的是"可能患有循环性心境障碍、重度抑郁症或躁郁症的作家、作曲家和画家",并标明哪一位入住过精神病院、疗养院,哪一位曾自杀未遂,哪一位死于自杀。

名单太长,我根本记不住。不敢多看细看。断断续续,记得少许比较熟悉的名字——

波德莱尔、柯林斯、艾略特、叶赛宁、菲茨杰拉德、戈登、格雷、维克多·雨果、济慈、莱蒙托夫、洛威尔、马雅可夫斯基、缪塞、爱伦坡、庞德、普希金、雪莱、托马斯、巴尔扎克、班扬、福克纳、高尔基、易卜生、柏辽兹、克拉克、马勒、拉赫玛尼诺夫、罗西尼、亨德尔、巴顿、高更、鲍威尔、米开朗基罗、蒙克、罗姆尼、肖邦、瓦格纳⋯⋯

读到这些名字时,说不清心里是什么滋味。

萍萍姐约到了北医六院黄教授。两位医生都是大忙人,能抽出半小时喝咖啡极难得。约的是下午两点,我一激动,提前一小时就去了咖啡厅,预定了一个僻静的小桌台。

黄教授自己开车前来。大眼睛,白皮肤,说话爽快。父亲是北大教授,母亲是清华教授。这么漂亮的女医生,当年怎么会选择精神科专业?

只有我一人喝咖啡,另两位并不想喝咖啡。听她们互相问候,已有很长日子不见了。这个周末,两位医生本来另有要事。我嚷嚷很抑郁,萍萍姐出手相救,硬是腾时间,让我跟黄教授打个照面,加个微信。

我急切问:北医六院不能排队登记床位吗?

黄悦勤教授是北医六院精神流行病学的学科带头人。她正率领团队做国家级重要项目——"中国精神卫生调查"。历经三年,刚完成调查。手头忙于做分析、写结项报告等工作。

黄教授道:应该能。我目前不在临床,要去打听一下。

萍萍姐说:你能不能找人帮她问问,大概怎么排队登记?

行啊。我托人问问。

我知道床位特紧张,我不急,等一年都行。

不至于这么久吧。

见面结束。两位医生道别,分头去忙。黄教授坚持要等萍萍姐上了出租车,自己才驾车上路。

等车空隙,我问:黄老师,你在精神病院重症区当过医生吗?

当过啊。当过病区主任。

恐怖吗?

习惯了。

病人会袭击你吗?

好多医生遇到过。我被掐过脖子,幸亏旁边有护士,使劲掰开掐我脖子的手。真往死里掐。

呀……好可怕。

不算啥。我怀孕那时候,每天要巡查重症病房。正好有一病人癫狂发作,冲我撞过来。心想这回完了,根本躲不及,突然他一转头,撞我旁边男医生身上了。

胎儿怎么样?

没事儿。我儿子出生时健康着呢。现在学习、身体都很好。

在娘胎里就饱经考验。

还有一回,我带医生护士去查房,情况正常。刚转身,后脑勺"嘣!"——当时就昏迷了。躁狂病人砸的。

会不会留下后遗症?

没事儿。

我问过多家医院精神科,中国精神疾病发病率的数据是多少?没有一个医生能给出官方答案。你知道答案吗?

很快就会有答案。我们团队做的就是CMHS。

什么叫C……M……?

就是中国精神卫生调查。我们的数据来自三十一个省市自治区的一百五十多个县区,完成实际样本量是三万多个。

黄教授说话语速很快。精神病学家脑子特别好用,记忆力特别好。她一说起这项目,种种数字、过程脱口而出。我加倍地调动听力,狠狠集中注意力。好多地方听不懂。我的表情可能很狼狈、很自卑。因为黄教授看我一眼之后,有意放慢了语速。

我记住了"横断面流行病学调查",调查对象是十八岁以上居民。我想问什么叫"横断面",不好意思问。调查涉及七大类疾病:心境障碍、焦虑障碍、酒精 / 药物使用障碍、精神分裂症及其他精神病性障碍、进食障碍、冲动控制障碍,以及痴呆。我想问,为什么没有涉及"老年精神障碍"。记得好像精神疾病分十个类别,有一百五六十种"障碍"。细分有几百种。

不敢开口问。这是精研所一位学科带头人。就像我在北京鲁院读书时,遇到气场强大的老师来讲课,到了提问环节,同学们不好意思乱提问。只能视线避开老师,作深入思考状。

关键词"精神障碍的终生患病率为百分之十六点六",似懂非懂。

我的脑子聚焦时间很短暂,耳朵不能再输入信息了。好在这时,滴滴出租车到了。萍萍姐冲我们挥挥手,打开车门上车。

黄教授上前,跟车窗里萍萍姐笑着道别,说:放心。等我消息。

我看着黄教授找到停车处,上了自己的车。看她开车那飒爽劲儿,我想起了"北京大妞"这个美称。


这项调查的启动,引起了世卫组织、哈佛大学以及国内精神科医生的关注。二十一世纪,医疗体系政策制定、卫生服务建设、科学研究发展,都对全国范围精神障碍流行病学的数据更新有着强烈需求。中国人口基数庞大,社会变迁速度快,这项调查结果所产生的影响,不仅为中国,也为世界精神卫生发展提供重要参考数据。

经过近十年准备,这是中国第一次在三十一个省级行政区做大范围调查。牵涉不止医学、科学、社会学方面的研究突破。它的每一个环节都考验着团队的勇气和智慧。预算本是三千万元,最终,卫生部拨了二千万项目基金,科技部拨了五百万。

合作伙伴选择了哈佛大学和北京大学社科调查中心。采用国际权威通用的问卷,动用北大社调中心的积累方式,还求助于疾病监测网、慢性疾病非传染性中心,将调查人员分布至三十一个省市自治区的一百五十七个县或区。必须确保三万个抽样大样本的一致性。

大到项目管理、财务检查，小到抽样调查员上门寻访的各种遭遇，都充满挑战。超出社会精神病学、生物学、方法学等因素。我国社区成人主要精神障碍的患病率、分布特点、各类精神障碍的伤残调整寿命年，都是调研的重要内容。

对终生患病率的核查，慎之又慎。曾有上级部门担忧，重症率百分之零点七，意味着人数超一亿。经过精心比对，中国这个数字在世界范围内排在中端。

当一名精神病学流行病学学科带头人，也要天赋异禀吧。

这是后话。这项调查数据公布之时，已是二〇一七年。《柳叶刀·精神病学》于二〇一九年刊登了这项调查报告。


## 医学选摘

**中国精神卫生调查**（CMHS） 探讨了国内常见精神障碍的患病率及精神障碍患者使用医疗服务的相关信息，并分析了精神障碍的社会心理高危因素及影响因素，在国内精神卫生调查史上具有里程碑式的意义。

调查经历了以下三个主要阶段：各大医疗机构的现场调查；资料收集，包括纸笔访谈（PAPI）和计算机辅助个人访谈（CAPI）；质量控制，包括数据核查、录音核查、电话核查以及实地核查。

……除外痴呆后，任何（any）精神障碍的加权终生患病率为百分之十六点六；除外精神障碍未特定及痴呆后，任何精神障碍的加权终生患病率为百分之十四点六。

……需要强调的是，过去几十年内，精神分裂症在全球范围内的患病率大致相当，包括中国。提示遗传因素在该病的发生中扮演着重要的角色。

尽管基于 ICD 及 DSM*诊断标准,精神障碍的终生患病率(16.6%)并不很高,但考虑到中国有十三亿人口,这一患病率则意味着有非常多的人受到精神障碍的困扰。鉴于精神障碍所造成的疾病负担相当沉重,有关部门应在精神卫生服务上投入更多的注意力。

## 历史闪回

许英魁教授在北医开了神经精神科课程。一九四二年十月,先开门诊。几天过去了,一个病人都没来。许教授亲自用毛笔正楷写了一张公告,以最通俗的语言介绍了神经精神科门诊都能治什么样的病人,贴在挂号室墙壁。此后病人才逐渐增多起来。

一九四三年学年开始,北医一组组的学生来门诊实习。一九四三年秋,经过短期筹备,开了神经和精神科病房,床位各十张。北医精研所从此创立。

许英魁教授嘱咐学生:对精神病人要尊重。要绝对为病人保密,不要辜负病人的信任。

学生回忆:开病房后,住院病历首页的填写要符合国际标准。上课没有书,讲神经系统解剖学,许教授就从自己家中带来《Ranson 氏神经解剖学》,又亲自从解剖科提来一个固定好的脑标本,一片一片切开,讲每片各部位的名称、功能、患病后的临床症状。当时买不到神经解剖的书,这就成了一套神经解剖图谱,保存至今。

抗战结束后,一九四七年,协和医院向北京大学医学院借聘交换教授以恢复讲课。一九五○年北京协和医学院复院,马上请回许英魁教授主持协和医院脑系科工作。此后,许教授每周只来北医查

---

\* ICD:国际疾病分类。DSM:《精神疾病诊断与统计手册》。

房,及主讲神经病理。

........................................

[注1] 二〇〇〇年,世界卫生组织(WHO)提出"没有精神健康就没有健康",阐明精神卫生问题的公共卫生意义。

WHO报告显示,世界上前十种致残或使人失去劳动能力的主要疾病中有五种是精神疾病;每年抑郁症和焦虑症给全球经济造成一万亿美元的损失。

[注2] 癌症患者常见的精神障碍包括焦虑障碍、抑郁障碍和谵妄。癌症患者重度抑郁的患病率为百分之十至百分之二十五,晚期癌症患者的抑郁患病率高达百分之二十六,但在临床上仍存在识别率低、治疗率不足。在住院癌症患者中,百分之十五至百分之三十有谵妄表现,终末期患者则达百分之八十五。

# 第十二节　傻眼

一晃半年。家人反对北上住院。迟疑。

家人没空赴京签字陪送住院，更不可能探病做后援。独自一人北上，入住精神病院，想想确实有点凶险。

周日中午飞北京。拎着一个二十寸的小箱子，斜挎着放现金与银行卡的小绿包，头发剪得极其短。宾馆是我在网上预订的，没住过。

尚善公益的毛董事长来接我。刚放下旅行箱，我就对她说，我要大吃一顿，饱吃一顿。

说这话是胆怯，有点敢死队员临行喝酒摔碗的劲儿。毛董开车，陪我到附近超市买一堆日用品。看出我焦虑、害怕，临时决定陪我住宾馆，一早开车送我去六院。

当晚我给田惠平打电话。田闺蜜一听着急，苦劝我取消住院行动。上世纪九十年代中叶，田闺蜜带着儿子殁殁北上求医，她在那里住过三个月。当时，精神病院的治疗、管理滞后，娘儿俩在里面吃苦遭罪，经历刻骨铭心。

胆怯。要不要放弃？

直到凌晨，横下心，住进去再说。填入院表多写几个北京监护人壮胆,告诉自己和医院,我不是孤零零一人。堂姐是李媚,表妹是王云、刘稚。住院单写上她们的手机号码。毛爱珍充当表姐,签字送我入院。

办好了住院手续。进了二楼病区,却进不了病房。原因竟是该出院病人不想走,在磨蹭。

大吃一惊:精神病人竟不想出院!

近中午一点,女护士冲我招手,领去病房门口,指指一张空床。

床下有旧报纸、杂物,窗台有空饮料瓶,床头柜上有丢弃的塑料盒。看起来人刚走,保洁员没来得及打扫。床垫上扔着枕头、床单、厚棉被。颜色旧得泛黑。环视病房:对面病床上坐了三个人,靠门口病床上也有三个人。小屋子满满当当。

对面病床,一对中年夫妇,一个二十来岁女孩。都穿家常便服,闹不清谁是病人。

靠门那病床,当爹的靠墙半躺在床上,半个身子盖在棉被里。年约二十七八岁的女儿躺在被窝里,一只胳膊在打吊针。当妈的半个屁股坐在床边。老爹和这么大的闺女竟在一个被窝里,是将病床当作东北大炕了。

毛董冲我使个眼色,意思是没见过。她匆匆离开医院。

早过了午饭时间,肚子饿。午休时间,病区安静。我轻轻在走廊、大厅走动,打量病区环境。

戴上了住院病人手环。上面写着"24床。李兰妮"。手环质地不如惠爱的结实。厅里有一部共用电视机。摆放电视机的桌子上,有几个接线板。上面满是手机、充电宝、剃须器,没有一个空位。护士室白板上写的病人数目是四十三人。大厅也小。桌凳一排一排,是老式一长条一长条的,最节省空间。

饿。兜里有两颗糖果,摸出一颗想撕糖纸,忽听耳旁有人说话:我好像见过你。

吓了一跳。转脸看,一个二十多岁的男青年,头发很长,有点儿文艺范;宽脸盘,宽肩膀,彬彬有礼。没见过。走廊很窄,若俩人并肩而行有点挤。

摇头。侧身。示意男青年先行。

男青年不走,问我:您是不是写过书? 您姓李?

使劲摇头。不想承认,也不想说谎。

我……可能看错了。你跟那个作家很像。真的很像。她叫李兰妮,写过抑郁症的书。

难道,在北师大敬文堂做公益活动,他在场? 或者,那次国家图书馆的读者沙龙,他是大学生义工有过合影?

你认错人了。我很多年前……嗯,你在北京读书?

我在澳洲读书。我也是今天入院。你一进来我就注意看,你跟那个作家太像了。怎么两个人会这么像?

住院我素颜,而做公益活动时我化淡妆。一般外人未必认得出来。

我不是……我是24床。我该回病房了。

病人眼尖,指着我的手环,道:看,上面的名字:李、兰、妮。

对方将我手腕抬起,叫我看自己手环上蓝色字迹的姓名。

我……你在哪里见过我?

视频。我们那儿留学的,抑郁那些……看过你的《旷野无人》。

这……你也认得出来。

我们……看过,很多次,还议论。你是我们的榜样。你……你怎么也……也住进来了? 噢,好失望,我好失望! 太失望了。

"小澳洲"顿时极其烦躁。眼神迷茫,大声自言自语,用力拍打自己的头。

瞬间很内疚。没想到在遥远的澳洲,一小群抑郁的留学生读过我的书,看过我在中央台、凤凰台做的访谈视频,彼此鼓励向我学习。这下子人设崩塌,绝对构成负面刺激。

我慌忙说:我不是犯病住院。真的。你别……别。我来看看、体验。以后做公益告诉大家,住院不可怕。我的病好了。好了。

"小澳洲"听而不闻,原地转圈,自言自语:我想自杀。我每天都好想自杀。就是要自杀……自杀……

不骗你。我不是住院。我来看看。你千万别失望……

"小澳洲"的陪护人急忙过来,扶他返回走廊那一头的病房。


这一幕,激起我的负面思维。

在惠爱住院后,有传闻说李兰妮疯了,神志不清,被关在精神病院。有人半信半疑说:"不会吧,前两个月见她还好好的,怎么就疯了?"有人说:"错不了,她要是没疯,精神病院怎么会收她?"谣言长了翅膀,东西南北飞。有人叹息,抑郁她还写《旷野无人》,迟早要发疯。

这回进了北医六院,传闻少不了要说,李兰妮绝对是疯子,广州都治不了,送北京去了。

郁闷。

我曾想,既然要住进精神病院,掌握第一手资料,最好北上广深都进去住一住。把所看所听的写出来,掀开它神秘禁忌的一角。让年轻一代了解被遮蔽的信息,少走弯路。我想得太简单。在人们眼里,疯子才会这么想。

我自己先栽进深坑。能不能爬出这个深坑,难说。

墙上贴了作息表：早上六点起床，七点吃早饭，八点集合作活动，中午十一点吃饭，晚上五点吃饭，晚九点熄灯。

四处留意看，没看见那个叫我大年初一来等床位的白衣裤。很想找到那人问一问：为什么是大年初一，而不是年三十晚？

没有病人菜单这一说。两个打饭窗口。给啥吃啥。窗口附近有一个开水桶，水温三十度。惠爱好歹有早中晚三个时段供应开水，每时段一小时，供水处设了铁栅栏，有点监狱的感觉。这地头，干脆没有热开水可喝。

厕所是公厕。女厕两个坑。虚掩着，不能闩门。盥洗室、澡房是男女通用的。公共浴室写明女病人洗澡时间是下午两点到四点，男病人是四点到六点。平时上锁，护士掌握钥匙。浴室开放时，不关门，垂个薄布帘儿做遮挡。

相比之下，惠爱病区三楼，约等于这里的贵宾区。

傻眼。

这个开放式病区，为病人着想，病区所有病人不穿病号服。除了身上穿的这套夏衣，我带了两件毛衣、一条连衣裙。原以为，住院肯定要穿病号服，换洗也是病号服，睡衣就是病号服。有点蒙，明天的换洗衣服在哪里？

各精神病院都设有贵宾病区。一介布衣，能住进普通病区很知足。与众多精神病人在同一环境里，可以观察各类动静。贵宾区病人住院，也要排队等床位吗？当大官的不可能来住院，怕影响声誉和仕途。大富之人多半已是外籍华人，直奔欧美住院是首选。贵宾区有点鸡肋。

下午不到五点，病区打饭窗口喧嚣，如饥民包围了施粥棚。

惠爱医院三楼病区与此大不相同。负责病人饭菜的员工,会将病人事先点好的饭菜汤——分配清楚,贴上纸条。所有病人的饭菜放在保温橱柜里,一一按病房、病床上前领取。可以由陪护领取。

那里的病人,绝大多数由陪护公司派人陪护,即使是青少年病人,也由外人陪护。个别如朱莉亚是妈妈陪,不是住院期间全程陪足两三个月。

问过小满,为什么阿仔、哈利、海伦等病人父母都不陪护?

小满说:没问过。可能做生意走不开吧。

或许跟广东人的习俗、观念有关。广东人观念较为开放、敢闯。当年清朝派幼童出洋留学,各地民众响应者少,而广州幼童报名踊跃。四批一百二十个赴美留洋的幼童里,有八十四名广东孩子。年龄最小的十岁,其他分别是十一、十二、十三岁。广东人遇事习惯"自己执生(自救)""自己搞掂"。个人意识比较强,重个人隐私权,不喜扎堆。

在北医六院,我发现南北病人区别明显。我所在病房那两张病床上,爹妈与老大不小的女儿窝在一张棉被里。孩子不想长大?父母不愿孩子长大?或是北方习性?病房里两个亲属陪一个病人。

有病人、家属随地吐痰,随手丢垃圾。女厕是一扇小门、一个茅坑,共两个。空间极小,蹲下去,身体要么蹭着墙壁,要么触到厕纸篓。茅坑前后左右都是浓痰、鼻涕、呕吐物、屎尿、经血污物。坑里的臭气熏得头晕。清洁工很尽责,岁数不小了,总拎着一个拖把,拿一个铁钳子,无数次清理厕所。但是,两三个人去过厕所后,又是污臭不堪。

赴京住院是否明智?是不是冲动、强迫思维所致?我恶补过一星半点精神疾病常识。"精神障碍多数确切病因不明,尚未发现帮助明确诊断的生物学指标。临床精神科医生还缺少像内外科医生所拥有的物理诊断、化学诊断和影像诊断等辅助诊断工具。许多精神疾病的病因尚未明确阐明。世界卫生组织曾在不同社会文化背景下,对精神诊断的可靠性、一致性进行研究,发现临床医生之间在疾病诊断上存在差异。"

囫囵吞枣。我感觉不要期望过高。


远未到开饭时间,病人和亲属咋咋呼呼开始分工。一家子的,派两个在打饭窗口排队。另一个抢占三个位子,在长条桌上摆上自家的咸菜罐、辣酱瓶、榨菜袋、酱油盅、醋碟、咸鸭蛋、蒜头蒜瓣,一副过好小日子的光景。

打饭窗口一开,病人、家属、陪护全拥上去。吵吵嚷嚷,混乱生猛。一人光是馒头至少要三个。不断听见有人喊:再给一个! 多给一勺! 不够不够!

这里病人胃口太好。真叫吃吗吗香。

等了半个多小时,一堆一堆人吃得热火朝天,打饭窗口人渐稀少,我上前把碗递进窗口,说,我是24床。

身板壮实的打饭女工训斥我:早干吗去了? 现在才来,没有了。

早就在呢。人很多,挤不上来。就等到现在。

人多你就喊嘛! 你的病床号。我们保证病人有饭吃,病人剩下的给陪护人。

他们早早挤在前面,不知道谁是病号。没有就算了。

怎么能算了? 不能! 病人没吃到饭,你告我我麻烦。等等。

壮女人大脸盘,面冷心热。她到一旁笼屉里仔细翻了又翻,找出一个黑黄色小馒头,又用长勺使劲刮桶底,舀出半勺稀稀的粥水,道:够不够? 不够吧?

够了够了。谢谢。

咸菜可以给你一勺。多给你一点。那些人想多要我都不给。

不不,谢谢。我不吃咸菜。

北上,病区里第一顿饭,像是人家施舍的。


入院第二天。要学"抢饭吃",我早早拿碗站在一旁观摩。

人家首先铺开吃饭的碗筷盆碟瓶罐占领桌凳,有闲人一直坐在凳子上不走开,一边与邻桌同病房的唠嗑,一边驱离那试图入侵地盘者。

其次,另有家人组成先头部队,半个多小时里坚守岗位。排队排着排着就乱了。站队的人升级为快速反应部队。当大脸盘"饭婶"出现在打饭窗口,顷刻群情激动、躁乱,各显神通。不能被别人挤出去,要顺势挺近窗口,还要举着几个碗高声报出病床号,接应的人及时增援。

我,独自一人。

在部队子弟小学住读,吃饭慢了吃不饱。练的是战士吃饭的速度,我五分钟能吃完一顿饭。上世纪八十年代,在北京读鲁迅文学院,大班、小班加起来几十人,也有同学特别机警抢着排队打好菜。落在后面的人倒是不怕没饭吃。九十年代之后,我在广深两地饮食无忧,粗菜淡饭也满足。

成为此地24床,每逢吃饭就焦虑。要尽快练就本领:既不用像饥民那样抢饭,又不致延迟被饭婶呵责。

打了饭,厅里没有座位,连站立之地都难找。病人、家属吃饭难免串来串去。还有坐轮椅的病人、推轮椅的家属、走动巡视的护士,站立在角落吃都要不时挪地儿。

溜到病区门口。短短一截走道,靠墙有一细窄小台。忙将一碗稀里咣当的粥放在小台上,想比较体面地啃那个干硬的黑馒头。啃了两三口,来了一个化浓妆、丸子头的白衣裤赶我走:病人不能在这儿吃。

我说:厅里没地方,连放碗的地方都没有。

"丸子头"把自己的碗筷放在小台上,宣示主权。怪不得没有病人占据这块空间。丸子头斜我一眼,眼神里透出:新来的吧? 不懂规矩!

打量丸子头:这人到底多大年龄? 看面容、皱纹,至少五十岁;长脸,胭脂抹得红扑扑,白粉扑得厚,眉线口红描得过猛。妆容与丸子头形成强烈反差。

丸子头道:厅里随便哪个角落,去。你不能在这里吃饭。

忽然发现,丸子头若把头发放下来,卸去脂粉,像那个说大年初一才有空床位的"白衣裤"。说话口气特别像。

老老实实滚回饭厅。

惠爱三楼病区,病人可以在病房吃饭,也可以在大厅吃饭。桌椅足够,虽旧,还算舒服。大厅圆桌吃饭的患者和陪护人,都有椅子坐。约莫一半人吃医院的饭菜,一半人叫外卖。老广吃饭嘴刁,即使是工资微薄底层人家,吃菜也讲究。无论鱼肉还是青菜,要讲火候。青菜滚个鱼片汤,也要色香味俱全。

北医六院二楼病区,病人和家属不能在病房里吃饭。吃饭前,护士会一个一个病房巡查,将逗留在病房的人赶出来。有时还锁上病房,防止病人中途溜回去。病区厅小,按四十多个病人设置的桌凳。病人的陪护不止一人,有的一家三口在此过家家,轮椅病人占地面积一个顶两三个,吃饭时,总有病人站着吃。住院期间,我在病区吃饭,十有八九站在厅角旮旯儿,或紧贴铁窗栅栏。

入院第二天。晚饭时分已过。吃饭的人群渐渐散去。我站着啃了馒头喝了稀粥。看见东侧最后一排有空位了，便将空碗放在长桌上，人坐在长凳上。站累了，想静静，歇一歇。

有人过来，在桌对面坐下。我习惯视而不见。

对方喊了一声：李老师。

是"小澳洲"。我第一个念头是想躲。

不想当李老师，不想提写书做访谈节目，不想让医生、护士、病人觉得这是一个异类，混进来居心叵测。

第二个念头是害怕。

"小澳洲"有强烈的自杀念头。跟这样的病人说话，分寸很难拿捏。病人极敏感，或怒或悲，秒变疯癫。我说话大大咧咧，若不慎触动他哪根神经，可能闯祸。

"小澳洲"曾和病友们拿我做励志样板，我不敢辜负这些孩子的信任。

眼下，"小澳洲"情绪平稳，脸上还有微微的笑容，就像校园里某个单纯的大学生，想跟不太熟悉的老师聊天，笑容里有一丝腼腆。

李老师，你一人在。我想跟你说说话。

我先问你，你想自杀的念头，跟主管医生说了吗？要说。

我跟你说了要自杀吗？喔，说啥我统统忘记了。医生知道，我爸一直跟着我。自杀念头突然一下子控制我，一会儿又忘记。我在澳洲住过院。

在澳洲治不好吗？你做没做过电休克？

做了，不行。

做没做完一个疗程？十二次。

我做过两个疗程。第一个疗程，好像有点作用。后来不行，情况更差。家里就把我弄回北京。

"小澳洲"眼神不安朝一旁瞥。顺着目光看过去，他爸在附近用手机通电话。说着电话，眼睛紧盯着儿子一举一动。

我妈听人说这里好。试试呗，我不抱希望，他们非要我来。懂啥呀，治不好的。瞎耽误工夫。

你这么年轻，要有信心。

我不年轻了。在澳洲读完两个学位，工作一年多了。读完第一个学位，找不到工作。澳洲工作很不好找，越热门专业越难找工作。冷门专业又读一个，读完找到工作了，薪酬还不错。就是特别累……突然爆发！

诊断是什么？

精分。我住过两次院，花了大把大把钱，没用。就是想死，特别特别想死。不能上班。我爸妈急得呀，我妈几乎一夜白头。

他说的"精分"就是精神分裂症。[注1]我们这种边缘人群，有自己的话语体系。外人听不明白。我们说我们的。就像对暗号、对口令，对上了就知道是自己人。说到各种精神类用药的药名，说到临床症状，一说彼此立刻明白。那种说几句都听不明白的人，少跟他废话。不在一个境界。

我每天有自杀念头。在惠爱，不说。怕被当作疯子，升舱升到楼上封闭病区。越不敢说的念头，它在头脑里越是活跃。幽灵无处不在，无时不在。有时无限扩张，有时赤裸裸催我尽快了断。

羡慕"小澳洲"能够自由说出想自杀的念头。说出来，就有得救的希望。

别放弃。《圣经》说，信、望、爱这三样是永存的。

我去过教堂，华人的。我讨厌他们，虚伪。去过几次我就不去了。李老师，你真是来看看吗？我看到你出现在这里，太——意外了，真的不敢相信。你怎么会到这种地方来？这……叫人怎么说，太失望太失望,你不应该呀!

我是来……治一治失眠。严重失眠。

"澳爸"喊他,叫他走。儿子硬把老爸拽了过来。

李老师,这是我爸。爸,李老师写过抑郁症的书。

你好。

好。好。你怎么认识李老师?

我……我们那里……有这个病的,都知道。爸,我再说一会儿话。就说一小会儿。

你不要打扰李老师。回吧,跟我回。李老师坐,坐,不打扰了。

他拖着儿子快快走。

此后,在病区饭厅见过这父子俩。儿子只要与病人聊天,父亲便如临大敌,神情忧郁、面色严峻,硬拉孩子离开。好像严防有人要抢他儿子,害他儿子。

有一回,无意之中听见"澳爸"打电话。

饭厅小。我听见背后有人在角落大声应答:知道——你说的这些,我都——做了,都知道。不让他那些熟人来看他,知道,都知道。主任查房我问了,要做电休克……

电话那头,"澳妈"在遥控。听起来,妻子严重焦虑,并放大这种焦虑,强烈刺激着丈夫。夫妻俩草木皆兵,濒临崩溃。

留学生在海外,压力比国内大。要融入当地社会,要留下来找到薪酬如意的工作,还要考虑恋爱、婚姻。不少人患抑郁症。读完博士,有在海外自杀的,有被父母接回国内仍选择自杀的。


精神动力学提出过"代际派遣"论。每个家庭受到委托、派遣的一个孩子,得到许可和鼓励,带着一项使命离开父母的圈子,到外地去。要完成对于父母至关重要的、父母尚未实现的愿望。如果使命对受派遣者的天赋、资源储备有着过分的要求,会使之不堪重负。或者几种使命互相矛盾,受派遣者就无所适从,导致受挫折和失败。超过个人禀赋和现实条件的派遣,会出现悲剧。父母无法在子女成长过程中完成心理上的分离,容易让孩子在人生转折点,比如中学、大学毕业时,或求偶、就业的关键时候,出现各种心身障碍。夫妻关系冲突或疏远的家庭,受派遣的孩子焦虑更深重。

多数父母不理解孩子为什么患病。心疼的同时,总埋怨孩子不争气,意志薄弱,自甘堕落。找生病的借口,是不上进。父母亲友的失望,令孩子窒息。


"小澳洲"开始电休克治疗后,几乎两周不见他的身影。

国外精神卫生服务曾以英国模式、澳大利亚模式领先,WHO向全球推荐过澳大利亚模式。"小澳洲"留学、工作的城市,经济实力在澳大利亚排名前三。他读的第二个学位与医学护理有关,找的工作岗位也在医院。他具备相应的医学实践,了解世界精神治疗领域的潮流。可算半个圈内人。

就这样,他住过两次精神病院,住院日子足够长,电休克疗法不见起色。回到国内医治,已是没有办法的办法。

这种家庭苦。病人急性发作时,神志不清。过后并不记得怎么自残自伤,包括意图自杀的全过程。而做父母的,眼睁睁看着孩子受煎熬,救助效果微乎其微。熬来熬去,不知哪一个先死。若白发人送黑发人,此后会如行尸走肉。若"精分"病人熬走了父母,无法自理怎么活?白发人不敢死,死不瞑目。

还有更苦的家庭。北大有关机构二〇一五年有份调研结果:部分省份在扭曲的城市化模式下，两代妇女被迫忍受分离，扛起乡下生活重担，有抑郁症状的比例高达百分之三十九点八。苦心养育的儿孙无法给她们带来希望。

某省卫计委有统计数字，截至二〇一五年，全省有信息记录的重度精神病患者十一万九千八百二十九人，其中农民占百分之八十一点一九。绝大多数乡镇没有精神科医生。

根据WHO数据，二〇一四年，中国约有两万三千名精神科医生，相当于每十万人有一点七名精神科医生。而每十万俄罗斯人有十一名精神科医生，每十万美国人有十二名精神科医生。

在我看来，能住进北医六院开放式病区的外省人，都有神通。人脉广，信息准确，敢于破釜沉舟。比我强。43张床位，要面向全国。怪不得"白衣裤"说，你大年初一来。


有点"水土不服"。

一是洗澡时间定在中午二点至四点。气温三十六度，下午出汗多。浴室不开，晚上只能洗脸、洗脚。病房里男女不分，总有男家属杵在屋里，不便用湿毛巾擦身。身上黏，难受。广东人习惯睡前洗澡，洗完澡舒服、轻松。

另一个，晚八点以前，必须回病房。这是红线。违者必须出院。每晚八点左右，出门的病人和家属慌慌张张赶回来。护士盯得紧。

很想去一个类似东方新天地、新东安市场这样的购物中心，静一静，慰劳自己。病区人太多太挤。吃饭、洗澡、洗衣服，日常事务都要排队。总看见有人争抢吵闹。

下午洗完衣服出门，来不及去享受安静购物环境。在深圳，我一人出外吃饭，会点一个汤、两个菜，吃不完打包回家。在北京，米饭必须吃,青菜必须吃,肉也必须吃呀。一碗饭顶多吃半碗,一碟青菜撑死了吃一多半,肉菜就只能吃几片,撑得难受。近七点,要打的,怕堵车,害怕八点钟不能出现在病房。


　　六院住院初期,做脑神经、脑电地形图之类的检查。没有惠爱医院项目多。两次入住精神病院,急匆匆恶补精神病学常识。太生疏,连皮毛都弄不懂。深感自己还处于古人类时期。

　　北医六院检测,我的脑电地形图诊断为"边缘状态"。红外热成像及血流图报告单写的是:DEP的可能性大,请结合临床分析。

　　DEP指的是抑郁。这红外热成像及血流图厉害呀。佩服。

　　脑电地形图指的是,将通过脑电放大器放大之后的脑电信号,输入计算机内做二次处理,并转换成能够定量定位的脑波图像。功能性诊断方面优于CT。

　　护士叫我做"艾森克个性问卷"。我用四分十四秒填写完毕。分析报告表明,人格类型为"典型内向",倾向情绪不稳定型。

　　多年来,人们觉得我性格外向、开朗。而我自知,从小到大我是内向型。

　　花了五分十五秒,填了一个"SCL-90量表"。结果分析报告表明:躯体化73分。该因子主要反映主观的躯体不适感。强迫症状66分:有经常反复出现的、明知没有必要但无法摆脱的无意义的想法、冲动和行为等。

　　我认可。我的确存在强迫症临床表现。

　　做"明尼苏达多相个性测查表"。要回答很多问题,越填越烦。用了三十分十一秒才填写完。据说此量表与智力、教育及社会地位有关。

　　我的防御项得分61分。量表解释,分数超过55—65被认为是中等或高等社会经济地位的模式。

外显性焦虑60分、两点峰行32分。其解释为，"具有这种剖析图的人，常常感到疲劳、焦虑，不能照顾自己"。

我对后一句不认同。我能照顾自己。不麻烦家人，习惯自生自灭。


住精神病院，要填写各种量表。我个人认为，那些没住进精神病院的人，也应该填一填这些量表。尤其那些大公司、大机关、大学中学。都什么年代了，职业人士体检应该包括这类项目。及早干预，别等到出事了，造成重大伤亡、绩效重创才来补锅。那时候太晚。

2010年第1期《自然》杂志编者按说：2010—2020年是"精神障碍的十年"。欧美和中国都提出"脑计划"。人类疾病谱已发生了深刻变化。


楼下散步。蹲在一丛丛月季花前，欣赏这朵花开、那朵花谢。隐隐有点喜悦。太阳即将落山，树荫处吹来凉风。树叶唰啦啦地轻声响。

想起了上世纪八十年代的北京鲁院。

我和同宿舍六个女生去厨房偷了一棵大白菜，几个人围着一个电热水杯。福建的同学把菜叶子菜帮子撕成一条条，七双眼睛盯着小电热水杯。每人拿着筷子、勺子，心急火燎、嘻嘻哈哈盼着杯里的菜叶赶快熟。杯中的热气腾腾升起，每个人眸子闪烁青春的亮光。

鲁院舞会。录音机一开，楼上大班小班的男生女生聚集。水兵舞、华尔兹、狐步舞，摇摆，自创外围走路转圈。舞曲飞扬，青春满满地洋溢出来。这里是京城文青喜爱的舞会集聚地。有人跳完舞，回教室写中篇写短篇。同宿舍一个昆明女生说，跳完舞，喝一瓶老北京酸奶,灵感就上来了。

想起同宿舍另外六个女同学,一个个鲜活靓丽地"折腾"着。想起大班的师兄师姐——鲁院第八期有二十多个全国小说奖获奖者。

抑郁十三年,脑清素、5-羟色胺严重不足,头脑里充满忧郁、愁烦、苦痛,极少快乐联想。此时,脑神经开启美好回忆。摸摸月季花的叶子,手指有细腻的触觉。嗅到了树叶、清风的气味。

"小澳洲"和他爸散步。我以为他们会绕道避开外人,没想到父子俩特意朝这边走来。

"小澳洲"脸上有开朗的笑容:李老师,我电击了几次,觉得活过来了。

太好了。哎,你在澳洲做过两个疗程,怎么没作用?

是啊,奇怪,那边……做完更差啦。

这里有爸妈陪你,比独自在海外住院好。

有这个因素。不完全。

"澳爸"突然插话:咱这医院强过澳洲的。

我说:人家世卫组织推荐澳洲模式。样板田。

咱不管哪里推荐。那边住院,就一个主管医生治。你碰上顶尖的,算你走运。医术一般的医生是多数,对吧?肯定是多数啊。治疗方案未必全面。这里每星期大查房,主任、副主任、主治医生、住院医生一起坐下来跟你谈,问你病情,帮你调整。澳洲那边是一个医生,咱这儿是一个团队。

"澳爸"扬眉吐气,绽放笑容。与十来天前判若两人。


**医学选摘**

**精神分裂症** 是一种病因未明的重性精神障碍,具有认知、思维、情感、行为等多方面精神活动的显著异常,并导致明显的职业和社会功能损害。

……百分之五至百分之六的精神分裂症患者死于自杀，约百分之二十有过一次以上的自杀未遂，有自杀观念的患者比例更高。

……大众习惯于把精神分裂症和暴力犯罪联系在一起。然而研究发现，除了在犯病前即有犯罪记录，或者共病物质依赖、酗酒者，精神分裂症患者并不具有特别高的暴力倾向……大多数患者趋于退缩、离群索居，患者伤害自身要远多过于针对公众；另一方面，暴力犯罪者绝大多数不是精神分裂症患者。

……精神分裂症的家族集聚性相当明显。综合各国的家系调查结果发现，精神分裂症患者亲属中的患病率明显高于群体患病率，且亲缘关系越近，患病风险越大。


## 历史闪回

看过北大精神研究所两位前辈的口述记录。说的是上世纪四十年代到五十年代这段历程。一位是沈渔邨医生，一位是许迪医生。她们的医学经历颇具代表性。

一九四六年夏天，生物系女生沈渔邨随西南联大返回北京，进入北大医学院学习。在地下党的领导下，她和部分同学积极参加反饥饿、反迫害的学生运动，又奉命去了解放区。新中国成立后，她回到北大医学院上学。那时精神病学的专业人员匮乏，医院设备简陋，管理方法陈旧，亟需培养人才。

而许迪是一九四九届医学系毕业生。读大学四年级时，神经精神科的大课是由许英魁教授来讲授。她那时第一次听到弗洛伊德学说。许教授讲课非常生动，令同学们对精神病学兴趣大增。毕业时，许迪自愿选择去神经精神科工作。学校给她颁发聘书，她被聘为神经精神科住院医师及助教。在许英魁教授的亲自教诲下，她迈出成为专科医生的第一步。

一九五一年，北京大学医学院第一附属医院建立了精神病院。

开院时，住院病床十六张，以后增到六十张。

沈渔邨、许迪这两位女医生，于一九五一年至一九五五年，同时公派留学苏联，专攻精神病学。[注2]

一九五四年，北医组建司法精神病学教研小组，是全国最早的司法精神病学专业的医教研机构。第一任主任李丛培是我国司法精神病学的主要奠基人之一。

新中国成立初期，我国精神疾病防治主要致力于建立新的精神病院、部队复员精神病人康复，收容和治疗无家可归或影响社会治安的精神病人。

...........................................

[注1] 精神分裂症是一种病因尚不明确的复杂疾病。像许多疾病一样，它可能是由遗传学、生物化学、解剖学和其他因素的相互影响而引起的。

[注2] 史料记载：一九一二年至一九四二年间，北大医学院教员中几乎全是"德日派"，教学方法、制度建设来自德国和日本经验，包括讲课医学名词，用的都是德文、日文。

一九四二年之后，一批原协和医学院的教授转到北大医学院任教，带来了英美医学教育的先进方法，同时他们用英语授课。那时期的学生们至少要懂三国外语。一九四五年后，"德日派"学者相继离开北大医学院，另寻出路。"英美派"教授成为教学的主要骨干。教学方式、管理制度多参照英美模式。

一九五三年起，开始教学改革。学习、落实苏联医学教育经验。开设俄文课。

# 第十三节　"娃娃太优秀"

　　23床是"八零后"女孩。爹妈看她的眼神沉醉，几乎是崇拜的。老妈穿着朴实，长相朴实，说话朴实。动辄便称："我家娃娃太优秀！可了不得。亲戚孩子里她第一。从小第一，没当过第二。"

　　女儿每天打吊针。老爸窝在床上陪。状似乡下老母鸡趴窝、孵蛋，半天不挪窝。恨不得帮"娃娃"把针打了，把药吃了。

　　老爸不能一陪到底，国企请假时间不能太长。离开前夕，女儿用幼儿说话的语气，嗲着说：嗨嗨……爸爸，哦，Papa你不要走。唔唔唔……我就不让你走。就要陪陪。

　　老爸老妈秒变娃娃腔：我娃乖哩。娃乖哈。爸爸给你打电话。娃娃乖。妈妈陪我娃。爸爸过几天就回来陪，哦哦陪我娃哈……

　　老爸走了。女儿不分是否上班时间，想到要撒娇，立马打电话：嗨嗨……爸爸——呀，我要你过来陪我，Papa呀，你想不想我……嗯嗯嗯我想Papa啦。

　　当妈的凑在手机旁，紧着汇报娃娃动静。她伺候女儿无比殷勤。每天给娃娃梳头编辫子。今天编成两条甜美可爱的少女辫，第二天拢在脑后编成娇俏四股辫。上午慵懒型独辫，下午古典型欧式公主辫。粉红色发箍、粉蓝色绸带、碎银式发夹、玉色发簪，轮番亮相。

老妈得意地夸:娃她爸可巧哩。编小辫数他手巧。

老爸给娃娃编辫儿发明的花样,惹得远近女孩儿都眼红嫉妒,别人家爸妈甘拜下风。两口子是国企职工,企业效益差,女人早早下岗,男人也想提前退休。两人都当过知青,各自的原生家庭孩子多,从小吃苦、挨饿、被忽视。

两口子节衣缩食。女儿吃什么穿什么上什么课外补习班,统统不输给同学和熟人。从小让娃娃记住:她就是人见人爱的白雪公主。

女儿自小聪颖、傲娇。学习成绩在班级一路领先。高考时,她从外省考入京城一个高校。高校有些冷门,男女生比例严重失衡。毕业那年,全校只有两个留京名额,她如愿争到其一。遇贵人相助,进入某行业公司,收入不菲。加上善于理财、兼做微商等等,毕业十年后,她开始分期付款,在京城供了一套房。

老妈口头禅:我家娃娃可了不得。都说她——太成功。

贷供的房子离医院特别远。坐地铁,不同的几条线路要倒来倒去,至少两个多小时。九点熄灯,老妈陪护到九点才离去。每天问:娃呀,明天想吃啥哩?妈回去给你做。第二天清晨,病人尚未起床,她就到了。手里提着保温桶,里面装着精心为娃娃做的半流食。


六院二楼,护士称呼病人直呼其名。病人之间称呼有点杂,用病床号、绰号、微信号、小名、代号相称。

原以为,精神病院的青少年患者,多是独生子女。后来发现,非也。全球青少年精神发病率都处于上升趋势。独生、非独生相差不大。

中国人富起来了。对自己、对孩子视若珍宝。条件一般的人家,可能比豪门富户更宠孩子。流行词:富养孩子。可惜,那些人只是在物质层面富养孩子，难免畸形。精神层面穷养，或索性忽略。

对面25床是"九零后"。女孩的父母，像灶王爷、灶王奶奶贴错了地方，总黏在对床的墙壁上，嘴巴总在嚼动，吃着各种水果和小零食。

两口子在附近旅社租了一间房。清晨，病房未到起床时间，两口子就进来报到了。起早贪黑，给女儿买各种零嘴，陪吃陪睡陪唠。俩人帮女儿排队、占位、打饭，孩子想吃啥立马出门买。一天出去几次买吃的，顺带着淘宝上网购各种日用品。病房熄灯后，俩人才慢慢不舍地离开。

25床的老爸白天黑夜杵在病房里，心思全在女儿身上。却不想想另两个女病人要在病房里换衣服。一天几次换来换去，这个大男人没有一点眼力见儿，不知回避几分钟。我只好头顶被子，全身蒙在被子里，摸索着换睡衣。病房太小，从我的病床一步就能跨到对面25床，不用跨大步，标准步子即达。每天如此尴尬。

我的床与23床的距离，就隔个小床头柜。病房小，塞满三张成人病床。若是每张床上躺三个人，就是九个人。打嗝放屁一清二楚。无隐私空间。

南方沿海城市，民众对个人时间、空间意识强烈。广、深两地，受习俗影响、海外礼俗熏陶，即使病人，也讲究尊重私人空间。病人之间、病人亲属之间，保持一定距离，尊重别人的作息时间。这是一种教养、文明。

北方习俗不同。尤其三四线城市的人们，界限模糊，不把人当外人。城镇里的人都沾亲带故的，几辈子、几代人知根知底，不分你我亲疏。张嘴就是：咱叔、咱姑、咱哥、咱姐、咱大爷、咱姥姥。

惠爱那边,同病房的不主动说自己,也不说自家事。这里的人喜欢说,乐于交流互动。光听不行,必须回馈表情、声音。

25床不是独生子女,弟弟比她小一岁。当年她父母是国企员工,两年抱俩孩,违反计划生育政策,丢了公职。两口子索性下海拼搏挣钱。二十年过去,日子越过越滋润,两个孩子都考上大城市的高校。老家三四线城市装不下这家人的未来,盘算要在孩子上大学的城市买房。今后两口子要在大城市养老。

虽有儿子,但是老妈以女儿为荣。她要在女儿身上弥补缺憾,重活一遍。读大学,拿第一,争上流,得荣耀。

"荣妈"与丈夫同在一家私营公司做生意。头脑灵活,行动敏捷,百分百一家之主。她夸女儿,技巧高于"娃妈"。

护士长吧,说她是美女,非叫她领操。读报找她,领唱也找她。这孩子吧,就怕辜负别人的信任。这孩子吧,从小学到大学,都当班长。疼人,照顾同学。老师说了,如今讲的是培养领袖能力,就是……到哪个行业都要做顶尖的百分之一。

娃妈和荣妈喜欢唠嗑,明里暗里比拼自家孩儿,倒也相处和睦。得知我无儿无女,自己来住院,深表同情。

孩子最最重要,必须陪。重度焦虑,严重失眠嘛,整宿整宿不合眼,哭。怕出门。小脸儿一下就尖了下来。毕业实习给闹的。大四实习,去公司实习嘛,跟人学做广告做营销。

我家娃娃也实习过。她爸不放心,来北京陪。我娃儿运气好,招人疼,实习单位还想招她进公司。人才在哪儿都吃香。

哎呀!那是啥年代。现如今找工作甭提多遭罪!她吧,学的是工科,年级考试第一。男生分数比她低。找工作,那个专业人家不招女生。求职书递上去,人家就说招满了。孩子成绩好、思想好、班干部,哪儿哪儿都好。为什么人家公司看不上?第一,歧视女性;第二,她没有一个当官的爹!

大学生难找工作是社会关注热点。校园里,我常听到这类信息。无论本科生、博士生,用人单位普遍喜欢优先考虑男生。

我顺口提议:试试非对口专业……

非对口专业也试!去了一家什么公司,还是名气响亮、上过电视的。叫她去前台打杂。尖子啊,放在前台打杂,真叫浪费可耻。太黑暗了!我说了,找不到工作不要紧,妈养你。孩子咽不下这口气。好学生,样样好。到了社会上,人家统统不认,就认钱认官。谁叫她爸当不上官。

病房里,晚上八点是美容时间。娃娃、荣荣、荣妈必往脸上敷面膜,按摩额头、眼角、脸颊。

娃娃住院不闲着,带来许多小瓶子,用精油调配各种美容液。抗皱紧致的,祛痘爽肤的,嫩肤美白的。她将精油和各种基础油做无数新配制。熟人、同事都向她定制购买。她只收成本费,包调配包指导。自己是活广告,三十多岁的人皮肤光滑、细白。

荣妈请娃娃给荣荣配制一小瓶祛痘美容液。用了几天,青春疙瘩痘似乎见小。母女俩深受鼓舞,美容液用得更勤了。荣妈请娃娃帮她配制一瓶嫩肤美白美容液。每天涂抹三次。荣妈四十多岁,眉眼活泼,比女儿耐看。母女俩美中不足是皮肤和身高。个子不高,要穿"恨天高"高跟鞋;皮肤不白,要狠下功夫改造。

病房里弥漫着一股沉沉腻腻的气味。娃妈不做美容,女儿畅谈美容诀窍时,她崇拜地痴痴地盯着女儿,脸上焕发出缕缕喜悦之光。

荣爸一个大男人,毫不回避这种场面。如今时兴男性美容,但是,老婆和女儿对他秉持放弃态度。他容貌、皮肤、个头太普通,没有改造、升级的必要。美容时间，他拿着一把苍蝇拍刷存在感，仔细寻找可恶的吸血蚊子，不时往床边墙壁啪啪拍打。或站在病床上、床头柜上，仰脸巡视天花板，要做护花使者。眼里始终有活儿，削苹果、削梨、剥橘子，切成块、掰成瓣，递到老婆、女儿嘴边。有时候太殷勤，烦人，老婆就打发他出医院去买串香蕉什么的，或者让他拿着女儿的换洗衣服先回旅社。

我对美容时间没兴趣。朋友知道抑郁症有芳香疗法，送我玫瑰精油、薰衣草精油、檀香精油、迷迭香精油。每次开瓶启用，不过十天就忘记了。

见我闲着，娃妈唠嗑。

我家娃娃……单位单位忙，她的活儿人家干不了，只认她，领导就信任她。回家回家忙，她喜欢整这些瓶瓶罐罐。太——优秀！她阿姨，你说说，你见没见过这么优秀的人？没见过吧？

她就等我说没见过，等我帮着夸。女儿人见人夸，已成思维定式。而我一贯谨慎，警惕捧杀。孩子优秀，当父母的心里美，头脑适当冷静很重要。我不相信富养孩子这一套。

我在深圳的住房七十七平方米，五楼。四楼住的是同事。她的独生女从小对公主装没兴趣，小学时期，就叫妈妈给她买衣服不要超过一百元。中学时期，舞蹈协会工作的老妈去开家长会，她还要求老妈穿着普通一些，不许太张扬。父母不同意女儿出国留学，女儿自己在网上申请海外大学奖学金，去了英国读书。暑假在海外打工，靠自己的努力进了剑桥大学读博，专业自己选的。走自己的路。

住我楼上的男孩，深三代。住着一九八五年建成的没有电梯的楼房。简朴、阳光。大学毕业后，去了华为工作。不到两年，他开始在网上申请海外读硕。母亲抱怨，这是脑子进水。华为这么好的大企业，工资高，福利好。即使在海外读了博士，有了工作，能比现在收入高吗？男孩说，我在华为不能做到高层，我不能因为钱多福利好就放弃追求。我年轻，不怕失败。尝试过，我接受结果。这男孩靠自己申请，去了美国伊利诺伊州读硕士。他父母去探亲，回来见到我说，那里读书比在深圳苦，毕业未必挣大钱。但他自己高兴啊。就尊重吧。

我沉默。娃妈扫兴。

娃妈冲荣妈说：我娃太——优秀，追她的男孩子太多。不管比她大比她小，追。多得数不来。她爸说她挑花眼。

荣妈道：现在流行姐弟恋。关键要百分百爱。

荣荣道：姐，说来听听。我们帮你参谋参谋。

娃娃撕去面膜，用两只无名指轻柔地按按眼角、眼睛四周。表情坦然。

同事说我条件太好太挑剔。其实吧，三十岁以后，我已经不……不算太挑了。宠我爱我就行。

荣荣说：挣钱不能少吧？

中上就行。最重要的是必须浪漫，懂得逗我开心。要像我老爸那样，聪明，顾家，会过日子，听我的话。我要他帮我摘星星，他不会摘月亮。

姐，你这还不算挑？这种男人早叫人挑走了，哪能剩到今天？

你们"九零后"太现实，缺乏浪漫。大学你谈没谈男朋友？

她何止大学——

妈——不要乱说。姐，我要听你说。

我们"八零后"跟你们"九零后"是两个物种。你别听我的，听我的就成大龄剩女了。

经济独立才有资格剩下来。姐，打算啥时结婚？

本来……定了，后来……不想结。不说了。

给妹妹出出主意。她男朋友向她求婚,想毕业就结婚。两人中学就好了。哎——她还犹豫。我给拿主意,她不听。

九零后急什么?多考验几年。人会变的,变起来快得很。我就太天真,太相信……呃,我胃痛……想吐。

娃妈扶住女儿,拍她的背部。又从床底下拖出脸盆。娃娃对着脸盆,呕出黏黏长长的口水。


荣妈跟娃妈打听究竟。

娃娃谈过好几段认真的恋爱。这种谈都是奔结婚而谈的。男的条件都不错,只是有缘无分,谈着谈着,就会突发一个转折。不可逆分手。

眼看三十五岁将至,必须嫁出去,决不能让外人看笑话。娃娃接受了一个小她几岁的学弟的追求。学弟爱得浪漫、热烈。学弟上大学前,死了父亲。母亲很快另嫁他人,与儿子渐渐疏远。学弟珍惜娃娃的爱,发誓要给她一个最浪漫最美好的家。娃娃分期付款买房,就是为了结婚。学弟升职比她慢,首付房款是娃娃一人垫付的。娃娃领着学弟去外省见过父母,父母对学弟人品、相貌认可。两人一同买家具、装修新房。

偏偏此时,学弟的老妈杀到北京,投奔儿子。

老妈与继父彻底闹翻,离婚出走。铁了心下半辈子要跟儿子一起过。儿子心疼老妈,告诉妈,咱们北京有房,你要当婆婆了!老妈告诉未来儿媳,你们小两口放心工作,以后我替你们带孩子、管家。

娃爸担忧。心目中,贤惠女人要像他老伴,丈夫、女儿永远正确,自己渺小卑微。此亲家来历不明,早早克死了第一个夫,没几年又离掉了第二个夫,下半辈子来给儿子管家。娃娃攒的钱全用在房子首付和建立小家上,却突然空降一个婆婆。这个女婿不能要。

娃娃纠结。世上最疼爱她的人是老爸。但是,未婚夫总说:我要把你宠上天!我发誓,我会让你成为最幸福的人!

学弟暂时是青蛙,让她这个公主亲一口,青蛙就变成王子了。她跟老爸哭,老爸固执得可怕。老妈劝她放一放,放他三五个月。女儿不再哭闹,照常上班,只是气色渐差,曾经胃痛昏厥送院。经检查没有器质性病变。

老爸松口说,那小子想当我女婿,必须约法三章。具体哪三章娃妈没透露。每个城市无数角落都在上演这种剧。

女方说,婚可以结,前提是:一二三四五六七……

人啊,真的是会变的。男方说:婚不要结了。我配不上你……

没料想,大逆转。

娃娃停了吊针。抽空回了一趟北京五环外的家。周日回了一趟单位。她没有透露住在精神病院里,只说外省的家中有事要她去照顾。相熟的男同事告诉她,领导安排人手顶了她的位置。上位的女同事刚入职时像个小白兔,得过她不少关照。

娃娃回病房说,世上太多白眼狼。

荣妈说:要你卖命的时候,位置非你莫属;等你遇到事,立马安插他的人。国企私企都一样。别多想。

怎能不想。社会多可怕,四十岁女人就被叫"大妈"。"大妈"意味着没人追你爱你,提拔、重用你没戏,新人上位旧人歇菜。世界急速变化。知识更新在加速,观念更新在加快。落后意味着出局。

娃娃病情转重。每天进食半流质,吃下去就会呕吐出来。状态时好时坏,好的时候,可以喝酸奶、喝水果茶。美容时间照旧,制作精油美容液照旧。还教人做瑜伽。

毫无预兆,胃痛开始。痛得在床上翻来翻去,披头散发,捶墙壁,蹬床架。她喊老妈打通老爸的电话。

她用幼儿的声音说:Papa呀,我好痛啊,你们就让我死吧,死了就不痛了。爸爸我想死……想死啊。女儿不能伺候你们了,痛啊,痛死我了……

娃妈涕泪横流,抱紧女儿。

娃娃要求护士给她打止痛针。护士只给她打镇静针。还催她去隔壁三院做个胃检查。

母女俩在隔壁三院折腾了大半天。拿了两种常见药回来。三院也不给打止痛针。医生说,主要不是胃的毛病。

莫非,娃娃有进食障碍?[注1]

荣妈跟我嘀咕:她喝了米粥偷偷抠喉咙。我看得真真的。


周末。荣荣一家四口游览颐和园。多了一口子。

荣荣的男朋友来探亲。俩人中学开始谈恋爱。一起复习功课,上高考提升班,一起考到大城市,同城不同校。从大一起,双方同学都将俩人看作一家子,未婚夫妻。

男友坐车来京探望,提出毕业立即领证结婚。男友想的是:先成家,后立业。荣荣很犹豫。

找工作严重受挫,她开始怀疑人生。像她这种成绩第一的班干部,投简历不加分,实习屡受白眼。论学业男友不及她,却找到一家前景好福利好的私企,还能派驻北京分站。大学和社会,衡量人的标准大不一样。

荣妈对这小子刮目相看。毕业前成功找到好工作;听说荣荣在精神病院住院,半点儿没嫌弃。她催促女儿,毕业就领证,快把婚事办了。

女儿说：妈，你以前总想拆散我俩。你变得好快。

傻呀你。形势变了嘛。

万一我找到好工作，你后悔呢？

你有这病，先把婚结了。

妈你不要逼我。

妈是为你好。妈放下一切来陪你。

你说过，他不是当官的料。咱家没个当官的后台，特遗憾。

人家这次来，我和你爸基本满意。

荣荣手里拿着一串葡萄，一颗一颗揪下来吃，正要吐皮的时候，男友的手伸到她嘴下接。一个不停地吃葡萄吐皮，一个不断接吐出来的葡萄皮，配合默契似老夫老妻。走路时，男友很自然地拉着她的手。俩人的手前后摆动，一晃一晃很亲密。

这种状态在"九零后"男女身上常见。早恋未必结婚，结婚未必生育。"零零后"雌雄同体，婚恋风景不同。

"九零后""零零后"有个共同特质：早熟。早熟增添了自信，眉眼间少了"羞涩""腼腆"。

周日晚上，荣爸奉命坐车回家，该回去打理公司了。男友坐车回校准备毕业典礼。荣荣病情反复，焦虑、失眠。


病人们争当病区小组长。小组长能得到护士长的青睐和表扬，有权力领唱、领操，给宣传栏做设计，在病人中出挑，有点小特权。

中国人骨子里想当官。有人的理想就是当官。有人嘴里说讨厌当官，心里想当当不上。这种人最会利用当官的，最眼红当官的。

小学一年级学生，开学头一个月，回家喜滋滋报喜：爸比，我当行长了！

爸比惊喜，小学生也能当银行行长？

原来是教室一行行课桌的行长。小学生想当个官,想有点特殊权力,班长、班副、课代表不够分配。当不上官的多数小朋友心情不好。

老师很有创意,连教室里的课桌也不放过。横的一行,任命某某小朋友当这一行的行长;竖的一排,任命某某某小朋友当排长;每天开教室大门,任命一个门长。老师把教室门钥匙交给一个小朋友,她每天要比其他同学早到学校,执行开教室门的大事。小朋友感激老师信任,也怕其他小朋友惦记这把钥匙接替她,整整一学期,睡觉、吃饭都不踏实,连累她父母也担惊受怕。当官是先甜后苦啊。

竞争无处不在。即使在精神病院,当不上小组长也是件闹心的事。


六院附近的小馆子多是烤串、川味、火锅,我不喜欢这类食物。讨厌每天排长队啃硬馒头,我常去最近的肯德基、麦当劳。

荣荣说,隔壁一女病人天天吃肯德基的鸡腿,一次要吃六个鸡腿。五十天后出院,体重增加了十七斤。

我说:是——七斤吧?双相药有人吃了会发胖。不吃鸡腿也会胖。

荣荣说:护士不让她妈买鸡腿。她自己跑去,可劲儿吃。

荣荣和妈妈特别怕发胖。天天去护士室称体重。只要哪天发现多了一斤或半斤,立即节食,直到减下来为止。"九零后"女孩儿怕胖是潮流。荣妈是"七零后",一样热衷赶潮流。

母女俩都做心理治疗。荣荣由她的主治医生做,荣妈在门诊部挂号做。不愧是生意人,善于抓住机会。除了做心理治疗,她也去做经颅磁刺激。

荣妈说:我猜我也有病。总焦虑,总失眠。

趁老妈不在,荣荣说:我妈肯定有病。她好多负面思维,总担心我们出事。我妈在家很强势,你看她对我爸那态度。我妈爱我,爱得我都喘不过气来。我很想摆脱她的控制,又离不开她的控制。怎么办啊?

你找到工作后,不要跟父母住。

不行!我妈非要跟我住一起。我在哪儿工作,她就跟到哪儿。我也不想跟妈妈分开住,我想一大家子都住在一起,包括我姥姥、舅舅、舅妈。

那得买多大的房子。

我本想跟男朋友分手。可我妈认他。毕业就领证结婚,我等于就谈过一个男朋友。世界上那——么多好男人优秀男人,我……我不甘心!我好怕出院。

自己的事自己做主。你要敢于迈出这一步。

看过许多父母,以爱的名义,不给孩子留一点自己的空间。他们享受着新时代的科技产品,追逐新生活;对待孩子却观念陈旧,不尊重不平等。你是我身上掉下来的一块肉,你是我生的我养的,你不听我的话,就是不孝,忘恩负义。天地不容。

想跟荣荣说,要争取人格独立。

哎呀我眼圈发黑,我整晚失眠。我开始显老了。天哪,眼膜里要加精油。最重要的是,可不能可不能老哦。

入住精神病院,大多数病人都有失眠症状。失眠在普通人群中发病率是百分之四至百分之四十八,青少年失眠发病率是百分之三至百分之十二。满大街都是失眠的人。

荣荣对着小镜子,没听我说话。她在做妈妈的2.0升级版。母女俩的理想相似。找一份受重用、有面子的工作,有一个当官的后台,一家老小幸福地在一起过好日子。一旦计划受挫,错全在社会不公、黑暗。

网络上常见这类人生愿景。我暗自想：这样的人若当官，是否经得起巧取豪夺的诱惑？只会怨天怨地怨黑暗的人，能否成为世上的光？


娃娃每天上午练瑜伽。肢体柔软，动作娴熟。荣荣跟着学，也在床上练。

娃娃喊："九零后"，加油。跟我学瑜伽，包你漂亮一辈子。

荣妈一听，也跟着学起了瑜伽。

娃娃鼓动我跟着学。我摇头。

娃娃说：阿姨，你要学习捯饬自己。不做美容不做瑜伽，对不起自己。

我笑而不答。

娃娃说：我抗打击的方式，就是保持年轻。我发誓，回公司就把我的岗位夺回来。当然啰，我要叫跟我分手的男人后悔一辈子。

荣荣说：姐，他肯定后悔。

荣妈说：老妈他要管，没法子从早到晚宠你。他做不到。

娃娃冷笑说：他再也找不到比我更好的。

荣荣、荣妈连连称是。娃娃见我不附和，盯着我，问：阿姨，你怎么不说话？

犹豫片刻，我问：为什么一定要男人宠呢？

娃娃像看外星人，端详我。

娃娃说：女人嫁人，就是要男人宠的呀。不宠干吗嫁给他。

我说：人家默克尔当总理，没听说她要老公宠她上天。

娃娃不屑，头一扭，又扭了回来。肢体语言表示，默克尔不是她心中偶像。她的偶像是公主。

我说：没听说哪个公主，靠宠爱过一辈子。英国公主也离婚啊。当年戴安娜年轻漂亮吧，她……你也知道的。

娃娃面色阴沉下来。

娃娃说：时代不同了。妇女地位提高了。从我们这一代起，女人就是用来宠的。爱我就得宠我。

她仰起脸，表情傲娇，眼光微微下斜。以示绝不妥协。

我沉默。我外婆生于一九一一年，那一代妇女，渴望自立，以自强为荣。社会开始提倡妇女解放。怎么到了娃娃这一代，妇女解放成了男人必须宠女人，女人的成功就是嫁个宠她的男人？

如今流行"网红"，事事讲流量数据。女孩子热衷于追捧"国民老公"，活在社会营造的童话中。

童话结束后，她们怎么活呢？


午休过后，娃娃胃痛，捂住胃部蜷缩在床上。病房里气氛压抑。她开始哼，呻吟，哭泣，崩溃，嚎叫。病房里的人躲了出去。

娃娃哭声凄厉：Papa——爸呀——让我死，我死了就好了，女儿不孝不能陪……啊啊……我要死……马上死……死——就要、就要死——！

很怕听她这样哭。无处躲藏。神经受刺激，死亡的念头缠绕，喘不过气来。隔壁房病人面面相觑，眼神里溢出恐怖。

娃娃哭够了，闭上眼睛眯一会儿。其他人跟着缓一缓气。

晚饭时分。娃妈将保温桶拎出来，给女儿倒出一碗菜末粥，哀求她喝。妈妈用调羹小心喂。喂了几勺，女儿呕。吐出来的比吃下去的多。

当妈的不出声地哭。看背影很揪心。她默默给女儿擦脸，揉背、揉胳膊、搓捏腿脚。娃妈跪在床头疲惫得睁不开眼睛。女儿要去厕所。老妈忙不迭跪着给她穿袜穿鞋。连扶带抱，背着娃娃出病房去厕所。病房里气味腥浊。

娃妈拿来便盆，女儿不肯在床上拉。众人体贴地躲出去。

没啥可拉的。这么吐，人都脱水了。

恢复打吊针。娃妈求医生，加一支止痛针。医生不同意。

娃妈悲愤说：北京医生咋这样嘞，还不如我们省城的。

娃娃说：省城医院好。人家就给打止痛针。大不了回省城。

我提醒她：这里床位紧。出去万一不行，回就难回了。

纵使病得如此虚弱，娃娃的美容时间照旧。死也要做个美女鬼。

若请省城医院来救护车，花费太大，不能报销。娃娃让妈扶她下地，在走廊、饭厅练习走动。她手扶走廊墙壁挪步，老妈半扶半托。见者心酸。


二楼病区，多数病人住一个月左右，病情趋稳，调药合适了，就要准备出院。荣荣不敢想"出院"二字。她不想回校参加毕业典礼。

荣荣对副护士长诉苦：我废掉了，修不好了。一辈子不能上班了。

她抹眼泪。

荣妈把女儿抱在怀里，说：他们年级要照毕业相，老师同学不知道她住院。她这样子怎么回学校？

副护士长把荣荣从妈妈怀里拉出来，说：怎么不能回学校？你现在吃的两种药，我也在吃。护士长也吃抗抑郁药。我们不也照样上班？该干吗干吗。

荣荣惊讶。她怔怔地仔细打量副护士长。似乎半信半疑。

副护士长道：这种事本来不想跟你说。你连毕业照……怕什么？听好了，打扮得漂漂亮亮的。记住，往中间站。

荣荣挺直腰，笑：站C位。


每晚九点熄灯后，我会给小狗儿子打电话。饭厅、走廊到处支放折叠床，没法在屋外说。我坐床上，对着墙角，打开手机跟乐乐通话。乐乐会听电话。这是从小训练出来的。

照看他的阿姨把话筒递到他跟前，让他仔细听。不时插嘴反馈：李老师，乐乐听得很认真。他舔话筒。他把头扭过去了。乐乐伤心了，想妈妈了，他不肯听了。乐乐走开不听了。

若是老爸操作，乐乐听着听着，有时会突然嗯嗯几句，有时会嗷呜长叫。老爸说：你听见没有？二当家说话了。乐乐，你的群众没听见。嗷大声一点。你不理老妈了？乐乐生气了。不说了。

乐乐自认是二当家。把老爸当大当家，老妈是群众。有时我带他散步，他会摆架子，突然站住不走。要等我退到他身后，他才颠颠地往前跑，咧开嘴巴笑。我出差外地，哪怕出国，每晚都要与乐乐通电话。到了快通话的时间点，只要座机铃声响，乐乐就会跑到茶几前，着急地让阿姨抱他上茶几。像一个小小儿，满怀期待盯着话机。

在病房只能长话短说。有时，荣荣会赞：你儿子好贴心。暖男哦。

吃完午饭，我慢慢悠悠回病房。

刚进门，荣荣指着我，对妈妈说：不信你问阿姨。她试过饮食疗法、光照疗法、宠物疗法。很见效。

荣妈说：瞎说。本来人就不白，在外面晒半小时，贴两张美白面膜都补不回来。

我忙说：真有光照疗法。国外有一种光疗灯，每天照半小时，能减轻抑郁。国内买不到。每天出门晒太阳，对睡眠真有帮助。

荣荣说:晒太阳能减轻失眠。妈,你的观念要跟上。

荣妈板脸,说:你"九零后"了不起。我过时了,话语权都在你们手上。

荣荣道:我们家话语权就牢牢掌握在你手上啊。阿姨,我们全家就一种声音,我妈说一不二。

荣妈说:当面就敢黑你妈。

荣荣说:过年的时候,我出门捡了一只小狗,可乖可听话了。我特喜欢抱它。人说狗旺家。过完年,我妈把小狗给了我小姨家。她说小狗脏,不让我养。全家三个人求情都没用。

我说:国外很认可宠物疗法。我的狗儿子就是我的医生。

荣荣说:妈,我出院回去就把小狗要回来,我们自己养。你告诉小姨,我要它做宠物疗法。

荣妈不置可否。

荣荣撒娇说:妈——你快给小姨家打电话。宠物疗法……

妈给你买一只名牌的、纯种的。妈出钱。

现在流行"领养代替购买"。我就要我那只。

你敢——! 我说不行就不行。

拿自己的心取代女儿的心。相生相克。"母爱"没顶。孩子要学会"逃命"。


荣妈特意告诉我,荣荣吃的香蕉接不上,看我买了香蕉不吃,就拿了两个让荣荣先吃掉,以后买了再还。

我说:不用还。吃吧。

荣妈跟着说:是啊,我看你也不吃,索性我们帮你吃掉。

我点头。忽然想起海伦。十六岁。喝了我一小盒柠檬茶,非要还。广州人,界限分明。阿仔曾将妈妈带来的山竹送给海伦、辛迪等人吃,却遭遇拒绝,并受到嘲笑。

这时,荣荣从外面冲进来,喊:姐姐摔倒了!厅里好多人,姐姐就这样……软软地、慢慢地往下倒。她妈撑不住,好几个人去扶姐姐,她不想起来。护士叫大家散开,不要扶,让她自己起来。

荣妈说:她自己怎么起得来?

荣荣道:嗯……她自己起来了。

有一种病人,围观的人越关心,病人发病状况越严重。没人围观,病人自己定定神,就没事。娃妈扶女儿去护士室,提出:必须给打止痛针,不给我们就出院。

护士说:你可以申请出院。签字就行。

话赶话,一气之下,娃娃逼老妈签字申请出院。

娃娃说:我到省城医院住。那里比这里好一百倍!

第二天,护士来通知,赶快去办出院手续,新病人来了。

娃娃说:不行。我爸今晚才跟车来接我。

护士说:晚上不办出院手续。有病人进来,最晚人家午后要入住。

娃妈说:她爸没到,我们就不走。

僵持不是办法。娃娃打发老妈去办手续。叫滴滴出租车,先回北京小家。

十几年北京打拼,娃娃做事很麻利。下午两点多,母女俩下楼。娃妈借了一辆轮椅,推着女儿。

做操时间。荣荣是领操员。我一人帮着拎包到六院路边,目送娃娃母女上车、离去。

但愿她们少走弯路。

## 医学选摘

**进食障碍**　家庭中,常存在父母对子女保护过度、过度操纵、将个人价值观强加在子女身上……家庭关系表现为:纠缠、过度保护、互动模式僵化,以及缺乏解决冲突的方法而将孩子卷入冲突。

性格特征是进食障碍高危因素之一,其中两个最重要的特征是低自尊及完美主义……患者常共存人格障碍。

社会因素:……"以瘦为美"的文化渗入,身体苗条成为女性自信、自我约束、成功的标准之一。

临床表现里,存在限制进食……几乎不吃任何含有高营养的食物;过度运动……运动的强度多与体力极不相称,使人感到患者似在自我折磨、自我惩罚;催吐……长期反复催吐后,患者食管下端的贲门括约肌松弛,常导致患者在进食后自发呕吐。

## 历史闪回

沈渔邨、许迪两位医生,一九五五年从苏联留学回到北京。她们带头组织全科医师学习俄文,与湖南医学院精神病学教研组的医生共同翻译苏联高等医学院校教学用书——《精神病学》。这本《精神病学》(第一版),是上世纪五十年代国内唯一的专业参考书。

在"大跃进"年代,提出"废除普遍约束病人""让精神病人大解放,过正常人生活"的响亮口号。要求医护人员对病人做到打不还手、骂不还口。

医生们创造了精神病治疗新模式:门诊—病房—地段(即社区)

一条龙，为病人提供长期的服务。精神病院的门诊开设精神分裂症的随访组，为每一位出院病人建立随访卡片。

精神病学的教学加快了步伐。这个时期，全国精神病院在治疗方法、管理模式上，明显受到苏联影响。

------

[注1] 进食障碍属于精神障碍疾病。进食障碍患者常共存人格障碍。精神障碍定义为：一系列临床可识别的、引起大多数患者痛苦和妨碍个人功能的症状和行为。

人格障碍是指人格明显偏离正常，并具有稳定和适应不良的性质。二十世纪初，主要指"病态人格"。临床发现病态人格并非病理性，与通常意义的精神疾病有别。人格障碍的确切病因迄今尚未阐明。一般认为是生物、社会、心理及环境因素综合作用的结果。

# 第十四节　"你是谁?""我是谁?"

六院二楼病人做电休克,不像惠爱用移动推床,一个一个推过去。治疗室在一楼,有专用电梯下到治疗室门口,病人自己走去电休克室。小财姐自发担任召集人。她天生爱操心,四十多岁的样子,在某部委下属财务公司工作。

刚住院时,我去盥洗室洗衣服,小财姐主动跟我打招呼,热心教我快吃早餐,餐后有半小时放风时间,可以去一楼打乒乓球、下棋、弹琴。出一楼,有个小院子,可散步、打篮球。还有个非常小的小卖部。

饭厅墙上有病人、家属微信群二维码。由护士长、护士做群主,病人自由进群,群内互动。微信头像多是花草、动漫、山川、猫狗、儿童照等等,病人名与微信名对不上号。众人要的就是模糊。

群里每天有人发表情包。有人发歌词、歌曲、养生段子。宝贝妈比小财姐年轻几岁,同一个大病房。她在群里发她家宝贝狗的萌照,供大伙儿云端撸狗。影叔年过六十,成天摆弄手机,拍各种景物发在群里,供人们解闷。红颜姐曾是公司白领,刚到五十岁就退休,她爱探讨美容。花哥每件T恤都是花哨鲜艳的,他在京郊有个小店铺。小财姐常跟北京病人闲聊天,我有时听听,很少插嘴。

有人发了一首长诗,用铅笔写在练习簿格子纸上,发到群里,错

189

字巨多。小财姐琢磨,新冒出来的诗人是花哥。

宝贝妈问:你写的?看得人起鸡皮疙瘩。

花哥道:姐姐,那叫现代诗。时代不同了,人人能做诗人。

宝贝妈说:拉倒吧你。

花哥说:记得青春年少时,我也想做个文艺人儿。

小财姐说:吹吧。哎,听说中国所有酒厂一年上缴利税将近一万亿。

影叔转头看花哥。

花哥道:啊!如果没有酒,武松怎敢景阳冈上走?秦皇喝了酒,一统江山并九州。李白喝了酒,与……与尔同销万古愁。朋友喝了酒,哥们五魁首,互相扶着走。听过这首诗吗?

宝贝妈说:他还真是个文艺人儿。

红颜姐说:我就爱住这儿。有人陪唠嗑。咱北京的,住院有优惠。我算过,一个月只要三千元。什么概念?你在家买菜做饭请人打扫卫生,水电费什么的全部加起来,也不止三千元。

宝贝妈说:我家就在附近,天天来问床位。那天我死赖着不走,头两天我住的是男病房。

红颜姐说:宝贝在家想你了。再养一只呗,陪它唠嗑。

宝贝妈道:我要领养一只。

红颜姐:安全吗?咬人不?

宝贝妈:领养的狗比人懂事,会感恩。

我赞同。

影叔突然问我:听人说,你来卧底……想写电视剧?

我忙说:不不。我……严重失眠,来做电针加经颅磁刺激。

小财姐道:电休克好。我做很见效。

红颜姐说:十次可以了。

小财姐道:我要做完十二次。

宝贝妈说:见好就收吧。当止则止。

小财姐不争辩。

我想卧底戒酒组。全球多国有匿名戒酒民间互助组织,简称AA。过去没在意。这回看到二楼也是戒酒病区,心想,能喝酒不算病吧?喝酒活血通经络,不能喝就别喝呗,有必要住到精神病院来治么?

我冲影叔说:我很想加入戒酒小组。要怎么申请?

影叔似笑非笑:你?蒙我。

花哥说:你喝酒?白的洋的?

我说:白的。52度以上才好喝。大醉过好几次。

花哥很不屑:那——不算。

影叔一副道行深不废话的表情,慵懒地扭过头去。

我曾听见花哥、红颜姐叫他"老炮儿",他像个很有故事的人。这人看着很清醒,不大声说话,不管闲事。听说他来戒酒,没见过他失言失态。不谈国事,不谈家事,云淡风轻。细观察,外松内紧。他似乎有过从军或从警经历。跟他打听戒酒小组的内幕,成功率极小。


二楼有好几个男护士。其中有两个壮汉,看人有点凶。有个瘦瘦的男护士很和善,见我翻阅《圣经》,他从衣领里掏出一条长长的十字架挂链,说:这是我媳妇儿给的,这么着……天天挂衣服里。我觉得吧,人不管信什么,活着总要有信仰。

也许因为瘦,这个男护士面带疲倦。有时,他靠墙,踮脚尖,下蹲,似练蹲功。我问:这样下蹲不累吗?

瘦男护道:累才这样蹲。

累就坐一会儿。

有规定,上班时间不能坐。

在精神病院当护士,责任重。劳心劳力。

小财姐没回病房午休,正跟影叔、红颜姐绘声绘色说她做的梦。见瘦男护路过,小财姐叫住他,笑道:昨晚我做梦,梦见你来着……

小财姐手舞足蹈说:嘿——嘿,你在我梦里,好几个人在我梦里,啊哈哈……

我赶紧回病房,我惧怕谈论做梦。别人做美梦,我会非常非常羡慕。别人做噩梦,我会联想起自己一个个噩梦。这里大多数病人有失眠症状,我警惕,不要在精神病院说梦。回屋眯一会儿。下午一点多钟护士就嚷嚷起床,禁止病人多躺。

病人早八点集合,要读报、唱歌、听医学讲座。下午要做正念疗法,还要做操、做陶艺、学跳舞。护士把病人时间安排得满满的。


晚饭时分。小财姐端着碗,不落座,来回转悠。见人就问:你认识我吗?

她挡住我的去路。再三问:你认识我吗?

认识啊。

你说说,我是谁?

一时语塞,不能回答。

小财姐又问:你是谁?

我是24床。

你说说,你是谁?

我小声嘟囔:24……床。

难道是心理测试? 入院那天,护士拿给我一堆表格,做心理测试。要填写的题有几百项。烦死了。填到最后难以忍受,胡乱回答。

闹不清她说的是心理题还是哲学题,或是禅语。我无法回答。

歇息。走廊传来说话声。越来越近。听似小财姐进出相邻病房,逐一提问。

小财姐敲门,在门外喊:你们知道我是谁吗?

病房里的人回答:知——道。

你们知道你是谁吗?

知道。知道。

出——来吧,集合了——集合集合! 你们都给我出来,出来!

小财姐敲遍东侧西侧病房的门,敲不开的门,她就用拳头砸。众人愿意给面子,听她指挥,纷纷去饭厅集合。

小财姐站在长凳上,一个健步跃起,像体操选手平衡木比赛的亮相,双脚落在长条饭桌上。好身手,平时看不出来。

像电影里革命导师列宁挥手演讲。小财姐一挥手,对桌下众人大声说:理想是远大的——现实是可怕的——你们同不同意啊——

病人们不回答,不明白她的意思。

同病房几个人怕她太激动,一脚踩空掉下来,伸出手在桌下保护她,胡乱应答:同意——同意,你快下来吧。

小财姐挥舞双手,双脚踮起说:撒谎! 你们骗谁呢,我心里清清楚楚,你们不懂,根本不懂。什么是理想? 我问你们呢。回答我,回答我,什么是理想? 什么是现实? 为什么现实比理想大? 同意不同意——

真清醒还是真糊涂? 我心想:同意这说法。

小财姐的陪护是个五大三粗的女人,有点女狱警的干练样。她蹬上长条板凳,去拉她的陪护对象。小财姐躲她,嗖嗖地跑向长桌另一头。

众人怕她摔,哎呀哎呀大呼小叫,跟着跑过去。

同屋几个病人喊:你们男的——快,上去帮忙拽呀。拽她下来,叫护士来。护士——这里——来人呐——

小财姐脸放红光,活泼如台上演唱嘉宾与台下的粉丝团打招呼:大家好——朋友们大家好!你们都是我的客户,谢谢你们,谢谢!客户朋友们,大家辛苦啦。理想和现实一定要统一,一定要实现——拜托啦——拜托。

她又鼓掌又鞠躬。

护士们从护士室冲出来,指挥众人不许跟她乱叫。除了她的陪护,其他病人统统退后。护士们一拥而上,迅速将她拿下。

小财姐被抓住,拉扯下桌。众人蜂拥围过去,关心的、起哄的、欢蹦乱跳的,还有人敲着大秧歌鼓点。护士们厉声吆喝,将众病人赶回各病房。

接近熄灯时分。我端盆去洗脸。盥洗室隔壁病房"咣咣咣"轰响。房门紧闭。小财姐的陪护坐在门口小板凳上,哭丧着脸。

打探消息。

陪护指指病房,叫我自己去看。

从门上小窗口看进去,小财姐被绑在病床上,绑得非常结实。

这间病房原是两人房,临时腾了出来。两个病人转移到六人房,小财姐禁闭在单人房,有护士在床边走动。这里的绳子比惠爱医院的粗多了,惠爱的叫绳子,这里的是帆布宽带。躯干、四肢连捆带绑好几道,还能闹腾。

猫下腰,我蹲在陪护面前问:没打针吗?

怎么没打!药吃了,针打了。打过三次。

那……她,怎么还……?

疯了!绑上了,她还能拖着床跑,挣开绳子!我帮护士端水,给她喂药,她一巴掌扫过来,水全——倒我脸上了。你看看我衣服湿的。不干了!我现在就辞职。多危险。我伤了谁赔钱?我动不了谁管我?

五大三粗的陪护哽咽,像公主心的柔弱小女孩,委屈、害怕。

你今晚辞职谁来陪她?她这样……不能……有人监护才行。

护士叫我明早走。我太吃亏了——我……亏死啦……你说是不是?

这不犯病嘛。你……积积德,帮帮她。

陪护道:我等她老公来结陪护费。拿了钱,我立马走。


清晨,我悄悄起床,比规定时间早了半小时。悄悄拿着牙膏牙刷漱口杯去盥洗室。单人房门口,小板凳撤了。

轻手轻脚刷完牙。宝贝妈进来了。她端着脸盆不停打呵欠。

昨晚上闹了一宿。

她不是隔离了?

唉——她唱啊,放声高唱。真是夜半歌声。

唱啥?

唱红歌。一宿不停。护士半夜把她先生、她弟叫来了。

听说打了三针,不太管用。

绑那么紧,她都能挣开!半夜啊!护士和她先生、弟弟一起摁住她,这么多人摁她一人。

打针都……我认知被颠覆。比电影还夸张。人的大脑……真……无解。

歌词记得清清楚楚,这人有多聪明。呵——呵,我们听歌的都困得不行。

昨儿上午好好的,突然就……

我们屋议论,是不是电击室电流不稳,电她的时候电流突然增大,就……电过头了?

不会。

瞎猜呢。电流这玩意儿真不好说,我可不敢去电。


两三天过去。单人病房门开了。

假装路过。看见两张病床,没看清小财姐此时啥模样。床前有个中年男人陪护。高矮胖瘦五官均属中等,肤色在北方人里算比较黑。想起海伦被绑时,特憎恨去看她的人,我不敢进去表示关心。

饭厅,问宝贝妈:门开了。会不会转重病区?

宝贝妈低声答:不会。她先生在陪护。

家人就该陪护。

她先生工作……不好请假。孩子今年中考。婆婆也病着。

不容易。这种病……家人要是嫌累赘,日子过不下去。

她要强,顾家。不累赘。

她很照顾人。估计在家里在单位,都是能扛事的人。

我们屋说了,好人才得精神病。


警报解除。小财姐搬回大病房。

除了在盥洗室洗衣服,少见她身影。她不主动打招呼,我不敢乱说话。佩服她。失控大闹病房时,没有说过粗言秽语,没有恶毒攻击弱小。细节可见教养和人性。

我路过护士室窗口,听见有人说:求你了,我女儿想自杀。

衣冠楚楚的中年男子激动地拍打窗台,哭腔道:真的不能再等,会出事的!求你们先收下她,让她住厅里吧。

护士声音传了出来:你到别的科室看看。

我来过几次了,每次你们都说没床位没床位。孩子就要出事了,求你们救救她!

护士道:真的没床位。前面排队等床位排了三十多人。

男子说:想想办法。求你帮我想想办法!

护士说:你女儿多大了?

男子道:十六岁。

护士道:你去少儿科问问。这里只收十八岁以上的,你问问儿科病房。

护士声音里透出如释重负。我也跟着松了一口气。


傍晚,我与宝贝妈在楼下溜达。我喜欢跟养狗的人聊天,各自夸耀自家宝贝多么贴心、多么忠心。

说到排队等六院的床位,宝贝妈说:我差一点睡走廊。

高发期。让你住男病房,算格外开恩了。

当时我就不走。觉得他们特冷漠,多问一句都不搭理。

我说:医生话少。

宝贝妈说:住进来才知道,人家不是冷漠,是冷静。

我说:你怎么知道这里?

我哥北大心理系毕业的。我见过隔壁三院医生跑来六院挂号,忙得忘了摘手术帽。我说,你们也来这儿看病?人家说,我也是血肉之躯啊。

小财姐的先生站在石桌旁吸烟,一脸的疲惫沧桑。夫妇俩在同一家大部委,所在下属分公司不同。此部委高大上,海内外关注。他请假极其难。我想,也许他做的是技术工作,有保密性质。

宝贝妈问:你没在病房看着她?

他答:她弟来了。儿子要中考她担心。

听说住院前,她陪同事去天津武清看楼盘。同事没买,她倒是当场就买了一套,交了首付。

吓人呐。一躁狂买一房。

那楼盘涨价了。你家要发财了。

发啥呀? 她交首付,后面供房款我来缴。不图发财,我就图个平安。

满满的无奈。对这家人来说,平安太难。我不便打听小财姐是哪种精神病。看表现有躁郁症,存在严重焦虑共病。宝贝妈听人说过,她不是第一次住六院二楼。女人这个年龄段,工作、家庭中都是顶梁柱,难免崩溃。[注1]


躁狂爆发后,先生把小财姐的手机、钱包没收了。她买瓶酸奶喝,都要找先生付钱。病人失去自制能力,监管人要接管一切。我去洗衣服。见她洗衣服洗自己的,洗先生的。真是贤惠妻子。

小财姐说:明天我出院。

我说:医生让你出院吗?

她说:就是医生跟我说,叫我明天出院。

担心。难道要腾出床位来? 各医院都有病床轮换率,医生有负担。但是,像她这么好的人,应该容她多住一住嘛。想起我刚住院时,常得她的关照,颇为叹息。

没想到,第二天、第三天,她仍在盥洗室洗衣服,仍对我说:今天我出院。东西都收拾好了。

她先生站在盥洗室门边。他摇头,表示没有赶着出院这回事。

他苦笑:越洗越脏。我都没衣服换了。

## 医学选摘

**焦虑障碍**　是临床最常见的精神障碍之一……起病常与心理社会因素有关。起病前多有一定的易感素质和人格基础……心理方面：对危险的过高评价和防御反应。持续的精神紧张、不安、痛苦的情绪。注意力不集中，思维效率下降。

……二〇〇四年世界卫生组织对包括我国在内的二十八个国家和地区进行了世界精神卫生调查及跨文化研究，从已完成该研究的美国、加拿大、德国、澳大利亚、挪威、新西兰等西方国家的十四项流行病学研究中发现，焦虑障碍的终身患病率为百分之十三点六至百分之二十八点八……东方及西方发展中国家焦虑障碍的总体发病率远远低于西方发达国家……焦虑障碍的共病率很高……临床研究表明，焦虑与抑郁共病具有症状更重、病程慢性化、社会功能损害重、自杀率高和预后差等特征。


## 历史闪回

"文革"期间，全国各地的精神病院都兴起用中草药和针灸治疗精神疾病。医院为精神病人建的营养食堂停止使用，改为中草药制剂车间，做饭的大锅改成煎中药的大药锅。医生护士到山区采集中草药，加工制作蜜丸或煎煮给病人喝。医院成立了针灸小组，探讨针刺大椎、陶道、哑门等穴位治疗精神分裂症。

北医六院精神科改称为"五连"。第三层病房一度成为收治全国红卫兵大串联病人的病房。第四层病房成了关"黑帮""走资派"的集体宿舍。红卫兵小将要到精神病院造反，揪斗"黑帮""走资派"，医护人员拒绝红卫兵进病房揪斗病人。有病人患恐怖症，惧怕刮风或听到雷声，她的单位对她进行批判，说她反对学习雷锋（打"雷"和刮"风"），就是反对毛主席，就是现行的反革命分子。当时负责司法鉴定的李从培等医生承受着很大压力，实事求是地写出司法鉴定的结论。

华中某部队医院，应用"五针齐刺法"治疗妄想型精神病人。现场会上，五个人同时用长粗针，针刺精神病人的人中穴、两个合谷穴和足心的两个涌泉穴，用力捻转。每次捻转治疗三十分钟。病人被皮带捆绑在半米宽的手术台上，疼痛难忍，发出惨叫，造成极大的皮肉痛苦和心理恐惧。有的病人全身颤抖，跪地求饶。

--------------------------------

[注1] 焦虑障碍是临床中最常见的精神障碍之一。二十世纪六十年代以来，国内外学者们从遗传学、神经影像学、神经生化和心理学的研究中，获得了一些对理解焦虑障碍的病因、发病机制、临床特征有价值的结果，但迄今对焦虑障碍的发病机制未获重大突破。

研究发现，焦虑障碍共病率很高。全美共病调查显示：四分之三的焦虑障碍患者在一生中至少会共病一种其他精神障碍，其中百分之四十七点八的患者既往曾有抑郁史。焦虑和抑郁共病具有症状更重、病程慢性化、社会功能损害重、自杀率高和预后差等特征。

# 第十五节　想混戒酒组

急救。病人躺在轮床上,像个死人。脸是麻黑色的,浮肿,皮肤松弛。家属焦急抹泪,捂住嘴,不敢哭出声。

病区走廊两旁,一边是大病房,六人间男病房及五人间女病房;一边是盥洗室、公共浴室、两人间病房、三人间病房,这一边常要腾房安置急症病人。

护士长指挥护士,把这边病床推进那边大病房,两个病人转移过去。

担架床推了进去。单人病房关闭了几天。

凶多吉少。第一次看见这么严重的酒精中毒病人。看过资料,住院接受治疗的,往往是急性发作的、晚期的。认识的人里,有喝酒得肝癌的。

这天,单人病房门开了。家属倒退出门,吃力拖扯一辆轮椅。车上歪坐着刚过危险期的病人。瘦男护在病房门口嚷:不能啊——不能光着出来。

轮椅停了几秒,仍被拖了出来。

男病人光着下身,死活不肯穿裤子。

瘦男护拿了一条小毛巾,哄劝道:恭迎皇上。皇上哎,您遮着点儿，就这一点点儿。好——嘞。

瘦男护用毛巾挡住男病人的裆部。帮着推他去男厕所。

这大叔活过来了。


听过"酒精中毒"这个词。没有亲眼见过需要抢救的病人。

我国有四千万酒精依赖患者。中性词叫酒瘾。饮酒过度，引起中枢神经系统严重中毒。

世界卫生组织抽样调查报告显示，每一百个十五岁以上的中国人中，约有一人有潜在可能或已患上酒精依赖症。每年有数十万人因酒精依赖症而死于酒精中毒，致残二百余万人。许多患者在死亡的边缘，长期饱受身体和心理作用折磨。

爱喝酒的人说，喝惯酒的人戒酒有生命危险。我认为是借口。到了二楼病区才知道，心慌发抖高热、电解质紊乱、意识模糊，这叫酒精戒断综合征。轻度症状是心烦、失眠、颤抖，中度中毒则会出现幻觉、抽搐以及意识障碍。死亡率高达百分之五至百分之十五。

怪不得酒精中毒病人要到这个医院戒酒。


上世纪九十年代期间，我和几个闺蜜不时喝喝酒。不馋，喝着玩。我跟着李闺蜜去遵义茅台酒厂，极偶然进了酒库，喝到了一九七一年封缸的茅台原浆。大美！酒过之处，似有千万朵鲜花紧跟着徐徐绽放。一观、二闻、三含、四咽、五感觉。这酒很像一个好女人，美艳、温厚、纯良、体贴入微、善解人意、风流娇痴，轻抚你心，令你顿生盖世豪情。这酒很像一个好男人，成熟、宽和、磊落、沉着、义气冲天、侠骨铮铮、威武帅气，令你心旌摇荡，爱火悄燃。喝了酒从茅台镇回遵义，一路高唱：苍山如海——残阳——如血。马蹄声碎，喇叭声咽……而今迈步——从头越——

中国自古就有酒文化传统，英雄好汉都是大碗喝酒。场面上，讲究喝酒识人。不馋酒而能喝酒、喝酒干脆不掺假、海量不醉又善待醉酒之人，叫做酒德好。可信赖。可担重任。得人敬佩。我很认可这标准。癌症化疗后，所服用的药物一沾酒放大副作用。医嘱不得饮酒。遗憾。偶尔我还喝。

入院戒酒怎么戒呢？留心数了数，二楼住院病人四十多人，戒酒的占四分之一左右。

暗暗寻找机会。我特别想混进戒酒小组。[注1]吃饭桌前一男一女，三十多岁。女人衣着光鲜、时尚。男人新入院，商务穿着。太太与他各吃各的。太太看他的眼神冷漠、厌弃。男人吃得慢，有点难以下咽的样子。

他啪地放下筷子，说：呸，什么伙食！

宝贝妈问他：你想吃啥？

男人说：起码的，一人供应一只烤鸭。我买三只。

你还真敢想。

平时伙食就这样？不应该呀。烤鸭烧鸡、大鱼大肉敞开吃，病人才能安心住院嘛。天天吃这个，就是叫病人吃苦受罪。要跟医生反映反映。

太太埋头吃饭。懒得搭理。

宝贝妈说：要是一顿一只烤鸭，你还想戒酒？自愿来的？

烤鸭哥朝旁边努努嘴，奉老婆大人指令。

有人吃完撤离，我连忙坐过去。

宝贝妈说：没到酒精中毒的地步，不一定住院治。

烤鸭哥道：不行。它挂相。

我急忙问：不懂……什么叫挂相？

就是说，一眼看得出来。

烤鸭哥让我看他的脸，又用两只手指按住两边眉毛。

经常喝醉酒的人，眉毛耷拉，眼角这儿耷拉。脸上肌肉也往下耷拉。

不懂的人看不出来哎。

最完蛋的是，我们领导懂啊。

懂又怎么了？

他……就不信任你嘛。大项目就不给你嘛。就不提拔你嘛！

哦！

烤鸭哥诉苦道：当初喝大酒，天天喝，往死里喝，要帮领导巴结大客户，不喝拿不到项目，签不了合同。我喝得胃出血。我有大功劳。嘿——现在嫌我耽误事，不堪重用。我×××……

宝贝妈道：戒了好。对你、对家庭都好。

太太吃完饭，一声招呼不打，径自走人。

烤鸭哥道：领导说了，真把酒戒掉了，就给我大项目。

他端起碗追随太太而去。


病区西侧，走廊两旁，一边是两个女厕、几间四人女病房，另一边是病区小会议室、护士室。每天早八点，病区男女病人集中在此读报、唱歌。每周有戒酒小组会议。会议保密，保护病人隐私。这些人在小会议室围坐一堂，分享戒酒心得。医生、护士给他们上课。

我住病区西侧。病房斜对面，小会议室门开了。戒酒治疗的病人一一端着自己的保温杯，围会议桌而坐。影叔、花哥坐在同一侧，表情很轻松。烤鸭哥无聊地坐在角落，眼睛左转转右转转，像一个不想听课的小学生。一个女护士站在门边，里外监管。

我上前搭讪：那个……我想进去听听。

女护士说：谢绝旁听。

我喝酒。高度白酒。我……我也想戒酒。

女护士叫我别挡在门口,离远一些。我很想混进去听听,继续唠叨。

我承认醉酒很不好,愿意尽快戒酒……

女护士冲我翻了一个大大的白眼。我闭嘴,心想:怎么没人相信? 是不是……不挂相? 哪里有破绽?

后面有人喊:来啰——让一让。

回头一看。另一个女护士推着一辆轮椅,要进小会议室。

轮椅推着费劲。病人前后扭动,嚷嚷不止。就是差点喝死的那位大叔。他六十出头,抢救那时的死黑之色褪去了,皮肤黑糙,像个煤矿工人。脸上皱纹深,一道一道叠起。眼睛半眯。嘴巴灰白色,厚、脏,似乎久不洗脸。裤子勉强穿了小半截,没系裤腰带。T恤搭在膀子上。

嘴不利索,没影响他表达强烈抗议。

都……都不喝……喝,酒厂倒闭……怎么办? 酒厂……纳税大户,都戒……酒,国、国家……的税谁、谁、谁缴啊? 马克思都给……国家交税。

门边女护士接话:大爷,不用您操心。酒厂纳税只占国家税务一小块,最多百分之五。

酒……厂是大……大户。不……不去。

他伸手扒住门框,不让轮椅推进去。

女护士道:您再不戒酒,命就没了。

迟早……要……死。不怕。我去……去八宝山。

女护士掰开他抓门框的手,说:您这资格,进不了八宝山。

不能进……,更……不戒,戒什么……

护士硬把他扯了进去。迅速关门。里面的人在念一个什么誓言,齐声念,听不清楚内容。

烤鸭哥神秘兮兮告诉我:这里有高干餐。

我立即问:高干餐怎么订? 要什么级别?

烤鸭哥悄悄指了指旁边,意思是这两人吃高干餐,想问得找他们。

听说过那男的是局座。"官叔"住院戒酒,"官婶"陪同。这对夫妇说话行事带点儿官气。虽已退休,官气像酒瘾,没个十年八年怕是戒不掉。有意无意流露着曾经的优越。

两口子进了精神病院,难免寂寞。他们只跟少数几个北京病人聊天。夫妻俩互夸。一个说,夫人年轻时,艳压群芳,女同事嫉妒死了。另一个说,那时他"大鲜肉",身体倍儿棒,如今咸肉都算不上,喝酒喝的。

传闻官叔曾是军人,参加过全军运动会。官婶流露过,亲家官大。

我打听高干餐怎么订。正是吃饭时间,官叔把碗里的菜亮给我看。

他说:随便订。每餐多交十块钱。

我不敢相信,这就叫高干餐。如果这叫高干餐,那么惠爱医院三楼病人餐该叫什么餐?

官婶敲着碗边说:就比你们多一个菜。

那也好啊。找谁订?

官婶说:好什么? 多一勺中午大家吃过的菜,今晚是海带粉条。

也罢。近瞧官叔,憔悴显老。与官婶相比,面容差距看似两代人。当官特别消耗人。抑郁患病率高。

公开资料报道,二〇〇九年至二〇一六年八年间,共有二百四十八名官员自杀、失踪或疑似自杀,其中大概半数官员被明确诊断为抑郁症。

从二〇〇九年起,中科院心理研究所国家公务员心理健康应用研究中心便开始研究官员非自然死亡现象。

该中心主任说,一般来讲,百分之七十的自杀者都是因为抑郁症或其他精神障碍。所以自杀官员中患抑郁症者的比例可能不止百分之五十,实际上会更高。中国的年均自杀率约为万分之二,官员自杀的比例并不高。

自杀官员的年龄集中在四十五岁到五十五岁之间。研究显示,官员压力的首要来源是工作。比如单位管理严格、上下级关系不和、平级调动、同事之间竞争,以及晋升渠道不通畅等等。官员压力第二来源是家庭问题、婚姻情感问题和子女问题。

我接到过抑郁症官员的电话。《旷野无人》出版后,为不受外界干扰,我的手机号码暂时保密。有一个陌生的来自新疆的电话,问我吃的是哪些抗抑郁药,副作用如何。这人普通话很标准,听起来是中年人。他说抑郁几年了,跟家人、同事不能说。他说他是领导干部,对外不可以说这个话题。但是太难受太孤独,只好找一个陌生人说说抑郁症。

过了大半年,这位陌生官员又来电话,称抑郁更严重了,吃药副作用特别大。他在家里、单位很难控制情绪。他离婚了,孩子判给了妻子。他说,看来官是当不成了。我说:你必须求助。要跟父母兄弟姐妹或者同学朋友说,要找到合适的医生来救你。他说:没什么救不救的。跟你说,是你能理解。不说了。以后不说了。此后,再没接到这人的电话。生死难测。

住进六院第一天，给十来个特别关注抑郁症的微友发了微信，说要尝试六院疗效怎样。其中一微友是官员，作协全委会上认识的，为人正直、谦和。他主动提及家人有抑郁症，每年开会见面，他都会问及抑郁治疗话题。那天，他很快回复三个表情：保重保重保重。出院五天后，微信朋友圈传来他自杀的噩耗。我猜，不是他的家人抑郁，是他自己严重抑郁。

听说，官员群体的精神健康已受到关注。每年体检项目中，增加了精神健康体检。包括高新科技部门的高管。国家要扫盲。拿出上世纪五十年代扫文盲的力度来，扫今日精神障碍之盲。

夕阳晚霞，楼下绿地。石桌、石凳、石椅。我与宝贝妈闲聊。官叔、官婶、小财姐夫妇坐的坐，站的站。

官婶招呼小财姐坐在她身边，提议唱歌。宝贝妈积极响应，特意站到小财姐身边，与官婶互相使眼色。

宝贝妈问：咱们唱……《花房姑娘》，会不会？

官叔有些迟疑。小财姐眨巴眼睛。

我在一旁担心。她还懂得唱歌吗？万一唱到哪一首，是她疯癫那晚反复唱的，会不会受刺激又发作？

官婶对宝贝妈说：明天读报要唱那首《滴答》。先练练，万一护士长让你领唱呢。

宝贝妈说：轮不到我。小组长才有资格领唱。

宝贝妈独自哼唱："你问我要去向何方　我指着大海的方向……"小财姐跟着拍巴掌，有一搭没一搭的。

官婶鼓励她：唱《甜蜜蜜》。你起个音。甜——甜——

小财姐细声附和:甜……甜蜜蜜,你笑得甜蜜蜜……

其他人立即大声唱:好像花儿开在春风里,开在春风里……

几个精神病人,在精神病院楼下,高唱《甜蜜蜜》。

唱完一首,又唱另一首。身子摇晃着,甜蜜蜜地陶醉着,停不下来了。我负责给他们鼓掌。小财姐的先生不唱,他拉开一段距离,在一旁吸烟。眼睛不时瞥一瞥太太。看不出脸上是喜是忧。

我特意走过去,问:你太太记得那天晚上大闹吗?

不记得。她狠狠咬了护士一口,完全不记得。

我以前电击,也断片儿。至今想不起来。

断就断吧。断片儿挺好。

病人家属能理解就好。

我住过这里。就是二楼。

你也……

不一样。我戒酒,她在这里照顾我。

是不是受你刺激……这样了。

那不能。我戒了六七年了。现在一滴酒不沾。

住一次就戒了? 佩服。

住了三回。三回才戒断。有些人,十回都戒不断,一辈子戒不断。戒酒太难,跟戒毒似的。有人断指戒都没戒了。我是很有意志。

有毅力。

戒不掉,就可能家破人亡啊。那时候我妈也抑郁症,重度的。孩子小。

你太太一人照顾?

我特能理解她。我请假伺候她应该的。我的报应。

这叫共患难。你陪她、护着她,她才有安全感。

我继续说:我刚知道有酒瘾的人挂相。怪不得我混不进戒酒组。

你干吗要去戒酒组?

好奇。酒精中毒的人……怎么才算?

我告诉你。上瘾的,就是要送进来戒酒的。一整天离不开酒。早晨一睁眼,首先摸起酒瓶子,先喝一顿才起来。不喝够起不来。

酒瓶子就在手边吗?

上瘾的人,睡觉都抱着酒瓶。喝着喝着睡着了。酒瓶子一定在手边。我那时候,床头、床下,屋子里到处是酒,到处是酒瓶子。走哪儿喝哪儿。不喝足了啥事都做不了。一直喝一直喝。

能上班吗?

上什么班呐!门都出不去。喝倒了就躺在桌底下。醒来摸酒瓶再喝,喝了才能够站起来。起来喝,喝了又倒。废人一个。靠自己戒不了。就要送到这里来,让医院帮你戒。

戒酒很痛苦吧?

那——是。出院以后也痛苦。看到酒不能喝,闻到酒味不能动心。那种难受呵……逢年过节,亲戚朋友聚餐,不敢喝。人家来敬酒,一口都不能喝。一喝就完蛋。我那时候不懂。戒了小半年了。老同学一个什么事,就是举个杯,啤酒,啤酒啊,抿了一口。啤酒!知道吗?

我不喝啤酒。没什么度数。

我就抿了一小口,瘾犯了。又住进来了。三回!住了三回。

## 医学选摘

**酒滥用和酒依赖**　是当今世界严重的社会问题和医学问题。根据WHO的报告,饮酒与六十四种疾病与伤害有关,因饮酒而造成的疾病与伤害主要集中在肿瘤、心血管系统疾病、消化系统疾病、交通伤害、意外伤害、蓄意伤害等方面。

……中国的酒精饮料消费增长速度比世界上其他任何地区都快。在中国,男性中酒精使用障碍患病率为百分之六点九,女性为千分之二……当今社会竞争激烈,在许多场合中,饮酒往往是事业成功的必经之路。有些商界人士认为,饮酒能缓和紧张,有助于社会交往。进而,酒也成了维系人际关系的纽带。

……酒依赖的遗传度,男性为百分之五十一至百分之六十五,女性为百分之四十八至百分之七十三。最强有力的饮酒问题预测指标是一级亲属有无酒依赖者……研究还发现,有品行障碍、抑郁和高神经质、反社会、追求新奇、外向的个体,酒依赖遗传的危险度明显增加……许多研究发现,饮酒相关问题往往与精神疾病同时存在于同一患者身上……患者为了缓解精神障碍所出现的焦虑、抑郁、强迫、恐惧等而大量饮酒,久而久之,形成了酒依赖;长期大量饮酒,本身可以导致各种精神病理现象……


## 历史闪回

上世纪有两个时间节点,对中国的精神病院、精神病学科破坏极大。

一是持续十四年的抗日战争时期。另一个是六十年代中期至七十年代中期。全国精神病院几乎无一幸免。

上世纪七十年代末,精神病院如废墟需要重建。专科人才被流放到边远山区或草原,种地的种地,还有的当纺织工人、农场小学老师,专业荒废。多年没有培养专科医学生。侥幸留在医院的医生,被造反派批判、监视,心有余悸、元气大伤。

病房只剩半扇门,窗户仅余铁框,检验仪器成一堆破烂,医院墙上的钟表都被砸了,没换。病区里给病人盛饭菜的锅碗瓢盆,摔得奇形怪状。

医院管理、治疗方式,不进反退。精神病院重新成为"疯人院"。

----

[注1] 酗酒的确切原因尚未明确。大多数专家认为与生物学、心理学和社会文化因素有关。

据统计,从一九九二年至二〇一二年,我国饮酒量增加将近百分之六十,而世界发达国家都在负增长,如意大利减少了百分之四十。

临床上酒依赖患者常共病其他精神障碍,最常见的是人格障碍、焦虑障碍、抑郁障碍、精神分裂症等。

# 第十六节　疹子长出刺尖了——

凌晨。从梦中惊醒。

噩梦。读初小的我,不听妈妈的话,妈妈疯狂地砸碎了我的门牙。

我惊恐地看着一颗门牙飞出去。爸爸不拦阻,不理会。

弟弟哭喊:妈妈不要!

妈妈笑。她打我总是要打得笑了起来才罢手。她恨我瞪她。妈妈跟爸爸出门去了。

我伤心。我对弟弟说:咱们要自杀。到一个地方绝食死掉。

弟弟撇着嘴,掉眼泪,不同意死。我说,我带你去另一个地方,没有爸妈一样活。咱们永远不要见他们。

弟弟同意。我立即带着弟弟往外走。

一条山路。没有到过这地方,不知道山里有没有人。山路坑坑洼洼,很难走。越走越暗,我很怕很怕天完全黑下来。弟弟说走不动了,我背不动弟弟,我坐在地上想哭。我偏不哭。

朦朦胧胧一团光,从天边移过来。抬头。柔柔的光,从天上照着我和弟弟,闪闪发亮。一个小男孩跑过来,不说话,嘻嘻笑。眼睛圆圆的,好可爱。一个和气的婶婶来牵我的手。她说要带我和弟弟去很远很远的地方。我愿意。我狂喜。紧接着巨大的悲伤冲上心头。心痛而醒。

醒来好一会儿，才明白我在北医六院。

住院后，我给老妈打过电话。她说担心我在北京住院没人陪伴。我说，我早就习惯了。但是，她说这句话，让我心里有点温暖、感激。

潜意识里，童年的伤痛未愈。


刚入院时，主治医生易大夫带着住院医生来问话。

我急急抢话说：我不是双相*。我不能吃双相的药。

易大夫说：你是不是双相，我们会观察。

我把吃过的碳酸锂、德巴金、奥氮平、丙戊酸镁、思瑞康等双相药报了一遍。抗躁狂抑郁药让我心里哆嗦。

二〇〇三年四月，最初诊断我是单相抑郁，医生说，半年左右可以停药。结果不曾停过一天药。二〇〇九年起，医生说我是双相躁郁。

双相与单相用药不同。我用双相药不耐受，过敏反应严重，医生只好不断给我换药。碳酸锂，背上、腹部、大腿成片暴起斑疹。换成德巴金，成片斑疹从手指背漫过肩头，密密麻麻裹住两条胳膊，胳膊、双手不能弯曲。每试一种，过敏过敏。有一次，成片斑疹先从脚心疯长，如蚂蚁军团裹挟着翻过脚背，占领膝盖，包围大腿根。蹲不下来。

我问医生：错了吧？我不是躁郁双相。

你有没有特别亢奋期，脑子特别好用，心情特别好？

没——有。

你写作的时候，会不会特——别有灵感？

214

---

* 即躁狂抑郁。

没有。

医生很诚恳：再试试思瑞康。

我试过所有双相药，只有思瑞康没引发疹子。但是脉搏从63次/分钟下降到42次/分钟，如心肺衰竭病人奄奄一息。我自己停掉了双相药，只吃单相药。

没想到，一进六院，又要吃双相药。

我用哀求的口气说：医生，求你了。我不吃双相药好吗？

易大夫冷静吩咐：住院就听医生的。

他开的奥氮平片我吃过，医生说观察几天。人家北大精神专科博士毕业。


美国著名的女权主义代表人物凯特·米勒特，上世纪七十年代入住精神病院，她被诊断为双相患者。出院后，她继续服用双相药碳酸锂，七年里她每天因药物副作用而双手颤抖、腹泻、脑子退化。失语。不能工作。丈夫与她离婚。走投无路，她尝试自救，逐步减量、停掉碳酸锂，到农场去做自己喜欢做的事。她重获自由。她花了八年时间，写出《精神病院之旅》。

她吃碳酸锂也严重过敏。曾经多位医生对我说，可能你特别敏感。你忍忍，别人都能忍。你的心理作用夸大了药物副作用。这些话让我很惶恐很自责，我不够坚强，天底下数我最贱。

多年来，给我看过抑郁症的医生，都认为我是躁狂抑郁，必须用双相药。而我用双相药、单相药都不曾痊愈。[注1]

自行变通。对医生承认双相，开药取药回家后，不吃双相药，只吃单相药。没有办法的办法。

六院二楼第一天，奥氮平没让我过敏。很小心地度日，连可乐、酸奶都不敢喝。不敢到病房外乱走动,生怕无意招惹了什么过敏源。

第二天清晨,脸上痒,出了几个小疹子。急忙报告。

大夫鼓励道:没事。继续观察。

第三天,疹子蔓延。迅速霸占额头、颧骨、眼睑周边、下巴、脖颈、耳轮、鼻孔内、鼻翼两旁、嘴角、嘴唇上。疹子头硬硬的。痒,痛。

请求换药。屄就屄吧。

大夫很冷静:你再坚持几天。习惯了,疹子自己会消退。

我神经质地喊:我坚持不了啦——

心理阴影比躯体痛痒强烈许多,它放大了痛痒程度。情绪失控时,我浑身发热,血流急速涌上头,脸发烫发涨。脸上皮肤、肌肉拉动,疹子遍地开出红花。强迫思维催发心理意向变形。

疹子长出刺尖了。疹子变红豆了。疹子好烫好烫化脓啦。玛丽琳小姐在我眼前尖厉嘶叫。希区柯克大师的玛丽琳,像巨大的人形冰激凌,她融化了流散了掉渣快完蛋了。我用指甲尖抠手心,撕挠手腕,抓出一条一条血痕。真实的疼痛。幻觉模糊了。不要疯。深呼吸。

大夫答应我,停双相药,改吃单相药。我的屄样有点吓人,为了维稳,也叫尊重病人心理感受。

我说:开点皮肤药吧。止痛消痒那种。

大夫指点说:你去隔壁三院。挂皮肤科门诊。


六院没有其他专科的药。

一路狂奔,跑到三院看急诊。急诊不看皮肤病。特诊号满。皮肤科专家号、普通号全满。挂到下午的号。午饭免了,死守皮肤科候诊厅,等下午开诊。

自诉感觉发烧，请求打针。皮肤科女医生说：你没有发烧。你是药物性过敏。停了致过敏的药物，十天八天就会消失。

拿了药。一种小药片，一天吃一粒；一瓶医院自制药水，抹脸上止痒痛。

吃药、抹药。药片很小一粒，恨不得多吃两粒。头脑还算清醒，我有乱服药、多吃药的毛病，要控制冲动。

药水抹后干了发白，掉粉渣。像用石灰水刷过脸。额前、眼皮、眼角、鼻翼、耳廓、脸颊、脖颈、上唇边，留下一团团、一条条白道道。粉渣、粉尘窸窸窣窣飘。

药水涂在疹子处，有凉凉的感觉。来回像刷墙一样多刷几遍，痒痛减轻一点，火烧火燎的蔓延暂缓。半小时左右，药效渗入皮肤。用手抹去脸上的厚灰，剩下一层白粉，权当夏日痱子粉。

从起疹子，到疹子渐渐消退，近十天。


参考美国精神医学学会编著的手册，我大概属于"其他特定的双相及相关障碍"——短暂轻躁狂发作（二至三天）及重性抑郁发作：病史中，有一次或多次重性抑郁发作，但从不符合躁狂或轻躁狂发作的全部诊断标准，却有两次或更多次短暂轻躁狂发作。

我常发生"比平时更健谈或有持续讲话的压力感。易激惹，意念飘忽，注意力太容易被不重要或无关的外界刺激所吸引。有时无节制购物，有时无意义说话并活动"。这是轻躁狂症状。很多时候，家人提醒我，而我不愿意承认。

重性抑郁发作定义里，我符合五个以上症状，并非两周内而是常年：一、几乎每天都心境抑郁。二、每天对几乎所有的活动兴趣、愉悦感都明显减少。三、每天都失眠。四、几乎每天坐立不安或迟钝。五、每天都疲劳或精力不足。六、几乎每天都感到自己毫无价值,或过分地不适当地感到内疚。七、几乎每天都存在思考能力减退或注意力不能集中。八、反复出现死亡的想法,反复出现没有具体计划的自杀意念。

住院时,我没做详尽主述。不想承认处于重度抑郁,不想承认我有可能是双相。反正承认也治不好,我讨厌说这个,害怕面对。潜意识里我在回避。


早晨八点,照例去治疗室做电针、经颅磁刺激。这里只有一个女中医,中医学院毕业分到此院,既做电针疗法,同时操作经颅磁重复刺激。女中医年轻漂亮,皮肤细腻,不像北方人。孩子才四岁,家远。常来不及吃早餐,急匆匆跑到操作室,换上白大褂,对等候在门口的病人说:进来吧,按排队次序,躺好。

屋里有三张床,只有两张能做治疗。

第一名常常是一个帅气的男孩。他穿着病号服,由妈妈寸步不离陪同。男孩不说话,凡事由妈妈代言。这孩子眉目清朗、干干净净,看起来家教好家境好,也许住的是贵宾病区。母亲说话声音不大,举止文雅。

这里治疗包括电针、吸氧、左右经颅磁刺激。时间约半小时。其他住院病人、门诊病人坐在门外排椅上等候。

女医生拿着长长的银针,从我头顶百会穴扎下去,往深里扎。又拿起一根长长粗粗的银针,对准我的印堂穴位往里深扎。通上电流,百会、印堂穴位周边震震震,心里暗暗跟着震震震。

头几次治疗,很怕百会穴那根长针扎进脑浆里,万一呢。又怕印堂那根长针乱震,万一拐弯刺入末梢神经,脸瘫脸歪怎么办。联想展开翅膀,在治疗室上空乱飞。电流通上时,病人要接上呼吸机,罩子罩着鼻子、嘴巴,医生吩咐不许乱动。

经颅磁治疗仪器只有一部。看来不如惠爱医院的先进。做完电针,侧卧在经颅磁仪器旁那张病床,等待经颅磁电极重复刺激。女医生模样高冷,心肠却热,特意问:你是太阳穴两边都做,还是只做一边?

电极重复刺激左边太阳穴,是治疗抑郁;重复刺激右边穴位,是治疗狂躁。多数病人选择两边刺激。

告诉医生,我只刺激抑郁穴位,二十分钟全用来刺激一边。我耐药力强,要重击。女医生先用六十度强度操作。我侧卧背朝医生喊:强度不够。再加强。

女医生说:刚才那小伙子也就这强度。

我不怕痛。我来为医学当一回试验品。

话不能这么说,我要对你负责。我往上调到七十度。怎么样?很痛吧?

痛。我想更痛。八十五度。我请求调到八十五度。

女医生担心道:刺激太强。

潜意识里藏着自残渴望。不便说出来。在我强烈请求下,经颅磁刺激强度调到了八十五度。很痛。

女医生帮另一病床上的人扎上电针后,过来察看。

女医生说:以往有人做治疗,最高强度也就八十度。我给你调到八十度吧。

我痛得说不出话来,要晕未晕的状态。医生给我调到八十度。二十分钟治疗完毕。我一时半会儿起不来。

女医生扶我起来,坐在治疗床上。叫我歇几分钟,观察观察再走。

真的痛。痛感冲破脑壳。这家医院的电针和经颅磁刺激有效果。原来物理治疗,硬件不是首要因素,硬件再豪华、先进,如果实际操作的人不走心,不懂得因人而异来调整,再有科技含量的机器都是废柴。

电针、经颅磁治疗室门外。早晨不到八点,出现一个七十多岁精瘦的老太太,清早坐公交车来的,熟门熟路。门一开,首先抢占呼吸气瓶最好用的床位,还戴耳机躺床上听。麻溜来麻溜走。

精瘦老太躺一床,小帅哥躺一床。两人先治疗,至少要等四十分钟。

药物过敏,我擦了满脸的白灰药水。出病房时,又拍打又扒拉,还是一脸白粉末,堪比日本能剧演员的白脸。女医生吃了一惊。病床上做治疗的人、在门外排队等待治疗的人惊讶,重病区女疯子跑出来了?

女医生问:怎么了?

我把药物过敏仔细说了一遍。门外病人抿嘴偷着笑。

用手拍打脸上剩余的粉末,脸上疙疙瘩瘩的。我大声说:我青少年时,从来没有长过青春痘,是那种天生不长疙瘩的。

女医生道:恭喜恭喜。

什么意思?

女医生说:你的人生终于圆满啦。

屋里屋外,病人都笑。我自叹:是啊,完整喽——

在惠爱住院,我也做经颅磁治疗,那里没有电针治疗。我同时申请中医治疗,喝了半个月中药。经对比,六院的电针、经颅磁效果好一些。

中医对精神疾病的记载是"癫症""情志病"。《黄帝内经》提到过"狂躁""谵妄""癫疾"。外感六淫是发病诱因,七情失调是病源。张仲景《伤寒杂病论》有"太阳病不解,热结膀胱,其人如狂……"的话。中医认为,自然界的风、寒、燥、湿等六淫五邪及芳草、药石、恶酒都会引发情志病。

在六院,我每天接受电针与经颅磁刺激,治疗床上干躺四十五分钟。脑子抑制不住乱想。

屈原会不会有精神病? 秦始皇有没有精神病? 曹操死于头疾并发,是不是与精神障碍有关? 李白是不是躁郁症病人? 传说李白月夜醉酒跌入江中而死,是不是抑郁自杀? 杜甫、李商隐、李清照有没有家族精神病史? 曹雪芹有没有家族病史? 还有大书法家,尤其是写草书的大家,不进入癫狂状态,怎能挥洒出天人合一的能量?

中国的医生没有时间来研究这些历史名人。谁敢说古代圣贤有精神障碍? 小心网民在网上人肉搜索——拍死你。

美国人早就在研究世界级大师的躁郁症。《躁狂抑郁多才俊》一书,列举了好几位名人犯病时的情景。

> 牛顿……与并不存在的人交谈,经历了错乱、失忆、食欲减退、严重的失眠、狂怒及偏执妄想……牛顿的木呆期和不宁期交替出现,在不宁期,牛顿有时凶猛地工作着……运用逻辑思维进行数学、化学和神学方面的写作……当激动不安渐渐平静下来的时候,牛顿进入了一个深度绝望的抑郁状态。
>
> 贝多芬……处在抑郁期的时候,他会变得吝啬贪婪,试图跟人借钱,而且他会认为自己是个穷人,可实际上他并不穷……躁狂加剧时,他会在荒凉的环境中四处乱跑达数小时之久……泉涌般的才思、恣肆的激情以及花样繁多的表现手法,贝多芬运用躁狂性的活力进行演奏,以至于可以说是在殴打琴键,狂野

的眼睛加倍狂野地转动着，嘴颤动着，整个人看起来就像一个巫师……

狄更斯的躁狂性急躁使他的叙事进展得轻快敏捷、生机勃勃……躁狂是他贴身的魔鬼，给予他活力、热望和写作的自信……当他在抑郁状态和令人痛苦的躁狂性不眠不休状态之间来回摆动的时候，他就像是一个试图从烧着的衣服中脱身出来却无能为力的人一样……

作者有个观点：精神药物的高度发展和应用，一方面减轻了精神病人的痛苦，另一方面，医学从生物层面摧毁了天才的生长。近一个世纪，为什么艺术界没有出现托尔斯泰、贝多芬、梵高这样的大师，就是拜精神病学药物所赐。

半信半疑。

六院二楼发药与惠爱三楼不一样。发药车不推进病房里。

吃药时间。病人集合排队，在厅里接受派药。排到谁，报出病床号。每个病人的药已放在不锈钢小药杯里，另一不锈钢小杯子空着等装水。病人一手接过药杯，一手接过小空杯，护士拎壶往杯里倒水。小杯、少水，防止病人作怪。

在护士和众人注视下，病人把药放进嘴里，喝水，吞咽。张嘴"啊啊啊——"。嘴再张大一些，张到最大，啊啊啊——舌头亮出来，上下左右翻卷活动。上牙下牙、牙肉、内腮、喉咙全被看过，确认药咽下去了，这才放过。不想吃药的病人难耍花招。

护士高喊病人的名字，催他们出病房，排队领药。护士嗓门大、性子急，就像微信段子调侃的单位领导，沉迷于被下属包围、一呼百应的感觉。护士发现她分管的病人没跑出来排队，就像练嗓开嗓，不停吆喝病人名字。

连续几天,护士高喊:李兰妮——吃药! 李兰妮——排队吃药。快出来——排队吃药李兰妮——!

闻声跑到护士眼前晃一晃,确定她看见了,就躲到一旁去。等到只剩几个病人时,排在队伍末尾。

我注意到,有两三个病人也是将近发药末尾才上前领药吃药。其一是清华男。听说他刚入院时,不肯吃药,怕药物副作用伤害大脑。他与护士斗智斗勇。当然,他斗不过护士。

平日里,在大厅可见到清华男,面对电脑,不受任何干扰,全身心投入。他二十二岁,清华大三学生,一门心思要去新加坡某大学读硕士。他选的专业,据说最有名的导师在那里。他早早规划读硕去哪里,读博去哪里。

一切按规划行事。不下棋,不跳舞,不唱歌。不开玩笑。不参与玩耍活动。不与同龄人闲聊,也不与年长病人、医护人员聊天。

传闻,他父亲在海外做生意,每天定时通话。母亲陪护,看守严密,管控一切。儿子没有女朋友,妈妈功不可没,火眼金睛,不许任何小妖精出现在儿子身边。

妈妈在清华附近租房居住陪读。儿子住院她就陪住院,儿子回校她跟着回校。儿子今后出国读书,她就出国陪读。她就像儿子的影子,看见清华男,不出五米就能看见他妈。

病区有人酸溜溜议论:清华的就是牛。人家妈就叫牛妈。她最好去楼上看看,那里清华、北大的多了去了。重症区才是杰出人才区。

这孩子本分,少年老成。除了吃药引起脸色青白、略微浮肿,可算眉目清秀。不与人聊天,性格如此。为什么有人喜欢将自己的喜好强加于人,随意论断排斥呢? 这孩子举止谦和、礼貌,跟母亲说话声音低,从不大声喧哗。明明是优点,怎么就被人看作傲慢呢?不随大流、保持自我的人,常被当成异类,招来敌意和嫉妒。

意外地,牛妈拦住我,说:治疗室电针有效果吗?

我谨慎答:有效果。不过每个病人对电针反应不同。

她脸上有笑容:我儿子说,听你说话靠谱,让我多问问你。

想不起我说过什么话,让清华男认为靠谱。他似乎对外界信息不感兴趣。大概是为她找一个可聊天的人,打发漫漫时光。孩子想用这种方式安慰老妈。

牛妈问:你能不能找个时间,跟我儿子说说,不要埋头读书,别的事情也要重视。

我说:他不可能听一个外人唠叨。

我儿子很少称赞人。你说话,他会听。

你想要我说什么?你儿子很优秀。

学习什么的我绝对放心。可是,他不太跟人交往,他还没有交女朋友呢。

我笑了起来。儿子交女朋友的事情,不用老妈操心呀。

我说:他条件好,你根本不用替他着急。

她说:以前吧,我管得严,就怕他上当受骗。现在我觉得,他不找女朋友是个大问题。他不善于跟别人说话,这方面笨。他生活能力差,我担心他读书读呆了,以后不结婚怎么办?

母子俩有点自我隔离。父子少有亲子时光,作为儿子的榜样,老爸展示的成功尽在工作中。她催我说个具体时间,让儿子听我说说怎样学习、生活两不误。我一再婉拒。我一个精神病院住院病人,没资格高谈人生。想一想荣妈、娃妈,深感每个母亲都有不同的心理痛点。

## 医学选摘

**情志病**　中医早期以"情志病"统称心理障碍和精神疾病。秦汉时期《黄帝内经》中提及情志致病的达一百二十九篇之多，占全书疾病的百分之七十二点九，阐述了情志变化同发病之间的关系，奠定了中医情志病学的理论基础，其中论述癫狂的《灵枢·癫狂篇》是我国最早的情志病学(精神病学)的专篇论著。

……情志病学初步形成是在隋唐时期。孙思邈《千金方》从七情内伤立论，认为长期不良情志刺激均引起情志失衡，并对情志病的药物治疗及针灸治疗作了系统描述……宋金元时期，中医情志病理论逐渐定型……情志病学成熟于明清时期，张景岳在《景岳全书》中对痴呆、癫、痫、狂、郁等症阐发较详。叶天士的《临证指南医案》密切结合临床诊治辨析阐发"七情致病"之理。

西医传入中国后，部分医家开始借鉴西医知识为己所用……近年来，中医立足经典理论，融合现代手法……将治疗方法本土化，发展中医心理学……开启了中医心理治疗精神疾病的现代发展之路。

## 历史闪回

上世纪八十年代，中国的精神病院管理试图拨乱反正，从医学观念、治疗方法等方面，开放视野，引进国外的先进理念和技术。百废待兴，最缺乏的是精神病学方面的人才。

八十年代处于一种尴尬期。全国精神医疗机构的工作人员专业素质差，绝大多数是中等专业技术的学历。新毕业的大学生不愿去精神病院。分配去的人看不到希望，便找各种理由调走。医学院要招本科专业学生，以解燃眉之急。

挑战与机遇并存。

史料记载，北大的精神卫生研究所，几乎是跑步前进：

一九八〇年三月，北京医学院精神卫生研究所成立。六月，精研所举办"WHO/北京精神病流行学学术讨论会"，这是 WHO 在中国举办的第一个研讨会。

一九八二年，被 WHO 确认为在北京的精神病学研究与培训合作中心。

一九八四年，成为全国第一家精神病学与精神卫生学博士研究生的培养点。

一九八九年，成立精神卫生学系，并开始招收五年制本科生。第一届计划招收二十四人。精卫系共招了六届专业学生。

[注1]　二十世纪中叶前，精神障碍没有国际公认的分类，各国所采用的诊断体系不一。一九四八年世卫组织成立后，在《国际疾病分类》第6版首次增加精神疾病的分类。一九五二年《精神障碍诊断和统计手册》正式出版。目前美国《精神障碍诊断与统计手册》第5版在全球发行，已经应用于临床。

# 第十七节 "她说管我一辈子"

新病人像一朵小蘑菇。那种灰色菇面、矮脚壮实的小蘑菇。

皮肤有点黑，淡淡灰黑色。脸蛋未脱婴儿肥。身边的女人一个是妈，一个是二姑，一个是小姨，一个是表姐。

"小蘑菇"在北京上学，大一，西班牙语专业。家在天津，有一爸、一姐，都是中学外语老师。小姨家在北京，帮她联系到六院二楼床位。

小蘑菇表情漠然，女医生问话，她眼皮不抬，好像不是她住院，全由妈妈替她答话。姑、姨、表姐不时抱抱她、搂搂她，鼓励她住下来。她不想住院，胳膊不时甩一下，头扭到一旁。肢体语言就是"我很不乐意"。

蘑菇妈指着荣荣说：你看小姐姐多懂事。住下，妈妈和二姑陪你住。

本以为娃娃出院，病房能安静些，谁知更嘈杂。我往屋外躲。

隔壁病房也进了新病人。女孩呆坐在病床上，妈妈穿一身又紧又窄又短的旗袍，扭扭搭搭往病房外柜子塞旅行箱。

旗袍妈哼着"十五的月亮升上了天空哟，为什么旁边没有云彩"……

旁边病床躺着一个极其胖大的女人；她的陪护很瘦小，愁眉苦脸,可能是她妈。另一张病床躺了一位年龄难以目测的老太太,陪人是二十岁上下一女一男。小两口手不离iPad,秀恩爱、追剧、叫外卖,跟老太太少有交流。

旗袍妈入住后,民歌小曲轮番唱。

夜晚。荣荣说:"姐姐出院走了,心里灰暗,就怕十年后自己比姐姐还悲惨。"她求妈妈留在病房陪睡。

蘑菇妈也在床上陪女儿睡。妈妈抱着女儿,就像抱着个大婴孩,轻轻摇晃安抚。二姑矮且胖,腰粗得没有腰身,走路费劲。

蘑菇妈告诉女儿,爸爸也住院了,万一要做手术,妈妈就要回天津。这里由姑、姨、表姐陪。小蘑菇身子乱扭,反对。

二姑摸她的头,说:好孩子,姑陪你。你看那阿姨没人陪。她们发现,24床孤零一人从广东来。顿时觉得我最可怜。

蘑菇妈找到护士,买了一张陪人折叠床。打开之后,靠在病房门外走廊边。来不及买枕头、被子,二姑就这么干睡。

第二天,病房混乱。小蘑菇大声哭叫,双手抱住妈妈不放。她的姑、姨、表姐都在劝。我和荣荣母女躲到门外透气。

荣荣说:她比我还大一个月。她姑说的。她上学晚,留级耽误了一年。

她闹啥?

她爸住院,肿瘤,要开刀,她妈要赶回去。

隔壁旗袍妈端着洗脸盆,白底镶了金边、绣了红花的短旗袍,裙边在膝盖上,高唱着"那就是青藏高——原",踩着细跟高跟鞋,婀娜地朝盥洗室走去。

荣妈怒视她背影,唱什么唱! 要唱回家去唱。女儿住精神病院了,她还成天唱唱唱。我看她女儿挺正常,她倒是该住院。

我说:母女俩躺病床上,她躺里面,女儿躺外面,随时会掉下来。

病房里传出医生的声音：这样的话，她出院别住了。你们想清楚。

这病区医生编制四人。主任、副主任、两个主治医生。管我的是男主治医生，管小蘑菇的是女主治医生，管荣荣的是副主任医生。主任、副主任都是女医生。还有住院医生、进修医生。

往里看。小蘑菇双脚蹬床，嘴里胡乱哼哼。亲友们紧张地围住她，商量着去留。本打算留下姑姑、小姨陪孩子。医生说，总是一堆人围着，就别在这里住院。

小蘑菇要跟妈妈、姑姑回天津。

小姨说：不能走。让姑姑试着陪两天。实在不行再出院。

屋里乱哄哄的。


午饭后，回病房。荣荣和妈妈躲到旅社去了，小蘑菇的病床上没人，难得安静，屋子就我一人。才眯了一小会儿，听见走廊有哭声，仿佛是理直气壮地哭，就要哭给所有人听。听不出伤心，听得出是故意捣乱，就不让所有人睡午觉。

二姑进来，又累又气，说：行了行了……别哭了……谁来管管。管管吧。

她哭啥？

她要吃辣酱，我去买。医生说，她吃药别吃辣，我就买罐榨菜给她。她张嘴就哭。不怕人笑话，大学生啊。还说要出国读书，这个样子怎么出国？大学生，就这样的大学生。她哭她的。看她能哭多久。

二姑躲了出去。

午休结束。病人陆续起床。

听见小蘑菇进屋。听见她摔鞋子、摔枕头。不一会儿，小蘑菇睡着了。

我坐起来揉太阳穴。烦躁。头痛，心脏痛，胃痛。

二姑悄悄进来，在我床头说：这是哭累了，一会儿醒来还要哭。从小倔。她爸太宠她，她姐总让着她，不是好事。我说了这不是好事。


女医生叫小蘑菇身子坐正，说：我问你，你爸要开刀你知道吗？

小蘑菇不吱声。

你爸的肿瘤是良性恶性还不确定，你妈多着急啊，你不能替她分忧，还在这里哭闹。

小蘑菇沉默。

你爸最疼你，对吗？那……他明天就要开刀了，你不担心吗？

嗯……不担心。

你——不——担心？为什么不担心？

不知道。

你想他吗？

想……想吧。

你一个大学生，父亲要开刀了，你说想吧……看着我回答。

应该想……可是没感觉。脑子里面……不想这个。

这就是病，要治。你休学半年了，想回学校吗？

想。老师不让我回，老师叫我妈妈带我回家。

你干扰同学上课，老师是对你负责。

我没干扰。

你在宿舍晚上不睡觉，哭闹；白天睡。同宿舍的人都怕你。

那是……夸大。我好了。老师刁难我，不让我回去。

老师说，你回校可以，要有医院证明。

你帮我开一张呗。

你住院就要守纪律。病好了，拿着出院证明，就能回学校。听明白了？

哼。

你不小了。再耽误下去，就要退学了。你想让父母养你一辈子？……你再闹，就出院。

女医生出去了。

小蘑菇横躺在病床上，双脚搭在地上，眼睛盯着天花板发呆。


随后两三天，小蘑菇没再折腾别人。

二姑欢天喜地告诉她，她爸手术成功，肿瘤不是恶性的。

小蘑菇脸上没见喜色，也无忧色。她跟着荣荣参加读报、做操、下楼散步。荣妈发现她四天不洗澡，不换衣服，身上散发出汗馊臭味。

今天三十六度，出汗多你不难受哇？

不难受。

两点到四点洗澡时间，去洗洗，洗洗身上舒服。

不洗。

哎哟这孩子。那你换换衣服。你看看扣子……对，就那里，一摊啥玩意儿？你是个大学生大姑娘噢。

晚上就寝前，小蘑菇特意举着穿了四天的大格子上衣，到荣妈跟前说：阿姨，我洗掉了。

小蘑菇只洗了扣子污渍那一小块地方，没洗整件衣服。

荣妈笑：这叫洗衣服？

嗯。

你妈没教你洗衣服？

我衣服寄回去,妈妈洗。

所有的……都寄?

我到北京上学的时候,妈妈给我准备了好多好多衣服和袜子,我每个星期往家里寄一次。快递很划算。

我插嘴道:我听说过有这种事,没想到你就是这种大学生。

我妈说了,我负责读书,她负责我的衣服袜子鞋子,还有所有的事。

你妈管你一辈子?

她说管我一辈子。她喜欢管。

荣妈很欣慰地摸摸自己女儿的面颊。在精神病院,人比人,不气人。

小蘑菇穿着小背心、大裤衩。将大格子上衣挂在床边,以便晾干那一小块湿处。

第二天早晨,小蘑菇照样穿上这件衣服。二姑习以为常,看见小蘑菇不哭不闹了,心中窃喜。

我逮着个机会,病房里只有我和小蘑菇。

我探问:你什么病?

厌学症。

阿姨听不懂。就是……?

不想上学,不想看见课室,不想做作业,还有……不想听老师讲课。嗯……不想见到同学。

小蘑菇毫无避忌。我欣赏。有病不是罪,大可直说。

我跟你相似。就是不想上班,不想见人。对什么事情都不感兴趣。脑子反应迟钝,智商低,情商也低。

阿姨,我智商一时低一时高。我跟你不一样,我对玩儿特别感兴趣。嘿嘿,对吃也感兴趣。我还踢球。

踢球？

足球。从小我爸就陪我踢球。可惜，我没进过校队。我爸总陪我玩，教我英语。我爸我姐都帮我做作业。小学中学，我成绩班上前五。

冒昧问一句，你不想回答就不答。

你问吧，问吧。

听说，你留过一级？

不是留级。我高考考砸了。在家玩了一年。我不想再考。爸妈一点儿不逼我。我做点小生意，挺好玩的。

怎么又来北京读大学了？

就是……就是吧，为我妈读的。她没有逼我复读考大学。有一段时间，我觉得我妈怪怪的。她本来是清早去菜市买菜，那里很多熟人。我发现，她清早不去买菜了，换了个时间，很晚去菜市。我就想，我妈难过呢，我高考考砸了，我妈嘴里不说我，心里……她在熟人面前抬不起头来。我要为我妈争口气，不能让我妈心里总憋屈。第二年，我拼命做题复习，哎，一考就考到北京来了。我妈……嘿嘿，好玩呢，接到入学通知书第二天，大清早五点钟，她就到菜市买菜去了，逢人就说我女儿要去北京读书了。好玩吧？

小蘑菇率真可爱。耽误一年，还能考上北京一所好大学。

为什么会厌学？

谁知道……凡事不要想太多。

喜欢你的专业吗？

喜——欢。我姐说，我的专业比她的好。她现在教书也不错，离家近。每年还有寒暑假。

你病好了，就能回校读书。

老师也这么说。同学叫我抄她的上课笔记。我想过了，不要攀比……

我没听明白。

隐约觉得,住进精神病院的孩子,病根多少与父母有关。我丁克,不敢随意论断为人父母的事。

广州中大校园,我是租房居住。楼上有个特别聪明的小女孩,跟乐乐是好朋友。乐乐生日时,小朋友特意给他画了一张图画祝贺。女孩父母分别是留德归国博士、北大博士。家境富裕,却不娇养女儿。孩子才八岁,就学着自己煮面条。家里有保姆,孩子每天仍要做家务。洗碗、倒垃圾、收拾屋子、遛狗。女孩小时候有点任性,当妈妈的奖罚分明。妈妈教法律,女儿明事理。周围生老病死这类事,不瞒孩子,有意叫她多看。教她懂得这是人生常态。教她懂得人性有善恶两面。这样的母爱,是真爱。


又听见小蘑菇大哭。她一哭,像夏日雷雨,不下透停不下来。

充电宝丢了。头一天晚上,放在饭厅电视机旁充电。病房里没有插座,那里每天有几十部手机、剃须刀轮番充电。小蘑菇一大早发现,新充电宝不见了。二姑挨个儿病房问有没有人拿错,没问出名堂来。

午休时间,小蘑菇在走廊哭:妈妈呀——他们很坏呀——妈妈——你快来——我的充电宝被偷啦,妈妈呀——我好气好恨,你快来……

护士帮她查也没结果。二姑飞快通知天津家里。

蘑菇妈接报紧急赶到,拿出一个新买的充电宝安慰她。妈妈坐在病床上,靠着墙壁,把小蘑菇抱在怀里。女儿很享受,妈妈也很享受。谁也离不开谁。

二姑说:来了就别走了。你在这儿她好很多。

不料,副护士长叫她别待在这儿,否则,女儿毛病改不了。蘑菇妈答应坐晚班车回天津。小蘑菇张嘴想哭，瞥见副护士长正看着她，扁扁嘴，忍住不哭。

副护士长立即表扬：懂事了。你妈又上班又照顾你爸，多辛苦。快跟妈妈说放心，让妈妈早一点坐车回去。

小蘑菇不愿意。

二姑从门外柜子里拎出一个粉红色学生背包，拿出一本又大又厚的西班牙语专业课本，说：书包、课本都带来了。说要复习，要回学校读书。

副护士长拿起大课本，道：多少人羡慕你。赶紧治好病，回去读书。我看你有好转，昨天早上打乒乓球了呢。

小蘑菇紧倚在妈妈怀里。

妈妈说：带你去外面吃晚饭，吃完饭我就走。想吃什么？妈奖励你。

小蘑菇转忧为喜，跟着妈妈、姑姑出去了。

如此解决小蘑菇充电宝丢失，并非上策。许多家长小心翼翼护着孩子，不让孩子摔跤。不摔跤就总当婴儿抱着。

听过一首童声合唱，记得几句歌词，大意是：未曾应许，天色常蓝，不遇苦难，任意驱驰；却曾应许，生活有力，危难有爱，行路有光。


荣荣带来一个新病人，让他认识小蘑菇。

这个山东男孩二十一岁。高三时模拟考试，有一道高分题做不出来，当场疯癫。第二年高考又崩溃。从此待在家里，不上学，不工作。神情委顿、矮胖浮肿，走路小步挪动，眼帘下垂不敢看人。他妈说，儿子犯病前喜欢唱歌，整天学香港歌手陈奕迅唱歌，还会用假嗓唱女声，平时喜欢足球。听说小蘑菇曾留级一年，再次高考进了北京，这是活生生的励志样板。她央求荣荣带儿子认识小蘑菇，托两位小姐姐多照顾他。

小蘑菇问：你喜欢英超还是西甲？

小宽子低头，两只手合上，不停地来回搓。

小蘑菇又问：你喜欢哪支球队？

小宽子紧张，两手捏成拳头，眼睛不看任何人。

小蘑菇问荣荣：他是哑巴？

荣荣笑：他害怕，不敢说话。

小宽子缓慢地伸出一个手指头，面带惧色，指指上面。这个动作让我想起惠爱的阿仔，两人走路姿势像。难道也电击过很多次？

你说呀。

小宽子嚅动嘴唇，哼出两个字：上……面。

上面？

荣荣说：他在楼上住过。他妈说，上面很多重症的。他在好几家医院住过，安定医院也住过。可能吓傻了。


小蘑菇起床。自言自语：今天我要开始散步。走一万步。下快棋，打篮球。她换上短袖衣、长裤。

总算开始洗澡、换衣服了。衣服是二姑给她洗，帮她拿到饭厅阳台晾晒。病区规定，病人不许到二楼阳台晾衣服。

小蘑菇认识了东侧病房的豆姨。据她形容，豆姨满身武艺。下快棋、弹钢琴、打乒乓球、篮球投篮，都比她强。

豆姨五十多岁，个子目测一米四五，看背影似小学六年级学生，身形比例匀称。在幼儿园当幼师多年，指挥小朋友操练队形、唱歌跳舞演出比赛，练就十八般武艺。一个好幼师要具备多才艺、权威性、集体荣誉感，让小朋友们依恋崇敬。她教过的小孩子，幼儿园毕业时会给她鞠躬。有的上小学三四年级之后，还会到幼儿园看望她。

退休后,她率领一群娘子军跳广场舞、K歌、四处参赛。她领军的广场舞大妈团屡获冠军。这拨广场舞大妈心气高,江湖名次誓死不能退。不疯魔不成活,为保冠军,舍小家,保大家。传闻说,她荒废家务,引起家人强烈不满,丈夫、孩子与她口角不断,愈演愈烈,竟导致服安眠药自杀。后来……住进六院。

小蘑菇等于一夜回到幼儿园,每天屁颠屁颠跟着可爱的豆老师,看见篮球练投篮,遇见钢琴弹钢琴。她的运动细胞被激活,两人都成了对方的一味药。

二姑乐得合不上嘴。她开始放心躺在小蘑菇床上睡大觉,沾枕头就着,随时能醒能睡。鼾声粗壮。


我很想跟豆姨聊聊广场舞。我的闺蜜们没有跳广场舞的。在广场舞如火如荼风靡各大都市时,我问闺蜜,中国大妈为什么爱跳广场舞?为什么国外大妈不跳广场舞?

闺蜜说,欧美大妈喜欢阅读、弹钢琴、拉提琴。要么自弹自唱,要么参加赞美诗班。艺术素养不同。日韩大妈喜欢安静,做做园艺、学学茶道。

我住的校园有小公园、大草坪。大妈们多是打打简式太极拳,姿势不达标。也有玩简易健身器材、赤脚走石子路之类的。也有早晚疾走慢跑的。

校外有一个广场,每晚有五六百名大妈跳广场舞,声势浩大。几部超级音响音量震耳,播放着不同的曲子,好几拨大妈在激烈斗舞。秀哪支队伍人多、音响强。几年后,我偶然路过那广场,发现没有斗舞的大妈和音响了。大妈们跳舞的场地,满满摆放着大盆的绿色植物。一打听,说是附近楼盘社区的人不断投诉广场舞扰民。斗舞的大妈们曾经打架，双方都报了警。居民请求警方、城管加强管理，"不许素质低的人在此跳舞"。结果，就让绿色植物占据此地了。

到网上搜：大妈们为什么要跳广场舞？说法很多。有从心理学方面来分析，有从健身养生方面来分析。大致有三种态度。

第一种，鼓掌叫好。说中国人健康意识提高了，追求个性自由、奔放。有网友说，她老妈自从去跳广场舞，减肥近十斤，血脂、血糖都降低了。老妈不在家里唠叨、发怒了。她和老爸耳根子清净了。网友说，这是最省钱、门槛最低的健康活动，"拓展了交际圈"。

第二种，鄙夷嘲讽。有网友说："哪里人多往哪里跳。""扭动摇晃身体时，自以为是超级明星。""从心理学来说，是向异性发出挑逗的信号。""分明是春心荡漾。""给大爷们看，增加找伴侣的机会。"跟帖的网友说，"老年人艾滋病感染率在增长"，政府要关注老年人的精神危机。

第三种，中立。网友说："心灵空虚怕孤独。"她们"年轻时跳忠字舞"，"养成习惯，跳的是回忆"。网友说："不要有年龄歧视链"，"大妈们去跳广场舞，相当于青年人去健身房"。

早上七点半至八点，病人在楼下小院子散步。

豆姨沿着弯弯小径快走，将其他病人抛离身后。我火速加入快走，与豆姨并肩，直奔话题。

听说你是广场舞的领舞，你的团队拿过冠军，还是北京一个大区的冠军。这种冠军很难拿的。

是。竞争激烈。

别的团队高手云集。光是跳得好不行吧？

当然。

健身效果真的很好吗？

到我们那层面，不是健身那么简单的事。

那是什么？

那是……不说，不想说。

说说吧。

……我住院这些天，想了想。像我这样，别说做饭，我连屋子都不收拾。家里头那个乱，衣服、碗筷到处扔。

豆姨说着，突然走到小径外，站着。眉头皱着，心烦。我紧跟，站在豆姨身边。

豆姨道：我已经不跳广场舞了。

那……那是暂时的。你团队那些人会来找你。

我爸血压很高。前些日子他住院……不跳了。

可以跳舞、顾家两不误。

豆姨脸上闪过鄙视的表情，嫌我不懂。话不投机半句多。

我说：她们会不断给你打电话，说服你。

电话我不接。

会上门找你。

我都到这儿了……上哪儿找？

豆姨把头扭开，肢体语言表示：不说了。


广场舞大妈跳舞跳得与家人闹翻、与年轻人争场地，这与自恋型人格障碍有关联吗？与表演型人格障碍有关联吗？不太像。

也许与焦虑、恐惧有关联。潜意识里，害怕衰老、死亡，或者害怕失去对社会的话语权，失去存在感？

《最好的告别：关于衰老与死亡，你必须知道的常识》[注1]一书中，有这样的表述："过去……那些能够活到老年的人常常作为传统、知识和历史的维护者……享有（晚辈的）尊重和顺从，而且主持神圣仪式，支配政治权力。但是，高龄不再具有稀缺价值……中国是地球上第一个老年人超过一亿的国家。如今由于信息与传播技术（始于印刷术并扩展到互联网）的发达……崇老文化瓦解了……是对控制权（对财产、财务，甚至其生活方式的最基本的决定）的争夺……未来三十年，八十岁以上的人和五岁的人一样多……医学科学使得数百年来关于死亡的经验、传统和语言过时了，并给人类制造了一个新的困难：如何死。"

一九四九年之前，中国人平均寿命三十五岁。如今中国六十岁以上老年人已达两亿多。有人七十岁之后，便开启混吃等死模式。越怕死，越折腾。有人说，老人变坏，源自他们心里没有盼望和爱。死亡的黑洞无限大，空虚无处不在。新一代高寿之人不懂得该怎样往下活。原以为寿比南山就是幸福，今天的人发现，这是一个天大的谎言。

世纪转型期，广场舞大妈群体具有代表性。她们凭直觉意识到，即将面对太多的不确定性。衰老、虚弱、病苦、漫长的死亡过程就在命运下一刻的拐角。这些功课统统地没有准备好。前无古人可学。

也许，这样跳舞是一种抗争。一种逃无可逃。一种心理补偿。

豆姨这一代人，上有高堂要孝敬，下有儿孙须操劳，负担最沉重。传统话语正在急速过时的当今，谁为她着想？面对衰老、虚弱、病苦、死亡，她只能自己买单。

不如跳舞。


小蘑菇比入院初时活泼多了。吃药很积极。吃完药，回到病房，说：吃的药还是那几种药，在这里医生搭配不同、药量不同，就见效了。哈，有点神奇。她有明显转变。告诉二姑，不用二十四小时守着她，不必每晚睡走廊边。隔天来一次，跟她一起睡在病床上。

姑姑岁数大了,腰椎有毛病,要多多保重。

二姑感慨道:知道心疼人啦。

我独自一人在病房。小蘑菇从门外进来,偷着乐。好像干了一件什么神秘事。

她对我说:阿姨,我把姑姑的加护床卖掉了。

卖给谁了?

隔壁新来的。

你笑什么?

我觉得自己是个做买卖的高手。那张床,我妈花了六十块钱买的。本来,我想,能卖个五十块就可以了,对吧? 二手的。

卖了多少钱?

新来的不是着急吗,不知道去哪里买这种床。她跟我打听,我就说,我买了一张还没用,用不上了。可以考虑转卖给她。

她马上求你?

对。我没有骗她。我原来没打算卖的,她急着要。我就说,我是六十五块钱买的。我多说一点,就是等她讨价还价嘛。做生意就要讨价还价对吧?

然后呢?

她就讨价还价,说,六十块,你卖不卖? 我假装犹豫一下,说,六十就六十。

厉害。你脑子已经激活了。

我要是想骗她,就会说原价八十块,还价到七十块,我还能赚钱呢。

如果是我,你说原价一百块,我肯定相信。

万一不能回去上学,我做生意是不是也能成才呀? 哇噻,我要不要去创个业?

创业的人容易抑郁，尤其青年人。我不是瞎说，真有报道。

我就说说。我出院就能回学校，我想参加期中考试。

期中考还有多少天？

二十多天。

来不及。别给自己加这么大的压力。

我在这里复习。

你别吓我了。万一病情反复，你又在走廊哭，哭得大家不能睡午觉。

哎呀不会的，不会的了——

　

按二楼规矩，病人不许进入供应室接热开水，也不能穿过这间供应室到阳台晾衣服。我习惯一年四季喝热开水。我站在供应室门外，求二姑帮接一杯热开水。二姑从阳台收完衣服，走过来打开门，叫我进去接。

二姑说：你到阳台看看，楼下全是探亲的。

快快接了杯热水。跟着二姑去阳台。

楼层很矮。往下看，一楼就是草坪，平日早晨散步的小园子。下面大大一圈围坐着封闭区病人和亲属。

封闭式病区规定，病人亲属每周可探视一至二次。这天正是探视日。病人穿着蓝白相间的病号服，坐在低矮的小板凳上。一家分成一组，坐在板凳上说话。多数是三人组。

一家三口。儿子年龄像小宽子，呆坐在矮凳上不说话。妈妈剥开橘子，一瓣一瓣塞到儿子手里。儿子握着，没吃。轻轻推他叫他吃，没反应。爸爸戴一副眼镜，嘴里不停地唠叨，像班主任考试前叮嘱学生注意事项。

"咣当""咣当当"，响声大作。随响声望去，一个女病人激动地站起来大发脾气。年龄跟娃娃相仿，个子高大。探视人可能是母亲，不慎激怒了病人。病人举起小板凳，往地上又摔又砸。凶巴巴地冲母亲嘶叫。满脸攻击性怒气。母亲紧缩身子，憔悴无奈。旁人急忙躲开，怕遭误伤。两个监管护士冲过去，架着病人的胳膊，迅速带离探视现场。母亲小跑步跟随。

二姑摇头。嘴里"啧啧"声、"嘻嘻"声来回转换。庆幸托老祖宗的福，小蘑菇没惨到这种地步。


小蘑菇加码锻炼，每天要走三万步。还约几个年轻病人去北航操场踢足球。其中有一个新病人，这人入院那天身穿一件梅西的10号球衣，一身运动员打扮。吃饭时，饭桌上有人问他职业，他答厨师。再问几级厨师，他有点尴尬：还……还在学配菜。

"梅大厨"的毛病令人讨厌。在盥洗室，他一待待很久。脸盆一直占着一个水龙头。别人都自觉侧身让人接水，或赶紧洗漱让开位置，他却无视他人。一洗脸就洗头，擦抹全身。脱了球衣赤裸上身，打量自己的胸肌和腹肌。他擦洗比女人还细致。对着大镜子久久观看自己的脸，精心往脸上一点一点涂抹白色护肤品。

他总跟女孩子说：我没病。

小蘑菇问：没病你干吗来住院？

梅大厨张张嘴，又把话咽了下去。

小蘑菇说：你什么病？

梅大厨道：我……他们非要送我进来。我好好的。吃饭、走路、踢球，全正常。

每天在盥洗室照镜子，把自己的脸瞧了又瞧，时间都耗在顾影自怜上。哪个老板会留下这样的员工？如果他真在跟人学厨，师傅怎么带这样的徒弟？学着刀工练切菜，人转眼不见了。去哪儿了？

男厕镜子前面呢。

## 医学选摘

**躯体变形障碍**（BDD）患者因为身体外表上一个臆想的或者微小的缺陷而困扰……这种困扰会引起极度的痛苦和功能损害……患者会感觉自己脸部或头部有缺陷——尤其是皮肤、鼻子、头发或者耳朵……还有一部分患者将注意力集中在身材或者身体某一特殊部位的大小上，例如乳房、生殖器、肌肉或者臀部……进行整容手术的人中，BDD患者占百分之二到百分之七；在精神障碍患者中，BDD患者大约为百分之十二。

很多BDD患者有其他精神障碍……大约百分之六十的BDD患者有重性抑郁，他们一生中患重性抑郁的风险为百分之八十。BDD和重性抑郁的共病使他们有自杀的高风险性……BDD很容易被误诊或忽略。

## 历史闪回

上世纪九十年代，中国的精神病院门诊部、住院部条件逐步得到改善。国家对精神专科学术研究和医院环境加大了投入。

对北大精研所来说，一九九二年新址落成是件喜庆事。病床数增加到一百五十张。新址配置了研究脑电生理的十间宽敞实验室。还有脑地形图仪、诱发电位仪，可以进行睡眠脑电及眼动轨迹观察。生化研究室、同位素实验室及北医大神经科学实验室占了整整一层楼，有了分子遗传学研究室的全新设备。

过去医院只收治重症精神病人。如今开始收治轻症病人，有了老年、儿童、临床心理病房，并收治酒药依赖和厌食症病人。还有特需医疗病房，面向高端人群。

精神病学开始在全国学术领域受到瞩目。一九九七年，精研所所长沈渔邨被评选为中国工程院院士，成为中国精神病学领域唯一的院士。《精神病学》第一版至第五版，由沈渔邨担任主编，由全国精神病学家和一线医生集体编著。

-------------------------------------------------

[注1] 作者阿图·葛文德是哈佛公共健康学院教授，世卫组织全球病患安全挑战项目负责人。他曾是白宫最年轻的健康政策顾问。他在书中探讨，在我们衰老脆弱、不再有能力保护自己的时候，如何使生活存在价值。指出当今存在的"三种医患关系"：一、家长型——我们是医学权威，会确保病人接受我们认为对他最好的治疗，由医生来做关键选择，这是最传统、最古老、目前仍是最普遍的医患关系；二、咨询型——医生告诉患者事实和数据，其他一切由患者做决定；三、解释型——医生的角色是帮助病人了解他们想要什么，这是共同决策模式。

# 第十八节　"莫有爱"

"妈呀你不爱我。呜呜呜——我莫有爱！从小就不爱，你就是不爱我……妈呀我莫有爱——"

哭喊"莫有爱"的女孩打电话，西侧尽头病房的人烦不胜烦。我住倒数第二间。尽头是走廊窗户，一张铁长椅，有时主管医生与病人单独谈话，就在这里。

她本是东侧大病房的。每天给母亲打几次电话，说着说着就失控，大哭，喊：妈呀你们不爱我。我莫有爱——！

一哭就收不住。"莫有爱"住的病房，在宝贝妈病房隔壁。住的多是年轻女患者。莫有爱给妈妈打电话哭，同屋的人便一唱一和，学她说话。

病区近四分之一患者家住北京。其他多来自黄河以北。偶尔有福建、深圳、杭州这些南方城市的。

莫有爱嗓门响亮，夹杂中原地方味儿。二十多岁，个子很高，身材好。平时玩闹有点疯疯傻傻，混不吝。同屋女孩喜欢逗弄她。她常跑到西侧打电话，哭诉过于扰人时，病人家属会报告护士或她姐，要求赶快把她拽走，越远越好。

陪人是她姐。姐姐个子比妹妹矮一截，声音清脆。姐妹俩五官不相像。

莫有爱比姐姐小一岁。父母忙，就把妹妹送回远远的老家，让奶奶抚养。过了两年，家里添了一个弟弟，父母更忙。妹妹就一直待在老家，跟奶奶过日子。

祖孙俩相依为命。奶奶宠爱这孙女，又当爹又当妈，还是她的老师和玩伴。奶奶舍不得打她骂她，也不逼她学唐诗宋词。家有好吃的好玩的，全给她小小一个人儿。

日子过得正美，她刚上小学一年级，突然有一天，奶奶意外身亡。天塌地陷，她不能接受这个重大打击。没人理会一个小孩子的心痛，无人安慰。[注1]

父母匆忙把她接回家，继续读小学一年级。所处环境变化巨大，最疼爱她的奶奶死了，她唯一的依靠突然消失。姐姐、弟弟从小由父母带大。姐姐比她聪明乖巧，长得比她好看。弟弟是爸爸妈妈的心肝。她孤独得要命。

她发脾气，强烈要求爸妈多陪她多疼她。父母做不到，觉得老二太不懂事。闹得多了，打骂冷漠跟着来。那时候的人，光顾着要尽力让全家吃饱饭，其他都不是事儿，大人们不懂什么叫"创伤后应激障碍"。

莫姐告诉主治医生，妈妈偏心，妹妹在家没人爱，不像爸妈亲生的。她觉得亏欠妹妹，为了妹妹，她向单位请了假，特意来京陪护。

主治医生是个中年男医生，外院来六院进修的，看起来黑瘦疲惫，比莫有爱还像病人。传闻莫有爱喜欢她的主治医生，有事没事都找主治医生诉说心结。还对同屋病人说：我觉得×医生很帅。对人巨耐心。心情不好的时候，只要他跟我说说话，我心里立马敞亮。他咋这么有魅力呢？

听的人偷乐。×医生离帅不是一般的远，太远。莫有爱找他诉说时，他黑瘦的脸上没有表情。个子比莫有爱矮半个头，站的时间一长,佝偻腰背,有时要用手支住下巴。眼睛往别处瞄,似乎盼人快来搭救他。

有一天,听说×医生要轮换到楼上病区,莫有爱扯开嗓门哭,说:他走了,我的病永远治不好了。我的命就是苦啊——

姐姐告诉她,×医生来进修,迟早要去其他病区,另有医生来接手。莫有爱不管不顾继续号哭。值班医生告诉她,×医生即使轮换到楼上去了,她的心理治疗可让×医生继续做。

弗洛伊德的书里提到过精神病院女病人容易产生移情。精神病院每个病区都有这种病人。

莫有爱住院已超过一个月,表面看不出有精神障碍。她那种哭来得快去得快,泪点特别低。一哭眼泪哗哗流,满脸脏兮兮。

她哽咽,对电话那端说:我莫有爱,就是你害我。你赶快来陪我。呜呜……快来,不要跟我说理由。我恨你们所有人!快来陪我……


西边哭,东边闹。天花板低,走廊窄,人多。我难受。呼吸阻塞,头盖骨麻木,脑海乌蒙发沉。

北上广深的精神病院都在扩容,在市区外围建新的住院病区。深圳康宁在坪山建,广州惠爱在江村建,北医六院在京郊建。香港青山医院,早在二〇〇六年就大大扩容。

我曾以为,香港的青山医院建院早于北上广。看史料得知,青山医院一九六一年才正式开业。

在此之前,曾有香港市区的高街精神病院,只管收容,不管医治。两幢病房,前幢收女病人,后幢收男病人。在一九四八年之前,由政府医院派出普通科医生和护士来照顾精神病人。而治疗精神病人,则要送去广州惠爱医院。一九四九年之后,香港才停止移送精神病人去广州惠爱。

青山医院原来设计是一千张病床。建院后,病床一再紧张。截至一九八八年,共有两千三百七十七名精神病人入住青山医院。病房内床与床之间只有五英寸空隙,状况恶劣。经过一九九六年、二〇〇六年第一期和第二期重建和改造,才焕然一新。

我问瘦男护:你们新院区哪一年能建好?

他说:快了快了。那时候你来住院就不挤了。

我说:我可不想再住精神病院。

他说:不好说啊。从这儿出去的,有三分之一还得回来住。

他补充说:不是难治的病人,一般不来这儿。病情复杂的,一年左右保不准会复发呀,对不?

二楼病区做什么总要排队。浴室四个花洒,有两个喷头不出水或水流小。女病人女亲属多,洗澡时间只两小时。下午四点钟一过,就是男病人洗澡时间。

我拎着桶端着盆,站在浴室里靠门墙壁一侧等位。排我前面的两位在切磋吃药话题,我支起耳朵听。

……我也吃思瑞康。

我五种。早一片赛乐特,晚半片思瑞康,氯硝西泮两片,还有那个什么……一下子想不起药名。我十五年了。

我七年……自己减药——复发了。我老后悔……你瞧我的白头发。

拍拍你的头啊,一生永不愁。头发白你染金发,金发好看。

吃五种药的"伍姐"脸上浮肿,躯体虚胖,面色黄里发黑。不急不愁。浴室是患者信息交流平台。治病经验、教训切磋场。

北方人洗澡与南方人不一样:广东人叫冲凉,抹点浴液冲一冲。若旁人在等位,五分钟洗完。北方人把洗澡当作这一天的享受时光,习惯在浴室里光着身子聊大天。夏天也要上下搓泥,自搓加互搓。搓一回就是熟人了。

浴室门边有两张破旧椅子。正洗澡的人衣服堆在椅子上。排队的人背靠墙站着看。水流最充足那个花洒下,一个新来的中年女人,边洗澡边普及躁郁症常识。

她说:……一般吧,二十岁左右发病,家人要是懂,治得早,好得快。不容易复发。不耽误工作。

另一个花洒下,莫姐给妹妹搓泥。莫有爱特别注意听。姐妹俩头发长、发量多,洗澡速度特慢。

伍姐接话说:你女儿学法律,治好了,将来给你挣大钱。

看这里治疗水平吧。

这里好,世界水平。放心。

不放心,一点儿不敢放心。她这个病……疯狂购物!春节她得了一万多块压岁钱,人家一个月淘宝淘完。

一万多!她买啥?

名牌美容化妆品。说要内外兼修。压岁钱是她的私房钱,她有权自由支配。可她用完压岁钱,四处向亲戚同学借。你说我愁不愁?

那得管住。

太——能忽悠。我跟她爸给认识的人都打了电话,堵她借钱渠道。堵不住。她还跟我们那儿医生借过钱。

啧啧啧……

整晚看电视不睡觉,音响吵死。半夜把家里人一个一个叫起来,叫大家去洗手。闹腾。

咱们对面病房,有个小子闹腾……非说他爸妈是间谍,跟国外毒品贩子做交易,把他当替死鬼交给公安。刚进院闹哇,可着嗓子叫人救他！说他爹要下手害死他……

那叫迫害妄想症。我有个同事就是，觉得人人要下毒害死他。后来辞职了。

莫有爱突然说：有这病，甭想结婚。特别是女人，谁愿意娶啊。

新来的说：这病怎么了！英国女作家伍尔夫得过，好多明星都得过。智商越高越容易得。不要看不起自己。

这个新来的懂许多常识，我猜不出她的职业。


亲耐滴——偶来啦！等你哈——

东侧病房来人呼唤荣荣。这女孩身材挺拔，长胳膊长腿，有一种中性美。二十二岁，每天头戴一顶棒球帽。传说她父母总跟踪她、监视她，怀疑她有"女同"倾向。

她把头发剪得坑坑洼洼。身上有自残伤疤。她喜欢突然抱住同龄女病友，嘴里喊：亲亲——！亲一个——！她喜欢同屋一纤弱型女病人，总腻在一起。成双成对去上课，做放松练习。一会儿躺怀里，一会儿趴背上。蹭来蹭去。

俩人用戏剧腔互道：啊，娘子——小青妹妹在哪里？许郎呀，小青妹妹找法海算账去了。

东侧病房几个女孩子闹着玩。这个自称小青，那个要扮法海。莫有爱就住隔壁病房，玩闹自然少不了她。

棒球帽许小仙爱给人起绰号。她与父母关系非常僵。父母越抓狂，她越夸张玩闹，借此示威。

光凭她这些举动，不能说她"女同"。二十一世纪之后，国际科学界主流观念从心理卫生和精神病学层面上，否定了同性恋和道德相关的观点，也否定了将其认定为精神障碍的观点。同性恋不属于病态。美国多项调查发现，同性恋占人口的百分之十。在中国，素

质性(绝对的)同性恋在自然人群中约占百分之二到百分之四。生物学、心理学、社会学做过大量研究,至今原因不明。[注2]

在父母、亲戚、邻居眼里,许小仙言行举止引起他们厌恶、敌视。她越反抗,逼迫越重,精神一再崩溃。住院让她感觉自由。

当天等待出院的病人,有她和"白小娘子"。几个女孩子难分难舍,哭哭笑笑,抱来抱去,早早启动告别仪式,一一拍照留念。

莫有爱跟着许小仙乱跑。她跑起来重心不稳,着急忙慌往前凑,生怕许小仙不带她一起玩。莫姐在旁边看,见妹妹欢跳,她跟着乐;见妹妹被许小仙往外推,她心疼。

莫有爱病情没有明显好转,给妈妈打电话还是哭。她穿件紧身牛仔裤,臀部鼓鼓的。上衣短,一跳跃,露出肚脐,不扎眼。没有实际年龄该有的娇俏撩人。嘻嘻哈哈。一伙女孩子在病房、走廊、打饭窗前拍照。一起喊"茄子——",举起两只胳膊做心形手势。莫有爱比画的心形最大,露出一大截白肚皮。

"亲——爱你噢。官人呐——奴家舍不得你去——妾身要与你私奔——比翼双飞——呀——呀——呀——"


## 医学选摘

**创伤后应激障碍(PTSD)**　是指个体经历、目睹或遭遇到一个或多个涉及自身或他人的实际死亡,或受到死亡的威胁……所导致的个体延迟出现和持续存在的一类精神障碍。

女性经历创伤后发展成为PTSD的风险是男性的两倍……患者感到自己与外界疏远、隔离,很少与人交谈和亲近,有罪恶感,害怕……与整个世界格格不入……严重者会有自杀观念和自杀行为。

……经历创伤后儿童PTSD发生率在百分之十五点九……女孩较男孩更为高危人群,且人际创伤是其发病的重要原因(百分之三十二点九)……患者在遇到和创伤有关的压力源或相关情况时有回忆侵入性表现,即不断回想灾难当时的记忆和重复梦境,并因此带来极大的痛苦并影响正常生活。

……PTSD常会共病焦虑、抑郁、物质依赖等多种精神疾患……治疗困难,预后不良。

## 历史闪回

自上世纪九十年代,中国精神病学发展进入黄金时期。进入精神科的大学生比例逐步增加。至二〇〇四年底,卫生部有关统计数据显示,全国精神科从业人员二万人,其中大学本科学历者五千余人。

千禧年之后,政府部门和医学界对精神疾病的关注和研究在逐年加强。研究机构指出:我国精神疾病总负担高居所有疾病总负担之首。儿童不良行为、青少年心理问题、自杀相关问题等明显上升。酒瘾、药瘾、各种毒品成瘾逐渐成为重要的公共卫生问题。老年精神疾病日渐增加。我国精神卫生立法进程明显加速。

精神病学界着重关注推动重点项目的基础研究、全国范围的精神疾病流行病调查、精神卫生服务模式转变的试点和推广、自杀干预、灾难后心理危机干预、青少年精神卫生服务。

............................................

[注1] 重大创伤性事件,是创伤后应激障碍发生的基本条件,具有极大的不可预期性。其中包括:战争、重大自然灾害、交通和生产安全事故、暴力犯罪事件、亲人丧失、严重躯体疾病等。

灾难性事件后,报道的创伤后应激障碍患病率在百分之二十左右。据估计,在受灾人群中,发生酒依赖的占百分之三十五点五,发生药物依赖的占百分之二十二点九。研究报道:创伤后应激障碍患者中,男性多共病酒依赖和滥用(51.9%)、重度抑郁(47.9%)、行为障碍(43.3%)、药物依赖和滥用(34.5%)。女性共病更常见:重度抑郁(48.5%)、单纯恐惧症(29%)、社交恐惧症(28.4%),酒依赖和滥用(27.9%)。

[注2] 一九七三年,美国精神病学会理事会确信,同性恋不是一种精神疾病。并将同性恋作为精神障碍类别从《精神障碍诊断与统计手册》中删除。

随着精神病学界对同性恋者在智商、心理平衡能力、判断能力、可信赖程度、职业能力、人际交往能力等诸多方面的研究,否定了将同性恋认定为精神障碍的观点。

# 第十九节　胖嫂与忽宝

工娱活动舞蹈课。病人、陪人都参加。人很多。年轻的男老师穿着黑色T恤,上写潇洒的白色"舞"字。他穿了一条低裆黑舞裤、白舞鞋,挺胸收腹,姿势专业。

舞蹈老师拍手,叫大家围聚成圈,先听他讲解。他教的是一种集体舞,有点像过去的西方宫廷舞。一男一女相对而站,女病人多,多出来的女对女,这时就有人自告奋勇跳男士舞步。

病人们聚精会神,很珍惜跟舞蹈老师近距离学习的宝贵时间。

我游离在圈外。多年在深圳文艺界工作,楼上楼下都是舞蹈家、音乐家,用不着在精神病院学舞蹈。我只想听听舞曲音乐。

终于等来了一小段音乐。柔美的轻音乐。老师站在人圈中,要找一个女士当舞伴。众人扭扭捏捏。陪人胖嫂往前迈了一步。

老师立即抓住她的手,说:很好。再近一点儿。脚,注意双脚距离。肩膀不要斜。下巴,你注意看我下巴。大家要发挥艺术想象力,你们就是绅士、淑女。这是一个上流社会的交际场所,女士们先生们,请展示你最美好的状态。

我瞅着胖嫂的侧影乐。没想到舞蹈老师会找她搭档做示范。

胖嫂爱笑,笑点特别低。一句冷笑话,别人没有笑,她却嘎嘎嘎大笑,要笑好一会儿。笑声不是装的,发自肺腑。

她与先生形影不离。一个瘦高,一个矮胖。一个阴郁斯文,一个开朗活跃。胖嫂长相有乡土气息,看来在京郊农村种过地。她先生四十多岁,听说是个农业技术员。家族有抑郁、自杀史,母亲患重度抑郁已去世,大姐重度抑郁,还有个姐姐死于自杀。

刚进院时,他神志不清,多日不能睡觉,极想自杀。电休克治疗特别适合他,才做完第一次电击就见效。住院第二周,眼看着比第一周有好转。

胖嫂说,这几天她要回通州一趟,把先生的吉他拿来。她说先生是吉他高手,十八岁就跟同学组过乐队,也算红火过。

几年前,我看过一份调研报告。其中举例,北方××省××县,农村干部、乡民歧视精神病人,有时会把精神病人丢弃到邻县,专找那种回不来的山脚旮旯扔。有一家子,家族遗传精神疾病,一家老小不出门干活。乡亲们都说这一家人懒得要死。没人懂得这是病。没有救济。这家人相继死去,最后剩下一个儿子。肚子饿,他用泥巴捏成一个一个饼,在太阳下晒干,吃到肚子里充饥。族人反感这家人,看到他吃泥巴饼,还嘲讽,有捏泥巴的工夫,不如去干活挣吃的。不久,这孩子也死去。没有人怜惜这家人。看过病人捏泥巴饼充饥细节后,无法忘记。只要触及家族遗传话题,我就会想到泥巴饼,想到这一家人竟然活活饿死。村里哪怕有一个略知精神疾病常识的人,绝不会出现这样的悲剧。


佩服胖嫂。有她在,她先生衣食有依靠。亲人一个一个或死或病的黑暗境遇里,她是一线暖色的光。她用爱心和笑声保护了这个家。

老师像芭蕾王子,一只手背在身后,微微屈膝,做了一个邀请的姿势。然后嘴里打节拍：一二三四、五六七八，二二三四、五六七八。他轻轻扬起手，让胖嫂跷起脚，高高伸展胳膊、手。他轻轻捏着她的手指，左走几步，往回走几步，叫胖嫂转了一圈。

在精神病院一个简陋的房间，一群或呆滞或癫狂或笨手笨脚连步子都走不好的人，练西式宫廷舞，这种情景真不太好形容。

老师很宽容，对这些没有舞蹈底子的病人没有半点歧视，口干舌燥地喊：走——大胆走——肩要平。记住，你们是绅士，是淑女，拿出贵族风度来。走——继续走，微笑。嘴不要张太大，微笑就是笑不露齿。好，转回来。结束前，要互相行礼。看——这样，你们看我的行礼啊，注意礼仪。

男老师面对胖嫂，就像王子对着倾慕的公主，行了一个优雅的鞠躬礼。胖嫂憋不住，喷笑。"嘎嘎嘎"大笑。病人们哈哈笑。队伍立即乱了。

老师不笑。他指挥学生们重新站队，一对一，继续。身姿高雅的王子捏住胖公主的手指，继续。学生们领悟能力差、舞蹈资质差，一小段反复教，动不动还笑场。在精神病院当舞蹈老师，忍耐力要特别高。


独自下楼散步。见到二楼几个病人和家属在医院大门进进出出。外省来的病人家属，把病区当北京游便宜客栈，忙着买北京的特产，逛北京的公园。

楼侧有一棵桑葚树，结的桑葚是白色的。有两三个人找来竹竿，打桑葚下来吃。我第一次看见，桑葚果居然有白色的。散步转到楼背后，听见吉他声。

胖嫂真的回家拿来一把吉他。带来吉他哥自制的歌簿，上面全是他喜欢的歌。曲谱、歌词俱全。吉他哥弹奏《西班牙斗牛士进行曲》。胖嫂像个铁粉迷妹，崇拜地看他激情演奏。两口子绝配。

在此之前，看不出吉他哥是一个"文艺人儿"，我不太相信他组过乐队。此时看他自信、娴熟地弹奏一曲又一曲，自弹自唱，引来一拨人观赏，才相信。精神病院里人才扎堆。中学他与同学组乐队，去酒吧表演。京郊暑假小学生吉他班，学费按一个钟一个钟算，他当过授课老师，不全是为挣人学费，就是喜欢教孩子们音乐。

有家族遗传史的病人，最需要社会的理解和关爱。

杰米森教授[注1]说，流淌在血液里的疯狂的基因会一代传至另一代。她书中列举的名单，令我吃惊。

拜伦家族——诗人拜伦爵士继承了暴力、鲁莽、自杀和偶尔发疯的遗传基因。祖父祖母是表亲结婚，生下的儿子里，人称"邪恶勋爵"的是拜伦的叔叔，"疯子杰克"是拜伦的父亲。母亲家族也有疯狂、自杀基因。……他不断陷入忧郁、暴怒、崩溃。他在躁狂抑郁的切换中，写下了《唐璜》。他曾问医生：什么药是最好最快致死的毒药？

丁尼生家族——丁尼生的父亲精神失常，发作时，子弹上膛，声称要向外开火。一旦被人劝阻放下枪，就声称要拿刀砍死他的儿子，用刀插进他的心脏。他的父亲、祖父、曾祖父以及他的六位兄弟都饱受疯狂、抑郁侵害。他的一位弟弟，在精神病院住了将近六十年。

舒曼家族——这位作曲家四十六岁死于精神病院。他的抑郁和躁狂气质来自他的父母。他的姐姐死于自杀。他的一个儿子在精神病院住了三十一年。舒曼十八岁第一次疯狂发作。一八五四年入住精神病院前，他曾狂奔、呜咽着跳进莱茵河。住院后，一八五六年舒曼绝食而亡。

伍尔夫家族——伍尔夫的祖父、父亲、母亲、妹妹、哥哥、侄女，都患有精神疾病。她的一位堂弟死于急性躁狂发作。她本人不断发病，接受治疗，直至自杀身亡。

海明威家族——海明威的父亲、弟弟、妹妹，都死于自杀。他父亲是拥有博士头衔的医生，他用一把左轮手枪自杀身亡。作家海明威用一把英式短枪，对自己开了枪。他的儿子像祖父，也是医生，这位医生曾七次精神崩溃，经历过九十七次电痉挛治疗。

梵高家族——梵高的父系母系都有精神病遗传。到了梵高这一代，他家六个孩子，有四个住过精神病院，并死于自杀。他的妹妹在精神病院住了将近四十年。

杰米森教授提到过，美国精神病医生不赞成精神分裂或重度抑郁病人好转后生育。但她认为，不应该剥夺病人生儿育女的权利。

我看过资料，据说当代医学已经可以帮助精神分裂的女患者安全生下健康的孩子。两个男女精神病患者，渴望结婚，人到中年时，他们在精神治疗师和社会义工帮助下，喜结连理。

对这类案例，我心存忧虑。

精神病人即使康复，未必能除去遗传风险。生儿育女之后，要有强大的亲情支援，还要借助医疗支持系统、社会福利系统做强大后盾。

精神病人一定要生儿育女？领养不行吗？


正念练习。排除杂念，追求内心澄明。护士长、副护士长、护士们对此很重视，亲自带领我们做。

一人拿一个垫子，一个个都躺在垫子上。闭上眼睛，听录音里的训练师发令指导。胖嫂与吉他哥并肩而躺。豆姨和小蘑菇前后而躺。我在第三排边上躺着。

我前面一个近四十岁的女病人，穿着超短裙，短袖上衣低领口、镶了蕾丝、泡泡袖。空调很冷。我冻得躺不住，恨不得裹件厚毛衣。悄悄坐起来，替前边"超短裙"担心：这人真的不冷吗？不会冻感冒？坐在垫子上，偷偷回头瞄，护士们躺着进入"正念"。

一个女病人，干瘦扎眼。黑。脸很长。头发一圈一圈往上盘，高高耸起。那是一堆假发吧？那人在我后面一排"正念"。不知是睡着了，还是进入状态过深，乍一看，以为马王堆汉墓那个辛追夫人的侍女展览出来了。实在无聊，我就研究那堆高耸的盘发。得出结论：头发是真的。

精神治疗界，新疗法、辅助疗法层出不穷，热个几年便消退。病人要懂得精神疾病常识，翻翻精神疾病治疗史，不盲从。要配合医生摸索最适合你自己的药物和疗法。

有时，我读书是做认知治疗。

杨绛老师写道："肉体的欲望，和人性里的灵性良心是不一致的。同在一个躯体之内，矛盾不得解决，会导致精神分裂……不过灵与肉的斗争……灵性良心完全占上风的不多。血肉之躯吞没灵性良心，倒也不少。"

精神分裂有医学、生物学判断，也有人文学、社会学判断。没有灵性良心的人，远比精神分裂病人可怕。

杨绛老师说："在这物欲横流的人世间，人生一世实在是够苦的。你存心做一个与世无争的老实人吧，人家就利用你、欺侮你……你大度退让，人家就侵犯你、损害你。"

住进精神病院的人，多是被人欺侮、损害的人。医生能助患者病情暂时好转。出院后，回到原来的环境里，我们无法摆脱精神上、心理上的伤害。我开始相信，再度住院的病人，接近三分之一。

传闻特蕾莎修女说过一段话，大致意思是——

你如果做好事，人们会控诉说你必定是出于自私的隐秘动机。但还是要做好事。

坦诚待人使你容易受到伤害。但还是要坦诚待人。

人们确实需要你帮助，但当你帮助他们的时候，反而你可能会受到他们的攻击。但还是要帮助。

当你把你最好的东西献给世界时，你反而会被反咬一口。但你还是要把你最好的东西献给这个世界。

说到底，它是你和上帝之间的事……

对我来说，这种认知、阅读疗法，比正念、经颅磁刺激效果更持久。

做电针治疗。脑子有一小时左右的清醒。扎头顶百会穴、两眉间印堂穴的长针很长、粗。有人看见这么长的针，就退缩。有人会晕针。我无所谓。拔针出来时，印堂穴有血点冒出来，要用棉球摁住。

从中医电针室回到病区。蒙圈。饭厅变秀场了。

荣荣母女各穿一件白底文化衫。荣荣胸前一个大红嘴唇，荣妈胸前是向日葵，图案颜色很鲜艳。

荣荣笑眯眯说：猜猜这衣服多少钱？

没等我猜，她说：十块钱一件！内部价。

荣妈说：红毛来推销。还有几百块、上千块钱一件的。

红毛住红颜姐那间病房。她的口头禅：女人必须美美哒。

听说，她住院第二天，就去烫了一个短蓬、支棱、赤红色潮流发型。她黄皮肤、短脖子，像一颗发出红芽芽的大土豆。

不出一星期，她又去美容会所打了玻尿酸。她说，要给同病房的室友一个惊喜。红颜姐说，完全是惊吓。

出院前，她捣鼓女装直销，大甩卖。莫有爱和她姐、宝贝妈、小蘑菇都穿了一件在身上。豆姨遗憾地说：嘻——没我能穿的码。

莫有爱胸前印了两只长睫毛的黑眼睛。初看黑眼睛性感、妩媚。细看，眼角印了一滴眼泪。穿在鼓鼓的胸脯上，好像一滴黑色的牛奶。

红颜姐、胖嫂、官婶，一人穿了一件短袖披风，飘飘的，走着模特步。三人一排，往前扭几步，转身，亮出披风背后的大花朵。一朵紫色牵牛花，一朵红石榴花，一朵金黄色大菊花。三人意气风发走猫步，转身，叉腰，亮相。胖嫂叉腰没有腰，咯咯咯笑。看秀的人直乐。

我到盥洗室洗手。小财姐埋头搓衣服。

小财姐说：我给我弟妹、大姑子、婆婆买了几件。他不给我钱。怎么办？没钱怎么办？

她埋怨先生。

小财姐说：我不想欠别人的钱，我不是这种人，我不是这种人！

激动。她用手狠狠拍打盆里的衣服。门口，她先生往里瞟了一眼，赶紧离开。我管闲事追问："干吗不给她钱？"

"我就不许人惹她骗她。卖衣服卖到病房，就是骗钱，骗子。买那些衣服，我妈我姐我弟妹能穿吗？"

"那倒是。"

"这个骗子给我打电话，催我微信转账付钱。我骂她：你来回机票钱都赚够了。再骚扰，我揍你个王八蛋！"

精神病院啥宝贝都有。杀熟杀到这儿来了。

精神病院里，人们说话直接。不便在公司里、单位里、学校里说出的愤怒，毫无遮拦喷出来。

为啥骗子、坏人不怕报应？阎王爷收黑钱了？

趁你病要你命。对恶人不能惯他让他，你就跟他死磕到底。反正你都"精神病院"了！


饭厅人满。曾在澡堂做科普的那个病人陪人在找座位，后面是她特能忽悠的宝贝女儿。"忽宝"扎着马尾辫，衣服紧身，发育成熟。一条长凳上明明坐满了人，她偏能挤进去，硬往人家腿上坐。令人不得不挪动屁股，给她腾空。

忽妈提醒说：别踩着叔叔阿姨的脚。没礼貌。

忽宝穿一双直筒高跟长靴，马尾辫直晃悠。不理睬她妈说什么。

胖嫂夫妇与几个北京病人坐她对面。红颜姐见这个外地人强占座位，便说：你上的那所大学，是985，还是211？

阿姨你OUT了。全球化时代要有战略眼光。现在流行跨界，你懂吗？我要去哈佛剑桥读博。全球五百强的CEO，一多半得过抑郁症，你懂吗？好莱坞拿奖的男神女神都是抑郁病人。什么学分、颜值，云——烟，你懂吗？

红颜姐道：有志气。等你拿奖。你拿什么奖？

我要定一个大目标，诺贝尔奖。诺贝尔奖得主。女得主。

物理奖还是生物奖？

和平奖！

红颜姐笑：再忽悠，她就要当美国女总统了。

花哥欣赏忽宝，说：去，咱们都去。你拿和平奖，我拿诗歌奖。

宝贝妈说：这儿天才忒多，再去一个，拿格莱美音乐奖。

吉他哥道：一切都有可能哟。

忽宝用筷子敲打桌台说：这地方来对了！好像到了央视春晚后

台,满天星星满天星光——嗷呜——

她摇头晃脑,狂跺大靴子。


忽妈摊上这女儿,没有半句怨言。我欣赏这种家长,懂得防治常识,有耐心,有爱心。忽宝变化多端。才见她跟小蘑菇、梅大厨一拨人玩,表演无球颠球、过人、射门,化身国足女将。转眼间,她又坐在红颜姐、吉他哥夫妇跟前,拍着饭桌说:是啊,我们要发出世纪之问,谁来为精神病人说话?!导演哪儿去了?演员在哪里?干脆我来做编剧。啥事都指着我来推进!

忽妈悄悄在女儿背后比画,求这些叔叔阿姨多担待。胖嫂捏一捏忽妈的胳膊,使眼色表示不碍事。

忽宝反应特快,立即回头,对老妈说:您请回。世界和平,人民安好,地球不会爆炸。您请回吧。

她起身,夸张地强扶老妈离开。挤眉弄眼,冲叔叔阿姨笑,好像她妈是精神病人,她是陪人。她像长辈拍老妈的肩膀,嘴里安慰道:天不会塌下来,不要杞人忧天哈。

忽妈被她逗笑了,轻轻拨开她的手,说:别闹了,我哪里忧?不——忧,有什么可忧的。

把老妈送回病房,忽宝哧溜钻入下棋、观棋的人堆里,好像真的懂一点象棋,入神地看一会儿棋盘,突然喊:"完蛋了,完了完了……你死了,要死了。"棋迷气愤地轰她走,她又去别地儿淘。精力太旺盛。

我问她:你是躁郁吗?

忽宝歪着头,斜我一眼,道:我妈说我躁狂,可我没病。

我说:你做哪些治疗?

她伸出一个指头在我眼前摇,说:这里面有阴谋,不告诉你。我要干一番大事业。你懂期货吗？

我说：不懂。你懂？

她顽皮地双手一背，倒退着走，道：跟你说了，你也不——懂。

像个小孙猴子。时而讨人嫌，时而让人乐。


午饭时分。靠窗长桌有两个位子空着。怎么会没人坐？其他地方照样人挤人呀。我赶快坐了过去，低头喝粥啃馒头。啃了几口，抬头，吓一跳。原来对面坐着"马大暴"和"暴妈"。

大暴二十五岁，当过兵。长得糙，说话凶声恶气。退伍后，在省城一家物业公司做保安。据暴妈控诉说，儿子跟着队长一同得罪了某业主。业主有背景，投诉电话一打，队长就被上司叫去暴剋。队长把黑锅全甩给他。扯来扯去，物业公司单解雇了他。这孩子比小白菜还冤，被人暗算，无处伸冤，抑郁了。进了当地一家医院住院。治着治着，治出了岔子，引发抽搐症。时不时眨眼缩鼻，脸部扭曲，眉毛一高一低，嘴巴左呕右呕，耸肩，抖身。

暴妈人脉广，见识多。带儿子到北京，顺利入住六院。

入院头一天就暴躁，为陪护睡的一张折叠床要与人干架。暴妈护犊子，见儿子与人杠上了，不拉架，煽动说：别以为我们好欺负。打！打了再说。

儿子立马将对方胳膊反扭，痛得对方跪地号叫。众人劝他放手，有理慢慢讲。

护士赶来化解此事。从库房找出一张旧折叠床，免费让暴妈用。母子二人仍愤愤不平，暴妈骂：城里就没一个好人。凭什么瞧不起农村人！

没有人瞧不起她。一个外地农妇，能带儿子顺利入住全国排名第一的北医六院，说打就敢打，说骂就敢骂，那绝对不是一个普通农妇。

大暴抽搐时五官变形，手脚乱颤抽扭，嘴巴胡乱嘟囔。人们不敢接近他。排队吃药，众人自觉排好长队，马大暴一出现，队伍就乱了。他后面没人跟着排，排他前面的回头一看，作鸟兽散。母子二人倍感屈辱。

进来半个月，抽动症有所减弱，荷尔蒙分泌格外旺盛。见到二十岁左右的女孩子，他会凑上去搭讪。面目凶狠的大暴心里柔软多情。


母子二人坐的地方，别人纷纷躲避。我没看清楚就面对面坐下，有点害怕。不能走开，病人之间不可互相歧视。我低下头，快快喝粥啃馒头。喝完粥起身走，忽宝、莫有爱跑过来占位子。俩人眼睛只看见我，没往对面看。

忽宝笑嘻嘻说：阿姨，作家和编剧是一回事吗？

我边走边说：你上网百度去。

忽宝说：我要当编剧。

莫有爱道：你今天才说要上哈佛法学院，将来赚大钱买下曼哈顿。

忽宝道：将来太慢。我写个一千集的电视剧，立马拿钱。

我赶紧走，一会儿她该当女版马斯克，就任月球移民首席执行官了。忽宝没有不敢想不敢说的。

走了没有多远，我听见后面掀起了哗叫、吵闹声。好像引发了连锁反应，那一片座位的病人、家属都站了起来。我没心思回头看热闹。在精神病院，每天都有突发事情。住个十天八天，好奇心就大减。

病房里，我闭目养神。

小蘑菇跑进来。她拿了一个苹果,啃了一口,说:阿姨快起来,快出去看。外面好热闹。

原来,大暴挨近忽宝、莫有爱讨要电话号码。忽宝冷不丁发现眼前一张脸凑上来,缩鼻歪嘴抽搐。她"嗷——"的一声尖叫,蹿起老高,撞倒过路人。莫有爱喊救命。饭厅秩序大乱。

有几个女病人,曾被大暴惊扰,趁机诉说积压的不满。她们一起找护士告状,要求制定规矩,禁止他离女病人太近。

护士本想息事宁人,便对大暴说:不许再找女病人要电话号码。人家不乐意。下不为例。你尊重别人,别人才会尊重你。

暴妈受刺激了,如小火山喷发,大呼:我还不乐意呢!什么破医院——骗我们的钱!我忍你们很久了!我儿住了十几天不见好,就是你们耽误了。你们要赔偿我们的损失!不住了——!我要去告你们!出院——我们出院!

大暴粗声粗气跟着喊:赔钱啊——!找抽呢!


当天下午,母子俩拎行李出院。

离开病区前,暴妈在厅内高声宣布:这里不是人住的。儿子,走!咱们到协和医院去——

一众吃瓜群众目送母子二人离开。

暴妈有病。儿子跟着她,天底下仇人太多。[注2]

病房熄灯。小蘑菇念叨,护士在找人,有病人失踪了。我心想,不会是小财姐吧。随口一问,放心了。是忽宝失踪。忽妈、护士联系不上她,手机关机。

不担心。这孩子很聪明。哪怕把她扔到东京、巴黎、纽约,都丢不了。

267

六院附近，有个喝粥的铺子。我去喝了一碗皮蛋瘦肉粥，本想再点个青菜，想想吃不了几筷子，等下回吧。

回六院二楼，按了病区门铃，等护士开门。护士手头忙，铃响之后好一会儿才能开门。

门外走道，面冲窗口，有一个人戴着耳机唱歌。仔细看看，原来是小宽子。他双手双腿大幅度扭动，学着明星甩头，忘情而投入。

变化真大。他居然能唱歌了。

想起广州所住的校园小区，有几个因高考疯癫无法康复的青年。有一段时间，周乐乐带我散步，总会见到一个二十多岁的胖子，五官、身高都不差，他一手拿个大面包，一手拿大瓶可乐，边吃边走，没见过有人搭理他。有人背后叫他肥仔、黐线仔。他一见到乐乐，就热情打招呼："哈喽，小狗狗，你吃过早餐了？"乐乐会跟他摇尾巴，嗷嗷叫。他也嗷嗷叫。牵乐乐的阿姨逗他："把你的面包给乐乐吃吧。"他立即答："狗狗是吃狗粮的，吃面包不健康。"他因高考而崩溃疯癫。第二年、第三年遇考便犯病。父母托人找了一个大专学校，他读了一年左右，又发病。头几年父母带他找精神病院看病治疗，效果不大，也就不抱希望了。每天早上给他十块钱，让他在校园买早餐吃。他那种胖是虚胖。看到这孩子孤零零走来走去，只有小狗狗跟他说话，心里一再为他叹息。

小宽子的病症与他相似，刚住院时模样比他差。如今能够流利地唱歌，胆子大多了。还能模仿香港歌星，让我吃惊。他在里面放声唱的话会扰民，估计别人叫他出去唱。憋屈太久，想唱尽管唱。

病区门开了。进门，迎面碰见忽妈大哭。失魂落魄地哭。

她躲在门口角落，对着手机，声嘶力竭哭喊：……不管，我不管啦!你上车!你必须到!今天必须必须到!你们什么人呐,没心肝!

看上去不像她。不敢相信是她疯狂哭喊。忽妈常教病人父母要理解、宽容孩子,她陪护女儿远比其他家长强。众人佩服她的坚强和忍耐。

女儿干了什么事,把老妈逼到这份儿上?

我就是一个傻×,一个大傻×啊……谁都不管把她推给我,呜呜呜……你是她爸你不管!今晚我一定走,管你来不来。想死的心我都有!不是我吓唬你,呜呜呜……

平日她独自硬扛,身心俱疲。照护综合征。下一个抑郁的是她。


厅里充电桌上插座少。急于充电的人要守在那里,看哪个信号灯绿了,赶紧拔下来换上自己的。小宽子妈换上了自己的充电宝充电。按小宽子练歌的热情看,他要有两个充电宝才够用。我走过去看我的充电宝,信号灯仍是红色。

小宽子妈下颌一抬,说:倒霉的娘啊。

她哭什么?

女儿背着她到处借钱。钱哗哗地淌,窟窿不知道有多大。

在这儿还敢借钱?

啥叫不敢。弄不清她借了多少钱,跟什么骗子借的。她想借多少借多少,想花多少花多少,还请客。不是她的钱她请客!

那就麻烦了。

特——别能瞎说。昨天不见了,没跟妈妈说,没跟护士请假,同屋的也不知道。电话关机。她妈连气带吓就差没脑梗。

没事吧?

十点多回来了。她请人看电影去了,请的人是北京的,不知道怎么认识的。你说害人不害人？

有点危险。

她说要在北京跟人谈生意。要做大买卖。电……电商什么的，要把大西北的产品卖到北京，做全球代理。她还敢跟人谈风投、谈贷款……

真的？

她妈崩溃了，要换她爸来。打小放纵，酿成恶果了。我跟儿子说，做人要老实。妈不指望你当大官发大财，不能老想着一夜暴富。现在的孩子心太活，不实在。

你儿子在门外唱歌。他以后上学还是上班？

学就不要上了。上班……不急。急不来。他开心就好。我不指望他养老。

你心态好。

不——好怎么活！


## 医学选摘

**自恋型人格障碍**　一种需要他人赞扬且缺乏共情的自大（幻想或行为）的普遍心理行为模式。起自成年早期，存在于各种背景下，表现为下列五项或更多症状：

1. 具有自我重要性的夸大感（例如，夸大成就和才能，在没有相应成就时，却盼望被认为是优胜者）。

2. 幻想无限成功、权力、才华、美貌或理想爱情的先占观念。

3. 认为自己是"特殊"的和独特的，只能被其他特殊的或地位高的人（或机构）所理解或与之交往。

4. 要求过度的赞美。

5. 有一种权力感(即不合理地期望特殊的优待,或他人自动顺从他的期望)。

6. 在人际关系上剥削他人(即为了达到自己的目的而利用别人)。

7. 缺乏共情:不愿识别或认同他人的感受和需求。

8. 常常妒忌他人,或认为他人妒忌自己。

9. 表现为高傲、傲慢的行为或态度。


## 历史闪回

二〇〇四年,中国精神疾病专科医院出现了第一个开放式病区。北医六院即北大精研所实现了零的突破。临床心理科实行全开放管理。收治的病种包括双相情感障碍、抑郁障碍、心境恶劣障碍、酒药等成瘾物质相关的精神障碍、强迫症、焦虑症、恐怖症、康复期精神分裂症等。

此后十几年里,各地精神病院相继出现开放式病区。

二〇〇八年,国内精神卫生系统从意大利引进"UFE"模式。UFE*为"患者-家属专家",是把精神疾病患者和家属当做专家来看待。他们的亲身经历和感受是用来帮助别人的财富。既助人,也自助。

二〇一〇年,北医六院成立有中国特色的"UFE"团队,用代表中国精神卫生的"绿丝带"来命名。"绿丝带"志愿者协会由处于康复期的精神疾病患者、患者家属组成。北京安定医院及国内各精神专科医院陆续实施"UFE"模式。推动"UFE"模式在中国实行,是一种观念和机制的创新。

---

\* User and Family Expert.

〔注1〕 凯·雷德菲尔德－杰米森是约翰·霍普金斯大学医学院精神病学系教授，世界躁郁症研究顶级权威。她的第二任丈夫理查德医生是著名的精神分裂症专家，曾担任美国精神卫生所的神经精神病学主任。他鼓励并支持杰米森公开躁郁症病情，著书说出真相，为精神疾病患者赢得更多的理解。因坦白罹患躁郁症三十年的疾病经历，杰米森不得不结束了治疗师生涯。她被《时代周刊》誉为"全球最具影响力一百人之医界英雄"。

〔注2〕 一八六一年，西医院出现第一例"医闹"事件。一位失去八岁儿子的父亲写下"受害者的话"的帖子，广为散播流传。他儿子左腿长了一个大脓疮，去医院诊治。外国医生拿来一块刀片，把脓疮割开，只给了一些溶液涂伤口。孩子忍受不了剧痛，三天后断了气。"呜呼！呜呼！"这位悲伤的父亲谴责医院"声称诊金和药费全免，装出一片妇人心肠。但是效果极差。治愈者不过百中之一二，医死的却为数不少。人们隐瞒真相，不敢说出"，"故此以泪和墨书写此帖，但愿仁人君子广为传阅，告诉人们不要贪图免费医疗，以免抱恨无穷"。

博济医院院志记录了此事件，道："幸而对医院就医的人数没有什么影响。"

# 第二十节　住精神病院的医学生

红颜姐手里剥着大蒜,夸耀住院就是好,吃饺子不用自己操劳。打饭窗口,她排头名。周末改善伙食,上周末吃肉包,这周末吃饺子。

花哥让吉他哥替他占好座位。桌面摆上醋、酱油、小磨芝麻油、王致和红腐乳、大蒜、韭菜花。饭厅里洋溢小过年的气氛。

打饭长队弯弯曲曲。我排末尾。

等到我端饺子离开饭窗,多数人吃罢散去,桌凳空出不少位置。独自坐在一张空长凳上,周围没有人,我用勺子慢慢扒拉碗里的饺子。

千万别跟北方人说不爱吃饺子。人家会讨厌你,说你作。

桌对面来人坐下,一家三口。我见过那父子俩。

男孩约一米八六,北京人。在外地某医学院读大三,因病已经休学八个月。木僵状态。吃药的时候,护士要抓住他的胳膊,喝令他张开嘴,把药片、胶囊、药水塞进嘴里;灌水,摇晃他,命令他;他父亲拍打他,逼他把药吞下去。他驼着背,缩着手,木无表情。嘴里喃喃道:"不可以。药……有毒。不……不吃。"把药吞下去之后,眉头皱成大疙瘩,似哭非哭,好像让人灌了毒药。

护士数落他,你学医的,这点常识都不懂。不吃药好不了。

273

"高儿"走路比九十岁老人慢。"高爸"忧心忡忡跟着他。"高妈"在北京某大医院工作，无法请假长期陪他，见缝插针，有空就往六院跑。与丈夫一左一右夹着儿子，像两个保镖。

两口子劝儿子吃饺子。高儿呆坐，不动。高妈用筷子夹起一只饺子，说：来，张嘴，妈妈喂你吃。

她把饺子送到儿子嘴边。儿子不张嘴，扭开脸。

今天我非要你吃下去！你给我张嘴。张嘴！

两口子噌地站起来，像要用刑，强迫儿子张嘴。

实在看不下去，听不下去。

我抬头说：你们不要强迫他吃。我在广州住院见过这种病人，你越逼他，他越退缩。他现在不想吃，你们要等待。

饺子放回碗里。两口子对视一眼，坐下。

高妈说：着急啊，太着急了。怎么办啊？

高爸说：他在其他医院也住过。没有用。这里医生建议他做电休克，我们不同意，怕他失忆。他要继续上医学院的。

高妈说：他脑子没有完全坏掉。他学医，成绩很好。

既然医生说用电休克，你们就让他试一试。

那——怎么行！出了事自己负责，医生不负责的，要签同意书的。

是啊，电失忆了，连爸妈都不认识。可不敢试。

我在广州精神病院试过电休克。

失忆吗？

短暂失忆，会渐渐恢复。

你为什么电休克？像他这样？

我总做死亡的噩梦。做完三次电休克，有好转。噩梦少了。

噢……看你挺好的，像个正常人。

你都能电三回……我们……跟医生商量,要不……试它一回。

离桌前,扶起木僵的儿子,他们再三点头,谢谢提醒。


在广东多年,饮食习惯养成爱吃米饭,吃面食没吃米饭,我会觉得没吃饱。

很怕六院二楼的馒头,怎么能够一天三顿吃馒头?平日在病区打饭窗口,见有少许米饭,我提出要米饭。回复是,一般病人按规定吃馒头,米饭留给电休克病人吃。

见过电休克病人做完治疗,吃饭被噎着,或被呛着。家属手忙脚乱帮捶背、抹脸。若被馒头卡着,就要疏通食道、气管,麻烦大了。对此我理解。不理解的是,难道北京城里缺大米么?食堂只煮那么一点点米饭。

坐出租车到五道口。找了一家香港茶餐厅,点了一碗银丝云吞面、一碟白灼菜心。

吃完云吞面,坐在餐椅上,看菜牌。仔细浏览菜谱:粥、粉面、荤菜、素菜、点心。过一过眼瘾。脑子回想"吃在广东"。看够了,便坐出租车回六院。

每次坐出租车,我会说:"去北医三院。"下车后,从三院往六院门口走。不敢说去六院。怕司机不让我上车,或面露惧怕、厌恶的表情。


二楼病区门口,见到高爸。彼此打招呼。

我问:同意书签了吗?

高爸说:昨天电击一次了。

怎么样?

不好不坏。看不出有什么变化。

不坏就是好消息。

我跟他妈商量了,继续。不然他怎么办?大半年休学在家,走路、说话、思维,都在退化。

他以前爱运动吗?

德智体全能,他是医学院的骄傲。拿过全市高校英语演讲冠军!

他会演讲? 一点儿看不出来。

我手机里有视频,找出来给你看。还借了套西装穿去比赛,像模像样。

全市高校英语演讲,外语学院、艺术学院是专业的,居然他拿第一。

医学院说他立了一大功。他成校园明星了。

说不定,做完一疗程电休克,他能满血复活。

其他不敢想。就盼他能回校继续读书,将来毕业能当个医生。听说你写过书,隔壁澳洲回来的……

对。《旷野无人》。

我也想看看。

送你一本。

谢谢! 还有……网上视频,你对大学生说,好好活着。

那是央视《开讲啦》。孩子会好起来的。说不定以后还可以读博。你鼓励他考博。就考北大这里的精神学博士。

眼下不敢想太远。不放弃。希望吧……

高爸冲进盥洗室,喊:李老师,你去看看! 笑了——笑了。快——真的啊?我甩甩湿湿的两只手,跟高爸走。

男病房门口,高爸跑到儿子跟前,叫我看。

第一次看见高儿笑。

高爸满脸喜气,说:八个月了! 八个月。我这是……第一次……看见他笑! 我儿子会笑啦。

吉他哥拍拍高儿的肩膀,摇晃他的肩膀,道:我电第一次就活了。我没说错吧。你电第三次就会笑了。说不定明天能唱歌呢。我来吉他伴奏。

眼睛会动了。笑起来帅帅的。原来高儿长得很英俊。之前他眼神呆滞、面色晦暗,手脚、胳膊腿儿弯曲发抖,没有一丝青春朝气。眼下,他会笑。

他说:吉他……吉他。

胖嫂说:叔给你吉他伴奏。

吉他哥说:吉他……你想学吉他?

高儿点头。

高爸平静一下心情,对儿子说:你真想学? 吉他可不太好学。

吉他哥说:包在我身上。


过了几天,胖嫂乐呵呵告诉我,高妈给高儿买了一把吉他,昨晚送到病房来。我心想,他才电击了五次,脑子手脚还不灵活。

我问:这么快他就能学吉他?

胖嫂说:怎么不能? 咱要多鼓励。

高儿坐在病床上,抱着一把新吉他,轻松地仰脸听。吉他哥在讲授弹奏技法。讲一两句,就忍不住弹唱几句。高爸、高妈、胖嫂都在屋里。

吉他哥自弹自唱《爱如少年》。高儿跟着哼。

胖嫂热心向我介绍:抑郁症歌手的歌。好歌手都得过抑郁症。

高妈无限快乐地看着儿子。高爸的身子随着歌曲晃。

眼看着高儿有望恢复，我琢磨，住过精神病院的医学生，读精神病学硕士有优势。这段特殊经历是命运的馈赠。就像杰米森教授。

杰米森高三时罹患躁狂抑郁症，大学二年级因病休学一年，正是躁郁症影响了她的求学志向。攻读博士时，她转而学习精神药理学、精神病理学、临床方法和心理治疗。二十八岁担任精神病理学系助教刚一个月，她"发现自己疯了"。她想从医院楼顶跳下，她实施过服药自杀。幸运的是，她得到了最好的医疗看护，得到同事、亲友的帮助。凭着"钢铁般的意志、上帝的恩赐、终将出现的转机"，她走出死荫幽谷，成为世界躁郁症研究顶级权威。她坦言：看到过人性最善良和丑陋的部分，更懂得关心、忠诚的价值。

随着一次又一次的电击治疗，高儿的木僵症状日见消失。我在惠爱、北六见过多名接受电击治疗的病人，于高儿，疗效可称神奇；但小财姐的恢复缓慢。

看过阿女、木姐的木僵症状，再看高儿的木僵症状，表现不同。木僵分为"心因性木僵""紧张性木僵""抑郁性木僵""器质性木僵"等等。我分不清他们各是什么类型木僵。

高爸高妈有信心，儿子能回医学院，儿子能当医生。儿子最好能在北京当医生。[注1]


**医学选摘**

**抑郁性木僵**　是抑郁发作最严重的表现形式之一。在严重情绪低落的同时，出现语言与行为的明显减少，甚至完全没有自发言行。患者卧床不起，对一般的语言刺激无反应。有时在反复询问下可以获得极其微弱而简短的回答，或以点头与摇头应答。谈及能触动其内心的事件时可有相应的情感反应。患者肌张力正常，多为亚木僵状态。

## 历史闪回

二〇〇九年前后，我国从欧美引进"个案管理"模式，主要应用于重性精神疾病管理。重性精神疾病是指以精神分裂症为代表的，临床上有幻觉、妄想、严重思维障碍、行为紊乱等精神病性症状，且患者社会生活能力严重受损的一组精神疾病……个案管理提供多层面的治疗和康复服务，参与者包括精神科医生、心理治疗师、精神科护士、社会工作者、职业治疗师、康复者。

二〇一一年起，北京海淀精防院与北医六院合作，开设院外康复站点，实现患者出院后住进这些社区康复机构，作为患者在医院生活与在家庭生活之间的过渡。

[注1] 中国留欧学医第一人黄宽，曾在博济担任医生。黄宽十一岁就读于澳门马礼逊学堂。一八五〇年，黄宽赴苏格兰，就读于爱丁堡大学医学系。他是华人留学外国获得博士证书的第一人。也是中国人在华传播现代医学的第一人。

黄宽与嘉约翰院长共事多年。他被博济医学堂聘为教员，教授解剖学、生理学、外科学课程。他是第一个在国内做尸体解剖向学生示教的医生。

李鸿章、丁日昌分别邀请他任清政府医官。他短暂为官便辞官，志在临床行医和教学。黄宽曾任博济第一位华人院长。一八七九年，四十九岁的黄宽带病出诊救人，病人得救，他却病发去世。

# 第二十一节　心甘情愿

大查房。主任带队,主治医生、住院医生、进修医生跟随。

住院医生多是在读博士生,边读书边实践,各病区轮流转。近期病房住院医生是小李,个子不高,年纪不大,声音不响。每次跟着主治医生谨言慎行,话少。

有一天,小李医生简短问完话,没有走。犹豫片刻,突然叫了一声"李阿姨"。

小李医生说:老师上课讲到了你的《旷野无人》,每次给我们念一段。老师说,要多了解病人心理。

是啊,我特希望被理解。

老师说,它可以当参考书。

小李医生脸上现出笑容。平时,住院医生巡查病房,总想显得老成稳重,不苟言笑。此时,表情生动起来。

特意上网买书,《旷野无人——一个抑郁症患者的精神档案》《我因思爱成病——狗医生周乐乐和病人李兰妮》,分别拿给小李医生和高爸。《思爱》讲了宠物疗法,阅读轻松。《旷野》更适合医生、医学生阅读。

住院大半个月,我发现,病人和家属不太看书。每年,北上广深等一线城市都办书香节读书月，官方公布阅读量大幅提升。在广州惠爱医院、北医六院病区，我极少看见人文读本。

机场书店热门荐读的多是成功学之类书籍。怎样营销、怎样积攒人脉、怎样获得老板赏识、职场打拼指南之类。不断播放商界人士的演讲视频。

只见过两个病人床上放了书，一本是职场心灵鸡汤，一本是张进的《渡过——抑郁症治愈笔记》。《渡过》很适合病人和亲属阅读。

追问：是你们自己买的吗？

答：书是病房之前的病人留下的。随手翻翻。

暗自感慨。如今的人对理财、美容、时装、升职、微商、投资、拼单等等，无不求细求精。关注物质享受，向往高级的生活品质。病人们盯着医生护士，求关注求心理辅导，自己却不关注、阅读精神疾病有关书籍。自救意识不强，救人意识甚微。八零后九零后病人若不懂精神病学常识，算不上是新新人类。


小李医生和接替他看管此病房的小吉医生进病房。他轮换到楼上封闭式病区。下了班，顺路到二楼看看。

小李医生说：李阿姨，昨天上课，老师说到你的书，又给我们念了一段。

小吉医生道：坐我前面的女生说，听了觉得很恐怖。她说她可不敢看这本书。

我说：你告诉这个女生，如果她连这本书都不敢看，怎么当精神专科医生？

小李、小吉相视而笑。似乎说：女生嘛——胆儿小。

我接着说：我只写出十分之一。如果医学生连这十分之一的真相都害怕，她在专业方面走不远。

精神专科博士,要理解病人精神之痛。疼痛度数若以十度为最高,重度抑郁、精神分裂、自杀未遂病人在心理、生理层面的疼痛,已达九度以上。这是幽暗的深渊。若医生不敢也不想面对这个深渊,怎能疗病人之身体、救病人之灵魂?

小吉医生说:嗯。我会把这句话带给她。

小李医生说:看你的书,我跟病人谈话用上了。毕竟我们年轻,中年以上的病人不容易交流,不太懂他们经历的磨难。最近交谈顺畅一些了。

小吉医生道:我爷爷当年学的就是这个专业。

你爷爷当过精神病院的医生!说来听听。

噢。我出生不久,他就去世了。爷爷留下话,他的孙子也就是我,一定要学这个专业!我在这儿实现爷爷的遗愿。

常听人说,爱你的孩子就不要让他学医。微信朋友圈里,看过太多苦段子和心酸故事。眼前,心甘情愿,年轻的医生正在跋涉前行。

住进六院之后,我用手机搜索北大医学部曾召开的《旷野无人》研讨会——抑郁症背后的医学叙事。我不太懂"医学叙事"这个词。

活动发起人是北大副校长、医学部主任柯杨。她说:医生只有听得懂他人的疾苦故事,才能开始思考如何解除他人的苦痛。希望通过对疾苦与死亡主题的文学作品的阅读与反思,改进我们的医学人文教育。人性是通过疾苦凸显出来的,德性是通过对疾苦的共情而彰显的,帮助我们的医学生走出应试教育的惯性,将单纯技术教育遮蔽的情感教育、价值观教育重新开掘出来。会上资深精神科医生说,要将这部书当作精神医学的教科书来细读,读取患者的心灵密码。

敬佩医学教育家的思考。手机将此保存下来。

长长的铁栅栏。一人多高，每根黑色铁条间隔比较疏。栅栏那头可见教学大楼、宽敞路面、花草树木，绿化舒适。那是北医大校园。北大医学部。[注1]

上世纪八十年代中期，我在北京读鲁迅文学院，正逢法国电影周。同学们每次看完两场电影，回校大门已关。传达室大爷九点锁门，死活不开门。我们就翻墙。我动作利落。同学们笑，说，以为这家伙不会翻墙，谁知道人家练过童子功。

我站在铁栅栏这头，六院门诊楼、住院楼背面小径。翻栅栏过去，还是从两根铁条的间隔穿过去？两根铁条的间距，一般人穿不过去，会被卡住。我瘦，目测刚能穿过。不能让六院保安看见。保安会以为有疯子想逃跑。

穿过去。行动。

忽听有人喊：李兰妮——李——兰——妮——

吓一跳。若晚几秒钟，上身穿过去，腿脚没过去，就被逮个正着。慌忙转身。迎面走来两男一女，背着双肩书包。傍晚的阳光晃眼，看不清谁叫我的名字。

三个人走近了。其中一个高个子男生问：你在这里干什么？

是小吉医生。与他并肩的一男一女是他的同学，也是住院医生。三人下了班，脱了白大褂，穿上便服，骤显青春洋溢。

我掩饰说：我……在这里……看看，随便看看。

小吉医生指着前方不远处一道门，说：你想不想出这个门？出去就是我们北医校园。

我心虚：不想。以后再说。

283

三人从我跟前走了过去，其中那个女生回头仔细看我一眼。小吉医生有门卡，卡一刷，门就开了。三人潇洒进了北医校园。

回头的女生，可能就是不敢看《旷野无人》的医学生。

第二天小吉医生说，正是这位女生。小吉医生把作者的话捎给了她。

就像军人要上战场，我盼望精神病学博士们做好充足的心理准备，打大仗，打胜仗。一八九八年，广州博济医学堂当届男学生跟着嘉约翰老师到芳村，成为中国第一批精神病学医生。他们的学医之路过于坎坷。一九四二年，北京协和医学院的学生被迫离校，跟着许英魁教授转入北医，在国家危难关头学医。一九六六年起十年劫难，医脉被斩，支离破碎。而今日，曙光已现，神州大地万物生发。小吉医生他们作为精神病学的医学生，当是幸运的一代，世界瞩目的一代，领潮流、入史册的一代。

影叔出院时，拿着手机，将饭厅、护士房、宣传栏、盥洗室、打饭窗口一一拍照保存。他特意在微信群留言："谢谢二楼的医生护士，你们用爱心挽救了我们的心灵，让我们有尊严地生活。我们是一群心灵受伤的人（不管什么原因），所以要修复，有你们的支持与引导，我们定能走向光明的未来。我感恩。"

微信群里病友纷纷点赞，各种表情包。有人附和：说得对！不管什么原因，我们是一群心灵受伤的人，需要修复。

刚住院时，听说有人不肯出院，我不能理解。眼下明白了，这些病人所处的工作环境、学习环境，或者家庭环境、人际环境，正是他们的致病因素之一。

精神病院是他们的避难所。爱是旷野的一缕明光。

当今社会，知道自己有精神疾病并承认有病的人只占百分之二十左右，他们中接受过治疗的人不过百分之五到百分之十。以此推算,约百分之九十的患者正在我们的周围,散布在城市、乡村的学校、社区、公司、单位、商场、饭馆,无处不在。有教师、律师、艺术家、企业家、金融家、官员、医生、职员、农民……

住过一南一北两家精神病院。

最让我吃惊的是,住进精神病院的病人并不叫人恐惧,住在封闭病区重症室的精神分裂病人并不可怕。最可怕的人,是那些隐形精神病人,尤其是反社会人格患者、心理变态狂。

人们奉行宁可得罪君子,不要得罪小人,对这类人捧着供着跪舔。很多人不敢当君子,凭良知做事的人,被算计、被陷害。

宁可得罪君子也不得罪小人的聪明人,久而久之,就变成了小人。或者,来不及变为小人,就被小人碾死蚂蚁一般灭掉了。


医学进步,已能够通过神经成像技术、脑监测等筛选出神经异常或潜在精神病患者。这是防治精神病的重要一环。

有一位大脑神经解剖学的神经学家,偶然的机会,发现自己的脑部扫描图不正常,与他研究的十几名杀人罪犯的大脑扫描图在图像上有某些相似之处。他从遗传学、行为学、精神病学角度入手,对自己父系家族史、母系家族史进行追踪、研究。他与身边同事、朋友、家人深谈,发现自己有轻度心理变态。在有关心理变态的海尔量表四个标准中,他除了没有反社会倾向,其他三项均存在:虚荣、冷酷、不可靠。

没有成为心理变态狂,原因是从小父母对他的爱和教育。他指出,可以通过行为因素、基因因素、后天因素、精神病学因素和社会因素去排查社区,在变态人格者幼年时就发现他们,并使他们远离麻烦。基因测试可以帮助预防更多的心理变态。

这位法隆教授告诉读者:变态人格者占人群总数的大约百分之

二。他们有着让别人消除戒心的邪恶属性，在说谎时保持冷静。他们在办公室或朋友圈内探寻游走，找到有价值的人，并利用他们获得自己想要的东西。

我见过心理变态的人。他们才是真正的穷人、病人。在千万以上人口的超大城市里，心理变态者百分之二的估算率远低于现实。对付这类人，你要拥有强大的心理气场、清醒的认知。职场上不与这类人纠缠，不许这类人混进你的朋友圈。

## 医学选摘

**神经成像技术**　该技术的出现，使人类可以直接无创性地看到大脑的解剖结构和功能活动……能够观测人的认知活动和脑疾病引起的脑功能活动、脑网络和脑结构的动态变化……对脑科学、神经病理学、认知科学和信息科学的研究有着举足轻重的影响……精神疾病的神经影像学研究表明，所有精神疾病都表现出不同程度的结构和功能异常，特别是脑网络的异常。

## 历史闪回

北京大学第六医院拥有全国唯一的卫健委精神卫生学重点实验室，以及教育部批准的精神病与精神卫生学国家重点学科。每年为全国各地输送数十位获得学位的硕士和博士。北京大学精神病学和临床心理学已进入全球基本科学指标数据库（ESI）前百分之一，成为国际高水平学科。

北医六院重性个案管理的案主中，有人找到工作、融入社会。康复站的患者一起生活，做煮饭、买菜等家务，开家庭会议，投票进行家庭各项决议,例如近期菜谱、娱乐设施规范,去附近职业康复工厂做工。

二〇一四年,国家卫计委、科技部和总后勤部卫生部共同认定北医六院为国家精神心理疾病临床医学研究中心。这项战略举措把中国精神卫生事业推向高速发展的新阶段。二〇一八年,该研究中心主任、北医六院院长陆林成为我国精神卫生领域继沈渔邨之后第二位院士。[注2]

．．．．．．．．．．．．．．．．．．．．．．．．．．．．．．．．．

[注1] 一九五五年,北医新校舍建成。北与钢铁学院为邻,西与航空学院隔路相望。校园西部,生理楼、解剖楼、卫生楼等组成教学区,红砖砌墙、大屋顶。校园东侧,学生宿舍、教工宿舍等,一律灰砖建筑。

一九五九年三月,北医被中央指定为全国重点学校。

[注2]《精神病学》第6版主编陆林教授是国家精神心理疾病临床医学研究中心主任、北医六院院长。此书一百五十多位作者,多是中国精神卫生知名机构的精神科医师和研究者,还有神经科学、遗传学、流行病学等相关学科的研究者。

# 第二十二节　再试一次心理治疗

六院门诊楼三楼。我在候诊厅坐等。给我做心理治疗的医生是临床门诊部主任。

我在广、深两地做过心理治疗。在北京接触过心理专家、心理学博士后，听对方说十五分钟左右，求助于心理治疗的念头便消失。

在惠爱住院时，按惯例要做心理治疗。专科医院，专业医生，每次半小时，一对一。听了听，很失望。不能责怪年轻的女医生，她在医学院能有多少实践体验？书本知识没有消化，夹生饭。

年轻医生欠缺人文素养、社会磨练，尚未领教过人生百态，不曾向死而生、绝境突围。他们从幼儿园开始就背书，十几二十年忙于挣分数，何曾做过文史哲方面的大量积累训练？精神病学是最尖端的学问，这些医生准备好了么？

钟南山院士说过："中国的专业心理医生太缺乏，总体水平也不高。而在西方，心理学的研究水平在整个国家学术研究中都能够排在前二三位。"

专业心理治疗师与心理咨询从业员是两回事。

在六院住院，我特别注意听病人对心理治疗的评价。荣荣、荣妈说，好像没有效果啊。

机缘巧合，约到了孔主任给我做心理治疗。下了决心，再试一次。若是在这家医院我都没有遇到信任的心理治疗师，今后，我再不做心理治疗。

心理治疗一次是半小时到四十分钟。半天工作时间，一个医生接诊六到七个病人。有时要加号。面对滔滔不绝倒出心理垃圾的病人，医生的专注力、心理承受力都要受到极大的挑战。就像在钢丝上跳芭蕾，时间要有一个科学限度。若是遇到特别躁狂的病人，诊室内气氛紧张、混浊、纷乱。相当于炮声隆隆、鲜血飞溅。医生要有强大的心脏和坚韧的大脑神经。

一次只问一个问题。贵精不贵多。我要争取表达清晰。

开心锁，讲医缘。医缘不到，再贵重的钥匙，也开不了这把锈锁。第一次治疗很重要，见面十几分钟内，若病人对医生无法产生信任感，治疗无从谈起。大致有两类病人：一类防范心理重，不愿意敞开心扉；另一类大倒苦水，坐等医生神奇出手、立马搭救。

叫号到我。进门坐下。我直觉素来敏感，近距离相对，会不自觉读心。这位孔主任心思安静。没有居高临下，没有强势介入的念头。于是诊室里无形中互动，心里没有抵触，感觉不到负面气场。我开口诉说。孔主任接纳、倾听。

第一个问题是：我抑郁有家族史。我老妈有抑郁症，拒绝吃药，拒绝住院治疗。她持续发作，殃及全家老少。我想帮助她接受治疗。我该怎么说怎么做，才能拯救母亲，拯救全家？

一口气说完与母亲的冲突，说出我的愤怒、焦躁和恐惧，表达时语无伦次。教授没有打断我，没有试图纠正什么。

当我意识到该说的说了，自动停下来。

沉默几秒钟。

孔主任说：你责任感有点过于强。有责任感是好的，过强就有问题。

嗯。

你母亲八十多岁了，她有她的宣泄方式。否则，她不能走到今天。

她总指责别人犯错。自己的错也归咎于家人。躁郁发作，会出现暴力表现，言语暴力、行为暴力。总说她活够了，不想活，要跳楼。

有不少家庭存在这种情况。

抑郁症遇上抑郁症，冲突就特别特别大。她总拿自杀威胁全家人。忍无可忍时我就说，我跟你手拉手去跳楼，谁不跳谁是孙子！真被她逼急了，我觉得我和她同归于尽陪她完蛋算了。我要拯救其他家人。

孔主任微微摇头。

你要减少和她见面，避免正面冲突。平时多给她打打电话。

我很想帮助她。不能倚仗生病要挟家人，逼全家人崩溃。她没有权力这么做。

不要激化矛盾。她八十多岁了，不会改变的。我接触过很多这样的儿女，他们很苦恼。老一辈的人，思维言行已成定式，他们习惯用这样的宣泄来缓解，来平衡。

这样家里人就很倒霉啊。暗无天日。她发作时样子很可怕，骂人很毒舌。发作过后，她不记得，也不承认。她骂完就舒服了。可我会久久抑郁、愤怒、沮丧。十天八天走不出来。

孔主任轻轻点头。面部表情和肢体语言，传递出理解信息。

不要总想着帮助她纠正她。调整你自己。

好吧。我会记住你的话。

处于抑郁状态时，一想到不能拯救家人，不能制止躁狂的老妈，我就会异常愤怒。强迫性思维让我不断回想起冲突画面和伤害性语言，脑海炽热、混乱，负面情绪铺天盖地。分裂。

我对父母怀有感恩之心。从小我生活在军营这种相对单纯的环境里，爱憎分明。他们教导我，要自尊、自立，做一个真诚善良的人。越是感恩，越想拯救他们。

记不得什么时候起，特别害怕去父母家。每次又累又挨骂，灰头土脸。

提着满满一大袋去水果店精心挑选的进口水果，挎着一大袋这家那家专卖店的进口西饼点心，手里托着酒楼外卖食盒，还有温温余热。顶烈日或冒大雨，在路边等了又等，坐上出租车。

进门就没有好脸色看。

母亲说：你来干什么？不欢迎。

我来请安啊。

不安。一点都不安。很烦。我看见你拿的东西就烦。你拿回去。想吃什么我叫保姆去买。别来吵我。我什么都不需要。我就要安静。

父亲说：把吃的都拿过来，我看看。很好。我欢迎你多来。我什么都能吃。来父母家怎么能空着手呢？对。每次都给保姆买好吃的，这个做法要肯定。多多益善。我什么都能吃。来了不要忙着走，说说话。

母亲说：赶紧走。我看见你们就累。不想说话。警告你啊，老爷子不是看见儿女高兴，是看见你们买了好吃的高兴。

我说：让我坐下歇一会儿，喝口水。打车不容易，等了很久。有点累。

父亲说：怎么刚来你就说累。告诉你，男女都一样，女儿也要孝敬父母。坐下。我掉了一颗牙。以后买吃的，要买软和的。我掉了一颗牙。这里，你看这里。哎呀！吃东西不方便。

我说：你才掉一颗牙。我早早就拔了四颗大牙。别担心，掉一颗牙不耽误你当美食家。

母亲说：我讨厌听你们说这些废话。再不走，我就骂人了。我不想活了。我讨厌这个家。我要离家出走。

我说：妈，你就是抑郁症。满满的负能量场。你能不能下决心，吃一个月的药？其实我每天很辛苦，吃药十几年没停过……

母亲说：回你家去。你不惹我我不惹你。你快走。立刻走。

父亲说：不要走。大家讨论一下，哪天一起出去吃顿饭。人要齐。

我说：哪一天都行啊。几乎每次都是你说去，她说不去。我到底听谁的？


我要听医生的话。

家人不需要我火速拯救。我要避一避应激源。

每次见到"家庭是疲惫心灵的加油站，最能让人神经放松、平安快乐之处……"，我会想，并非人人如此。

精神病学有句话：家庭也可能是病灶、传染源。


听过一个传闻：北大"文革"后第一批医学系学生毕业，有一男生被分配到北京某精神病专科医院。班里同学眼里，他就是一个活生生的悲剧。那时医院离城里很远，四周极其荒凉，病人也少。医院治疗、科研都远远地落在其他专科后面，无人问津。几十年后，一次老同学聚会，最受同学关注的竟是这位精神科专家。一女同学说：真没想到有这么一天，咱们谁都有可能要找你看病。哪个年龄段都要跟精神病专家打交道。赶紧建个群，你来当群主。

人的一生中，迟早要与精神科医生打交道。

第二次心理治疗。孔主任特意将我放在最后一名。

六院门诊时间上午十二点结束,下午十二点半开始。医生仅来得及去打饭、吃饭、喝杯水、去趟厕所,就要打开诊室门接诊。

面对精神病人,医生精神高度专注,心里迅速吐故纳新,思维保持敏捷,随时要应对突发自伤和伤人。巨大的精神消耗与体能消耗,有时比外科手术医生还累。

精神疾病几乎是最为复杂的病种,涉及范围涵盖各专科疾病。它不仅与医学相关联,与心理学、遗传学也关系密切,还与社会学、人类学、历史学、哲学互相关联。

据统计,医生是高危职业,抑郁比例、自杀比例比其他群体高。

而精神专科医生,又是医生中的高危群体。他们比其他科室的医生群体更沉默、更艰难、更少有人关注和理解。

《雅致的精神病院》讲到精神专科医生的自杀问题。麦克林医院有两三任医务主任自杀,有院长成为重度精神病人。一九八〇年,美国学者指出:精神科医生自杀是经常性的,自杀率是一般人的三倍。他们进入了一个必须与自己的邪念搏斗的专业领域。心理疾病会传染。没人能免疫。

坐在孔主任对面,从纷乱的思绪中,我找出一个困扰多年的心结。孔教授依然冷静、专注听我说。

我经常自己批判自己,每天会陷入强迫性思维,自责。我觉得自己很懒惰,我的闺蜜、朋友,包括家人,每一个人都比我刻苦、努力。我跟他们相比,就是混日子,滥竽充数。一想到这些,我就非常非常讨厌自己。

若对别人说,我怕受到攻击或嘲笑。此时,我愿意对信任的心理医生说。孔主任由着我说,不打断我的话。

我停下来，盯着医生，等待她开口。

孔主任道：如果你没有努力，整天混日子，怎么可能在专业领域走到今天？

那是运气好。我给央视写过两个长篇电视剧，都是他们来找我，给我提供了很好的创作条件。

你说过，《澳门的故事》，你剧本按时完成了，电视剧在央视播出了。创作别人不能代替，你要一个字一个字写出来。还有，你的两本书……

是。

很厚的两本书，几十万字。你努力了，没有混日子。

我没有努力，我就是在混日子。我一个字都不想写。别人都比我勤快。特别是我的闺蜜，她们的工作态度都比我好，好很多。我很惭愧。又改不过来。我就是个残废人。低智商、低情商、精神重度残废，没治了。

你佩服、羡慕你的朋友。你想过吗，你的朋友可能也佩服你，羡慕你。

没想过。她们如果这么说，我会觉得她们是在可怜我。我是一个悲催的病人。人家最怕的癌症、抑郁症，我都有。还转移。再三复发。朋友们可怜我安慰我同情我，让我更内疚。我讨厌自己。

你认为，你取得的成绩，都是因为运气好？

是的，包括四十出头评了正高，评完第二年我就淋巴癌转移，大清扫、化疗。之后五年我没有写过一篇文章。不拿正高，癌症治疗很多费用不能报销。

正高职称有严格的标准。

那一年我恰好符合规定的所有标准。

你认为这是运气好？

嗯……我想一想。好像……不完全……是运气。我习惯把它……归到……脑子有点乱。

你再想想,想想自己的优点。你在专业上若不努力,早被淘汰了。

……

陷入自责、内疚时,想一想你的努力、你的优势。你要把它们找出来。

噢……

很多病人有这种情况。小时候,父母苛责过多,或者疏于陪伴,孩子长大之后,总觉得自己做得不够好,习惯自我否定。

医生说得很客观。放过自己,学会对自己宽容,清除负面思维。

荣格在自传中提到心理疗法时,这样表述:

> ……对于有教养的和智力高的病人来说,精神病学家要有比专业知识更广博的知识。他还必须弄明白,促使病人发病的真正原因是什么。不然的话,医生就只能引起病人不必要的反感……因此,光有医疗性的训练是不够的,因为人的心灵的视野,其包容是无限的,而并不仅限于医生诊室的有限范围。心灵显然要比躯体更为复杂和更不容易接近……心灵并不只是一个个人的问题,而是一个世界性的问题,而精神病学家所要与之打交道的则是整个世界。

作为世界闻名的精神病学家,他也曾经历精神狂乱和幻觉。有传记资料记载,荣格来自一个有心理问题的家庭,从小就患有强迫性障碍,有着属于自己的秘密仪式。荣格研究学说里的梦境、符号象征等,许多即来自幼年的经验。

我很想跟人交流这些读书信息,可是无人可说。没人关注。


第三次心理治疗。仍排在最后一名。思绪不宁,脑子里冒出来的问题太多,无法做选择。我有一个迷你录音笔。遇到病区小财姐失控、小蘑菇中午哭闹等值得关注的事情,会当场用心记住。晚饭后,独自到楼下院子,对录音笔说个大概。有时,会对录音笔说出困扰我的心结,借以回避强迫性思维联想。

心底有个恐惧点。一旦爆发,会出现创伤后应激症。说不定要紧急入住北医六院做电击治疗。

我最大的心结是我的狗儿子乐乐。近两年有很长一段时间,每晚在家睡觉前,严重焦虑。熄灯前,我抓紧墙壁挂的睡衣,脑子开启强迫性联想:万一半夜地震楼塌,第一时间要抱周乐乐逃。脑海里浮现灾难场景。楼塌瞬间没抱住乐乐怎么办?逃命时没拿手机会失联,逃难时穿睡袍不如穿睡衣,压在被震塌的楼底要有一瓶水,我要把救命水留给乐乐喝……强迫性穷思竭虑在黑夜蔓延。失眠。吃两片阿普唑仑没有用,加到四片。夜里不时惊醒。抱走乐乐!光脚跑,不去找手机。夜里醒来,黑暗中用手去摸周乐乐,摸到了才放心。

强迫性联想过度频繁时,告诉自己:"关闸。关闸。"提醒自己这是病态,要做心理预防。

无人能够理解我这种恐惧。乐乐已进入老年。乐乐是我的医生、我的特效药。十几年默默陪伴,远超过父母与其他家人,最怕突然失去。灾难骤临,会不会爆发急性创伤后应激障碍?[注1]要不要跟孔主任说一说?

掂量再三。叫号叫到我。站起身时,我临时决定,不提这个恐惧点。

坐在孔主任对面。

一张嘴,我说:我很想在六院试试电休克。

孔主任稍显意外:我看没有必要。

电一电吧。我自愿。我想做。

不建议你做。

我……我脑子……我害怕见人。很怕。想想都怕。

见了会怎么样?

嗯……也不会怎样。就是……感觉很累。什么事不做都累。
我喜欢自己一个人在家待着。不算独自,还有我狗儿子。

写作吗?

不写作。

你的书我看过。如果不想写……

我总觉得入错了行。写的时候没有愉悦感,写完以后也没有。

仔细想想,一点儿也没有吗?

噢……我想想,好像……有一点儿。极其短暂。

你涉及的题材有难度。写一本,就复发一次。适当停一停。

我想问,每次我自残,用一次性针筒把鲜血抽出来之后,会挤在
一个雪白的器皿里,比如洗脸盆、圆瓷碟,然后用鲜血画一个大圆
圈,当做一个人的脸。这是什么意思呢?

孔主任想了想,说:是你内心所想吧。

不满足于这样的回答。我要继续追寻答案。

心里常见这张图:鲜血画的一张大圆脸,两个血点是眼睛,眼睛
下面一个血点是鼻子,鼻子下面一横鲜血,弯弯的。血人在笑。

为什么用鲜血画出的嘴,一横两头弯?血。笑。思维跳跃。

不想写作。我只对精神疾病领域的写作有兴趣,但这个领域我

无力表达。在精神分裂边缘进入深渊领域，诡异、荒诞，充斥幻觉幻听幻触。找不到言语表达。恨不得割开血管，用巴掌饱蘸鲜血，在雪白的墙壁拍打。精神病学的视角，与人的命运暗中紧密相连。从精神病学角度，可以辐射到人生的各个层面、世界的各个层面。这个神秘幽暗的深海迷人。我像一个学不会游泳的人，穿戴一身简陋潜水装备下海。每一次，刚没入海面，全身痉挛，脑神经紊乱，心身分离，目光涣散，木僵，震颤，昏厥感窒息感……海妖在歌唱——我要杀掉李兰妮！杀了她杀了她杀——她！……血红的海……

每一次。每一次。每一次。

关闸。关——闸！

走不出这样的怪圈。医生不能治。

深呼吸。安——静。说——正常——话。

我……想请教……等等，我要说什么来着？自己……医生也要做心理治疗吧？病人倒出来的这些垃圾，你们也要清除吧？自己给自己做心理治疗吗？

孔主任微笑：那不行。要找同行帮着做。互相帮着做。


北医大精卫系第一届招了二十三人。本来招了二十四名学生，系里发现其中一名有抑郁症状。这名学生转到其他专业学习。

说来也巧，黄悦勤教授是第一届的班主任，而给我做心理治疗的孔庆梅大夫是第一届毕业生。

有人似乎命中注定要当精神病学家。

孔庆梅当年高考，在家乡北方城市是高考状元。填志愿必须填写是否服从分配。她渴望当医生，便填上服从分配。没想到，正遇上精卫系专业首届招生，她就这么进了这行业。

本科期间，她对精神病学产生了浓厚兴趣。毕业分配进了精神病院。她没想过要转行。在帮助别人的同时,自己有收获。当住院医生时,她被评为优秀住院医生。被保送读博。她跟着新中国培养的第一个精神病学博士、精研所博导王玉凤读博。也许她天生是读精神病学的材料。学业顺利。外省人在帝都站住脚不容易,临床、科研两手都要硬。孩子生下来的时候,她自顾不暇,分身无术。多亏老妈背井离乡,到北京帮她带孩子。

学霸也有软肋。孩子读书了,她天天要辅导各门功课。与一般学生父母不同,辅导孩子时,不像微信家长群里气得要吐血要心梗的爸妈,她特别看重孩子的身心健康。她鼓励孩子打排球,不逼迫孩子拿高分。

孔大夫刚做心理治疗时,遭遇过挫败感。病人严重依赖医生,就等着医生说怎么怎么做。医生也特别想替病人快速解决问题。一旦行不通,病人、医生都焦虑、难过、沮丧。好在孔大夫及时调整:授人以鱼,不如授人以渔——帮助病人更好地认识他自己。


## 医学选摘

**心理治疗**　现代心理治疗始于十八世纪中叶,有一个叫弗朗兹·安东·麦斯麦的医生,他首先开始使用催眠术。十九世纪末,弗洛伊德创立了精神分析学说,强调人的本能与潜意识对心理的作用,成为心理治疗的鼻祖……心理治疗领域是学派最多的领域之一,至今为止还没有哪一个学派能将人的心理描绘得很清楚……心理学家逐渐认识到,心理治疗的实施需要考虑患者的民族背景和文化习俗。

……心理治疗的错误应用不但不能帮助患者,反而可能伤害他们或加重其病情……心理治疗的短期目标在于症状的改善,而长期的疗效则取决于患者人格的成长。

## 历史闪回

公元前五世纪起,被欧洲人尊为"医学之父"的古希腊医学家希波克拉底创造了"癔症"一词。他认识到脑是人体最重要的器官。他建立了第一种精神障碍分类:癫痫、躁狂、忧郁、偏执。古罗马时代,医学继承了古希腊医学传统,医生开出的处方通常是沐浴、锻炼、按摩和饮用葡萄酒……

到了中世纪,神学及宗教掌控医学,精神病人被视为魔鬼附体,就是恶魔侵入了大脑并控制了大脑,驱魔的办法就是用特殊的钻锥在患者头颅上钻一个洞,将恶魔引诱出来。由神职人员通过经文诵读和刑罚驱魔。还不奏效,则认为人被魔鬼完全占有,只能用火烧死。十八世纪,法国人比奈尔被认为是现代精神病学的奠基人,提出解除枷锁,以人道主义对待精神病患者。

十九世纪末二十世纪初,德国精神病学取代了法国精神病学的地位,推动了对器质性精神病的研究。英国的图克……对精神病院的改革做出重大贡献。瑞士的梅耶……移居美国后,提出了"精神生物学"观点……奥地利的弗洛伊德是精神分析学派的创始人……著名的俄国生物学家巴甫洛夫提出了条件反射学说……在美国,拉什……编写了《心灵疾病的医学询问和观察》一书,被认为是"美国精神病学之父"。

现代精神病学成形于十九世纪末至二十世纪初期。整个二十世纪是精神病学高度发展的时期。

[注1] 创伤后应激障碍——

A：以下述一种（或多种）方式接触实际的或被威胁的死亡、严重的创伤或性暴力：

1.直接经历创伤性事件；

2.亲眼目睹发生在他人身上的创伤性事件；

3.获悉亲密的家庭成员或亲密的朋友身上发生了创伤性事件，在实际的或被威胁死亡的案例中，创伤性事件必须是暴力的或事故的；

4.反复经历或极端接触于创伤事件的令人作呕的细节（例如，急救员收集人体遗骸，警察反复接触虐待儿童的细节）。

B：在创伤性事件发生后，存在以下一个（或多个）与创伤性事件有关的侵入性症状：

1.反复地、非自愿地回想起与创伤性事件相关的侵入性的痛苦记忆；

2.反复做内容或情感与创伤性事件相关的痛苦的梦；

3.分离性反应（例如闪回），个体的感觉或举动好像创伤性事件反复出现；

……

C：（略）

……

2.回避或尽量回避能够唤起关于创伤性事件或与其高度相关的痛苦记忆、思想或感觉的外部提示（人、地点、对话、活动、物体、情景）。

D：（略）

……

3.由于对创伤性事件的原因或结果持续性的认知歪曲，导致个体责备自己或他人；

4.持续性的负面情绪状态（例如恐惧、愤怒、内疚、羞愧）；

……

有研究认为，不当地使用危机干预有可能增加或加重创伤后精神疾病的发生、发展。目前国内使用较多、临床评价较正面的危机干预方法有：1.心理急救；2.紧急事件应急晤谈；3.聚焦创伤的认知行为治疗；4.眼动脱敏与再加工；5.药物治疗。

# 第二十三节　我欠缺的常识太多

　　患者微信群里，已出院的影叔每天仍在发图。宝贝妈嘱咐道："记住哈，千万别回来。一滴酒别沾。"红颜姐道："有空回来唠嗑。咱们比亲戚还亲。"

　　花哥没有出院的动静，戒酒瘾只是他住院原因之一，病情复杂。小财姐和他成了二楼近期住院时间最长的病人。

　　聊天。

　　我问花哥：戒酒一个疗程多少天？

　　他答：看人。不一定。

　　你文醉还是武醉？

　　想不想知道我怎么成醉鬼的？

　　宝贝妈说：早就等你从实招来。

　　花哥道：有一个故事。我给你们讲个故事。

　　我和宝贝妈笑，以为他又要胡吹瞎侃了。不料，他脸色凝重。在此之前，没见过他这样认真说话。

　　我不是开个小店铺吗？生意还可以。那地点……就是城乡接合部，没啥大商店。马路两旁都是小店。我在东头。马路西头是一家修车的。外地人，生意好。老婆孩子岳母都接来了。孩子小，没读书呢。两口子勤快，跟我家处得特好。近，就马路对面。

平时啊……每天一起聊天。生意火嘛,这老板请俩大学生帮忙,假期工。那天我一早进货去了,回来发现……对面围了很多人,警察来了,拉了封锁线,不让人进。看热闹的说,出事了,出人命案了!我就往里闯。警察拦住不让进。我说跟店老板是朋友,他家出事,我得看看怎么回事。警察听说我就是对面的,放我进去了。我一看……这辈子我都后悔啊,不该进去看。

花哥说不下去了。

你看见什么了?

死人!

那个老板?

全——家。他全家。太惨了!

啊? 一家大小……统统……?

我一看……就吐了。不能想……到处是血呀。一个个死得太惨……噢……我不能想……不该进去看。我吐哇……

花哥面带惊恐、惧怕。眼睛发直。

我问:谁干的? 如果是随机作案,算你幸运,没找你家下手。

宝贝妈说:灭门啊,天大的仇恨。

花哥缓缓说:破案了。两个大学生干的。

我说:假期工? 杀人一家……三代人!

花哥轻轻摇头。

俩临时工不好好干活,老板开掉他们,谈报酬没谈拢。能少到哪里去? 这两个大学生啊,装着没事走了。半夜,回店里……杀了老板还不解恨,他们杀小孩子! ……听说老板娘刚怀孕,跟她妈住阁楼上。他们杀完楼下的,没放过楼上的。那老板娘长得好、脾气好,对俩学生很——好。怎么……下得了手!

宝贝妈说:变态! 变态狂。那个叫什么……

我说：反社会人格！

花哥面带痛苦，说：警察叫我去录口供，问，事先有异常动静吗？我说，没有。我们两家那么熟，有异常，会听说的。俩学生……怎么下得了手啊！

我问：那酗酒……

我现场惊着了。回到家，总看见墙上、床上、柜子上有好多毛毛虫，满屋子。空中一团一团，蒲公英飘。就这么飘，啥也看不清。家里好像躲了什么动物，暗地里盯着我。我开车，就看见前面有小动物挡道，毛茸茸看不清楚，像小猫小狐狸……像黄鼠狼。两只眼睛死盯住我。一眨眼，在我车窗就平安符那儿挂着。手一抓，不见了。我媳妇儿陪我去进货。我一开车，又看见那个毛茸茸的。我说快，快看！媳妇儿说，啥也没有，没有黄鼠狼。我说它跑车挡风玻璃上，又跑我车门那儿……我使劲踹车门，它又跑我车灯上晃。我停车，它又不见了。不开车，也看到它……

幻觉了。

我看得真真的。活的。

医生怎么说？

家里送我去住院，区医院，治了几个月，没用。我出院回家，到家心里就哆嗦。店开不了，家待不住。丢了魂儿。就喝酒。喝到小二斤吧……喝醉了那鬼东西就不见了。这不……每天喝。日子……过不下去了。

来这儿戒酒。

到了这儿才知道，我在区医院吃错药了。他们说我躁狂，给我治躁狂。我不是总看见那鬼东西，就发狂嘛。其实那是抑郁！是抑郁结在心里了。到这儿才吃对药。

药吃反了。南辕北辙。

不——懂这个。区医院设备好,我认识人,住院方便嘛。

你要好利索才出院。跟医生说说,你情况特殊,要住久一些。

我媳妇儿说了。我家店铺搬到另一个地方,住家也搬迁了。重新开始。

你该转运了。今后要交好运了。

谢您吉言。谢您吉言。[注1]

出于趋吉避凶的习惯,人们极少关注有关反社会人格者的精神病学方面信息,以致分辨不出身边真实存在的大量非暴力反社会人格者。

国际研究认为,大约有百分之四的人属于这种情况,也就是说平均每二十五人当中就有一个是反社会人格者。本质上说,他们是没有良知的人。

研究人员曾根据统计学组成一个假想社会,刚好一百个成年人,其中四人是反社会人格者,其他人是有良知的正派公民。有百分之六十二的人会毫无疑义地服从权威,而这个权威极有可能就是那四个比较有攻击性并且爱控制他人的反社会人格者中的一员,然后剩下有良知有能力承担特立独行压力的人,会感受到痛苦和恐惧的压力。

我认可这个数据。任何一个人,包括专家在内,都可能会被这些人欺骗、操纵、煽动或迷惑。最佳的防御之道,是看清这些恶人的本性。

我清晰看到了自己的软弱、恐惧和退让。若早有这样的认知,也许不至于一再癌症手术,一再重度抑郁。

美国的玛莎斯·托特医生指出:"包括长期焦虑、抑郁症、精神分裂……大多数人都是因为遭到了恶人(通常是反社会人格者,有时是一些陌生人，但更典型的是具有反社会人格的父母双亲、长辈或兄弟姐妹）的控制和心理摧残。"

走在幽暗野地，反思抑郁，寻根索源，却未曾从这个点切入。我欠缺的常识太多。


陶艺课。病人二十多个，只有两套模具，简陋。有教师。所有人穿上围裙。

一个模具旁，人挤人最多坐四个人。其余人围观。老师手里抓了一大团泥巴，使劲揉搓。机器开动，那团泥放在上面，边转动边浇点水，老师嘴里喊：注意看啊——转动的时候，要保持平衡。看见没有？就是这样转，平衡——对吧，平衡很重要，是基础。你们这一课就学保持平衡。

他操作了两回，将泥巴交给我。捧着那团泥，有点沉。学着老师的样子，我把泥巴搁了上去，双手小心护住。机器一转动，泥巴就歪了，护不住。对面红颜姐看不下去，叫了暂停，把泥巴接了过去。伍姐当助手，往泥巴上浇水。操作又失败了。再三再四失败，无法平衡地转动那团泥。

退出。我退到门边。红颜姐把泥团扔给伍姐。伍姐也搞不定泥团，但她不焦躁，兴致不减。有女病人学《人鬼情未了》男主角拥抱女主角双手做陶艺，夸张演绎浪漫情节。伍姐笑得直抖。

伍姐抑郁十五年。她吃的五种药，其中三种我吃过——赛乐特、思瑞康、氯硝西泮。不耐受。很佩服她表现乐观。吃药时间越长，复发次数越多，容貌、身材都变形。她的脸颊额头下颌、脖颈手背胳膊，虚泡泡的，似乎里面全是残留的药粉。隔三岔五她与同屋病人在楼下合影，兴高采烈摆各种Pose。我自愧不如。多年抑郁令我自卑。我尽量回避照相。这十五年她能够活下来，经历过怎样残酷的挣扎?

老师指挥换另四个人在机器旁,动手学平衡转动泥巴。伍姐与红颜姐洗干净手,也退到门边。

伍姐道:那里千万不能住。嗐……当时发病只有老年科有床位。根本没法儿睡。全是半瘫痪的、睡觉打呼噜的。

我道:广州的我看过。

红颜姐道:人家说,各行业的精英老了,脑子痴呆了,就往那儿送。一床难求。你能住进去知足吧,精英了。

伍姐:真不能住。没几天我就跟医生闹翻了。

红颜姐推她一下:反了你。你还敢跟医生闹。

伍姐痛苦地摇头,说:再住,我真要疯掉了!闹翻我就出院了。


我见过惠爱医院老年区大病房的病人。换了我,我也不敢住。国际上,一九八八年才正式将老年精神病学单列为一个专业。如今,欧美国家医学本科生、研究生都要接受这一专科的知识培训。二〇一三年北京大学某研究院发布一项数据,百分之四十的老年人患有精神疾病。

面对患有精神疾病的老人,儿女深受困扰。这不是孝不孝顺的问题。越是孝顺的孩子,越是容易陷于严重焦虑,患精神疾病概率更高。

孝子李先生,自己糖尿病该住院,他不敢住,怕耽误伺候老爷子。老爷子有住家保姆,却要求儿子随叫随到。保姆、老伴不能替代儿子。老爷子曾心脏痛,出冷汗,喘不过气来,感觉到了濒死状态。救护车呜呜呜送入大医院急诊室。该做的医疗检查都做了。一场虚惊。医生说,可以从观察室出院。老爷子愤怒,什么白衣天使啊,不知敬老。老爷子不肯住五人一间的病房,可怜的李先生紧急求人，进了一间两人间病房。老爷子非要儿子在病房陪他过夜。病房熄灯后，医生力劝李先生回家休息，留下保姆值班。老爷子半夜起来撒尿，发现儿子没守在床边，一怒之下大闹病房！吓得值班医生赶紧召回李先生。老爷子对医生说，养儿防老，他应该的！

有两位当女儿的，为照护抑郁症母亲，不顾自己的小家，远离丈夫和孩子，奔赴另一城市，长年在母亲跟前孝敬伺候，没有属于自己的生活。母亲不要保姆伺候。家政中心来的保姆轮流换，没一个合她心意。她只接受女儿近身伺候。两位女儿的自我牺牲，不亚于"割股疗亲"。姐姐很快抑郁了，妹妹接着上。轮流伺候，轮流抑郁。母女三人都抑郁。没有解药。

二十一世纪的今天，人类的工作模式、家庭模式、生活模式都在发生巨变。人的生理心理状态也在变。若不能适应变化，要付出沉重代价。

红颜姐在陶艺室门口待烦了，建议来做手指健脑操。

刚入院时，每次集合做健脑操，我都忍不住偷笑。"一二三四、五六七八"，小组长领操，病人列队，像幼儿园小朋友，两个巴掌张开，十指交叉。指与指交叉八次。"二二三四、五六七八"，动作换成两手大拇指分开，四指并拢。两手虎口要交叉八次。

我心想，这是三岁孩子学的操啊。有次见到右侧病人急，十指就是无法交叉，越急操法越乱，才知不该笑。木僵病人和酒中毒病人大脑操纵十个手指真有困难。

没当上小组长，红颜姐意难平。她站在我和伍姐对面，领操。她领操动作不连贯，话多。

听说，红颜姐严重失眠。具体什么障碍我没去打听。在这个病区，她的颜值靠前。用北京话说，年轻时是个"尖果儿"。休闲服面料款式讲究,身形依然苗条。常排打饭窗口第一名。常找人唠嗑。我猜,她先生收入高工作忙,孩子或在海外读书,家里没人唠嗑。周末她很少回家。

一家人分居海内外三地,多是高薪高知家庭。这类家庭日渐增多,精神疾病暗暗增长。如今在北上广深,活到九十岁不稀奇。红颜姐五十岁退休,尚余下几十年漫漫岁月。打玻尿酸、做高级美容护理,不能增加安全感。也许她要补充信仰疗法、阅读疗法。

红颜姐边拍手背边说:知道吗?咱们活动还要另交钱。

我说:知道。上课前签名登记过。

红颜姐道:主治医生给咱们做心理治疗,听说也要另交钱。

伍姐说:几十块,交就交呗。

红颜姐说:这些费用应该包括在住院费里,干吗单独算?

伍姐没接话。

我想说,要将心比心,换位思考。话到嘴边,又咽了下去。说也白说。


香港青山医院五十周年院庆时,曾任青山医院院长的张医生说,几十年前,他刚从医学院毕业时,没几个同学愿意到精神科工作。时至今日,精神科已不再是冷门科室,刚完成一年实习的新医生想加入精神科,也需要一番竞争才可得到职位。

内地精神病院的医生,薪酬、福利远不如香港的同行。我曾问主治医生:你们这么累,工资又低,怎么没想过转行?

易大夫说:没想过。大概就是热爱吧。

我抱怨病区的饭菜差,太难吃。小李医生与易大夫相视而笑。我问:我说错了吗?

小李医生说:你说难吃,可我们想吃还吃不到呢。我们要赶回学校食堂排队打饭,再回这儿来。

惭愧。我说:如果是我,辛辛苦苦读完北大医科博士,在这样的环境里继续苦熬,我可能坚持不了太久。

易大夫道:热爱就行。


## 医学选摘

**反社会型人格障碍**　典型特征是对他人基本权益广泛忽视或故意侵害。他们对社会和他人冷酷无情,对他人的痛苦或求助信号无动于衷,甚至会享受与他人的争斗或侮辱他人……对反社会型人格障碍患者来说,人际关系只是他们达到自身目的的一种工具……在需要的时候,他们也会表现得优雅或令人愉悦。但一旦达到目的,他们就会立即恢复其无礼和傲慢的特点……他们缺乏罪恶感,行为冲动、习惯于冒险、追求刺激而不考虑危险,他们不习惯于稳定的生活,容易从一段关系转向另一段关系。尽管这类人常常以进监狱或死亡为结局,但还有许多人可有较为稳定的工作……反社会型人格障碍患者通过操纵他人来获得财富、权力或其他物质上的满足。


## 历史闪回

二十世纪三十年代,出现了"躯体治疗",包括胰岛素治疗、电休克治疗等。第一个抗精神病药物氯丙嗪二十世纪五十年代开始用于精神疾病的治疗。精神药物广泛应用于精神病学领域,促进了当代精神病学的飞速发展。

近年来,大量新型精神科用药不断问世……精神药物治疗的可接受性、总体预后都有相当程度的改善。

二十一世纪以来，随着遗传学、神经生理学、神经生物化学、精神药理学、神经免疫学的迅速发展，分子生物学理论和应用的进步，电生理学、脑影像学、心理测查等新技术广泛应用，社会学、社会心理学、人类学在精神领域受到重视，人类对精神疾病本质的认识发生了根本的变化。

"生物—心理—社会"三维整体观念，结合高水平基础医学理论、高新技术，重视患者的权益，已成为当今世界精神病学新的里程碑。

[注1]　心理危机干预对象至少包括四类人员：1.亲历事件的幸存者；2.事件遇难者或幸存者的亲属；3.事件的现场目击者（包括现场救援人员）；4.事件的其他相关人员，如非现场救援人员、公共突发事件发生地的临近区域人员等。

抑郁症首次发病后再发概率为百分之五十至百分之六十，再次发病后第三次发病概率为百分之七十至百分之八十，经历了第三次发病的患者，以后复发概率超过百分之九十。现有抗抑郁药对百分之十五的抑郁症患者无明显疗效。

# 第二十四节　我要面对镜头说

荣荣出院了。

医生说，她必须出院，去面对新的生活。她和荣妈都心怀恐惧。她能不能找到自己喜爱的工作？但愿她再也不要回到这里住院。

毕业前的这段住院经历，对她利多于弊。早发现早治疗。希望年轻一代的精神病人，敢于求救，学会自救、救人。

抑郁多年，我缺乏求救意识。我害怕别人说我是疯子。只敢在心里质问：什么叫正常？！什么叫疯子？！

躁郁症治疗专家杰米森出书公布自己三十年躁郁经历，失去了治疗师的身份。她说：我已经厌倦了隐瞒，厌倦了压抑和控制自己的能量，厌倦了伪善，也厌倦了藏着掖着行事。那么，为什么不说出真相呢？

对我们来说，"真相"是个生僻词。如任正非、张朝阳等人公开说出抑郁经历，却在网络上被人狂"喷"，被毁谤、伤害。老话"损人不利己"严重过时。无良知者认定：损人必定利己。至少心理获得巨大满足。

美国有心理学家曾指出："以个人主义为核心价值的北美文化

很容易培养反社会行为。在美国,操控他人而丝毫不觉得罪恶的行为已混同于社会期望,其程度远远高于中国或其他讲求集体主义的社会。"

然而,许多中国人在追求西方文化价值的潮流中迷失,将"和谐共存"弃如敝履,不惜伤天害理谋利,在社会的各个角落攻击善良的人。

我寄望于"九零后""零零后"一代,他们懂得追求真相,懂得应对心理变态和反社会人格者那类坏人。


新病人瘦弱,面色晦暗。进来就倒在病床上,脸上表情、躯体语言尽显疲惫厌倦。陪她进来的是她妹。妹妹帮她把日用品放进床头柜,拿她的保温杯装上水,递到她面前。见她不接不睬,便放在床头柜上。

妹妹气色好,颜值高。体贴地坐在床边,说:真的不许我留下来?

姐姐撇嘴,表示烦烦烦。

妹妹说:妈说明天来看你。

姐姐一只胳膊压在眼睛上,说:别。千万别。我要休息。

妹妹说:她今天就说要陪你,要看了病房才放心。

姐姐道:别——烦我。过几天再说。

妹妹临走前,小声拜托我和小蘑菇多关照。


小蘑菇不负所托,到了吃饭时间,就去新病人床前叫:阿姨,吃饭时间到了。

新病人不说话,把身子转向墙壁侧卧。

小蘑菇大声说:阿姨,要早一点去排队。人多。

新病人摆了一下手,示意不去。

小蘑菇碰了碰新病人的胳膊,道:阿姨,要不要帮你打饭?这里规定要在饭厅吃,不能在病房里吃饭。

有点像大学校园里,不论年龄大小,只论入学早晚。小蘑菇自认是学姐,有责任帮助大龄学妹迅速融入集体。新病人不做声,她就站在床边不走。

新病人只得慢吞吞起来,背靠墙壁而坐,打量眼前这个小孩子。有点儿婴儿肥的小蘑菇模样讨喜。

我不吃。你去吧。

不吃晚上会饿。这里晚上八点就锁门,你出不去。

不饿。谢谢你。

小蘑菇不肯走。

新病人比我大一两岁,这个年龄段有人特意不吃晚饭。我示意小蘑菇出去。

吃完饭回到病房。新病人倚在床头,漫不经心地嗑瓜子。也许对同屋的两个病人还算认可,厌烦厌倦的表情淡了一些。

她问小蘑菇:你什么病?

厌学症。

你上高中还是大学?

我大一了。很快要上大二。

小蘑菇告诉新病人,她在北京读师大,外语专业。出院就回校继续读书。

新病人对小蘑菇的坦率颇欣赏。

怎么会厌学?

不清楚。我们学校心理医生说的。

有什么症状?

白天不上课。晚上不睡觉。别人睡觉我哭。想哭就哭。嗯……
有些不理智行为吧。

我女儿大学时,同宿舍也有这种人。

阿姨,你女儿工作了吧?

她呀,毕业十年,就不去找工作。你是厌学,她是厌工作。

她不工作你养啊?

新病人嗑瓜子,懒得回答。

小蘑菇看我一眼。

我连忙打岔:你说要参加期中考,跟老师、同学说了吗?

小蘑菇答:说了。同学说要来看我,带课堂笔记让我抄。我说
不要来,我回去见她们。我想我们学校了,想我们宿舍。

我为她感到高兴。

小蘑菇突然说:我现在懂了。不要想太多。不要去跟别人比。

这话没头没脑的。

小蘑菇解释道:不要跟同学比。比来比去,你会很不开心。

比成绩?

什么都比呀。你刻苦,学习成绩好;人家不用刻苦,考试成绩比
你更好。你参加这个社团、那个俱乐部,你努力融进去;人家不用努
力融入,走到哪里都受欢迎。我不会照顾自己,衣服、袜子寄回家
里,学校事情多,很烦,做不好;人家什么都自己做,什么都能做好。

你……你们班就有这种女生?

好几个。我们宿舍就有一个。她长得不算最漂亮,可男同学都
喜欢她,做什么活动都邀请她。她是那种特别懂事的人。老师也喜
欢她,有什么重要任务首先想到她。她比我还小一岁,跟人相处很
老练。她好像什么都会。

跟她比……生气?

315

凭什么她这么讨人喜欢？凭什么她会照顾自己还会照顾别人？

她对你怎么样？

对我不错，琐碎事我不会的她主动帮我。就这样我更讨厌她。

体育也比你好？

打球不如我。可是那些男生打球都邀请她，她打得烂也请她去。哼！

每个大学都有这样的学生。天赋、性格、家教这些因素加一起，格外出众。你那女同学，父母对她的家教应该很好。起码从小不娇纵她，让她学会自立，适应集体生活。将来工作人际关系也融洽。

她是独生女哦。

我几个朋友对孩子也是这种家教。他们家境很好。

我想通了，不要跟别人比，做好自己的事。我要开始复习功课了。

不知什么时候，新病人已经躺下，面朝墙壁。她没吃晚饭，也没有跟家人通电话。


一大早，新病人京姐的妹妹就已经来了。帮着她去打饭窗口领早餐，帮她撕开袋装牛奶，站着看她吃完一个煮鸡蛋。妹妹还要赶去上班，临走前反复叮嘱姐姐，安心住，哪怕只住十天八天。

京姐原来很抗拒住院。

照京姐的说法，死活没料到，有一天，她竟然会住进精神病院。精神病院那是疯子住的，谁逼她住就是诅咒她、恶心她。

发病没有预兆。没有遭遇天灾人祸。

好好的，跟着老公、女儿，一家三口去欧洲旅行。十二天旅程玩得很尽兴。返程时，在德国某机场过安检。她走过安检门时，警示器突然长鸣，红灯闪烁，心头一惊。安检员把她带到一边，从头到脚,用仪器来回扫来扫去。没发现什么。

国内机场过安检常有的事。当时,仿佛太阳穴嗖地飞进了一根细针,卡在脑膜里,弹了一下。心房颤了颤。她没当回事。

从那天起,她开始严重失眠。漫长的痛苦的失眠。看中西医、吃药,不见疗效。过了几个月,病情越发严重,不思饮食,整晚失眠,合不上眼睛。想死。每天说想死。恨不得立刻死。

家人盯住她,怕她自杀。母亲跑到她家来,抱住她哭,不住地说,要死我跟你一起死。

妹妹动用人脉,四处打听。辗转托人在六院找到床位。

母亲听说她要去住精神病院,抱住女儿痛哭流涕:造什么孽哟,那是疯子住的地方。去那里你是送死!

京姐对"精神病院"四个字特反感。妹妹断定她不是反感是害怕,苦劝她试试,哪怕就住几天。妹妹愿意请假进医院陪她。她不领这个情。

死都不怕,试试就试试。

住进来看了看,同病房的不是疯子。环境可以接受。

没想到,这里有很多比她更倒霉的人。跟同病房的人相比,她算是幸运的。


京姐跟着小蘑菇参加下午正念训练。我不想练,躲到浴室洗澡。

洗完衣服回病房。见一个八十多岁老太太坐在京姐病床上。老太太脸形、身形富态。穿着红色的文化衫,皮肤白皙。戴着耳环、玉镯子,手里摇着大蒲扇。

京姐的妹妹与老太太脸形、肤色相似。

我主动说:阿姨,你是来看女儿吧?

老太太说:是啊。我找到这里,等了一会儿,没人。

她们做康复练习去了。你再等一会儿,快结束了。

她在这里还好吧?

还好。

我给她带了一点儿吃的。

老太太从随身带的布包包里往外拿东西,一一搁在女儿床头柜上。

嘴里念叨:她怕我腿脚不好,不让我来看她。不来不放心啊。我住得不远,倒一次车就到了。嗨,怕她不吃饭,我给她带了俩熟鸡蛋。小袋子里面是一点酱菜。

很温馨。这样才像过日子的人家啊。小时候听说,地方上的幼儿园,哪个小朋友生病发烧了,会得到爸爸妈妈送的煮鸡蛋,或者鸡蛋糕、苹果什么的,很羡慕。军营里的小孩子,生病自己去卫生所看病。我开刀住院,自己上手术台。父母不会来探望。当兵的人,一不怕苦,二不怕死。病号饭待遇就是一碗煮面条。

老太太打开手帕,里面包了一个鲜桃,不大不小的,看样子洗过了。放在熟鸡蛋旁边。又在布包包里掏啊掏,掏出一个纸袋,里面是葵瓜子。

老太太说:她喜欢嗑瓜子。不知道给她带啥,一样拿一点儿。还有一点儿好茶叶,才买的。

她掏出一个透明的大口茶水杯,自己喝了一口。接着掏,很小心地捏出一个纸包。打开,里面又包了一层纸。再打开,还有一层油纸。嗅嗅。包好。捏紧纸头,揪出一个小包。

怕伙食不好,给她买了二两酱牛肉。

这个带对了。这里伙食很差。

老太太听了长舒一口气,喝着茶,继续说:前些日子……唉,她不吃、不睡,瘦了十几斤。脑子查了,没长瘤子。心脏查了,不碍事。她姐她妹,都帮着找好大夫,不管用。她总说想死。我说日子过得好好的,怎么能想死呢?不许想死。要死也是我先死。

阿姨,这是抑郁症。我也是抑郁,严重失眠。每天有自杀念头。你看,我现在挺好的。

老太太上下打量我,忘了伤心,问:你也这毛病?

大同小异。很多这种病人。

你治了多久?

我吃药吃了十几年。复发过三次。

老太太同情心满满地溢了出来:十几年了。看你瘦的,这胳膊细的。脸色是差。家在北京?

广州……深圳的。

大老远的……家人来没来?

我自己能照顾自己。

京姐和小蘑菇回来了。老太太赶忙站起来,仔细端详女儿,看了又看,道:好一点儿了。

京姐道:才住几天,好什么呀。

失眠好点儿吧?快坐下,看我给你带的东西。

京姐心情好转,却埋怨道:吃不了。这么多……烦不烦。

京姐将母亲大人的慰问品一一放进床头柜里。独留下那纸袋瓜子,放在她和老妈中间。母女俩嗑着葵瓜子,喝着清香的茉莉花茶。

京姐问:你一人找来的?走不少冤枉路吧?叫你不要来不要来……

老妈道:都不肯说,我自己打听呗。进了医院,见到白大褂我就问。不看看你住的病房,我放不下心。

今天看过了。天太热,别再跑来啊。

我在厅里看了看,不少人是北京的。护士也是北京人。

城外的。一听说话就不是老北京城里的。

看京姐的表情,她心目中的北京人,应该是祖辈就住在紫禁城里的。

由此推测,她祖上几代应是住在紫禁城里的。她脸形细长,有点像满族人。退休前,可能是个政府机关公务员,或者是事业单位的干部,多少有一点儿优越感。她母亲看起来不像胡同大妈,似乎祖上留下过银两或房产。这种人家,一九四九年之后,会小心翼翼,不敢显山露水,八十年代之后,慢慢改善家境,时至如今,家有余粮,日子滋润。

老太太盯着小蘑菇,问:小小年纪,你也住这里?

小蘑菇道:我是厌学症。严重失眠。我快好了。奶奶,你放心,阿姨在这儿住一段,会好的。

老太太道:这家医院我没听说过。

京姐道:你回吧。晚了不好坐车。我送你去车站。

老太太慢慢站起来。女儿把她的布包包拎在手里,催她走。

老太太突然说:我带大你们五个孩子不容易,那些年,吃了多少苦。苦日子过去了。你要多想想好日子。要想活,活到一百岁。我八十多岁还没活够呢。

女儿道:好——跟你学。人人长命百岁。回吧。

你跑来跑去累。我知道怎么来,就知道怎么回。

小蘑菇说:奶奶,我陪阿姨送你去坐车。

好孩子。多好的孩子。

熄灯前,小蘑菇换上睡觉穿的灰背心、大裤衩,嘴里哼着歌。

我说:这阵子二姑没来?

小蘑菇道:我要静静。我要抄课堂笔记。

同学来过?

我回了一趟学校,开心死了。宿舍同学说想我啦。她们觉得我很酷,敢住精神病院。这回我全年级出名了。我出名啰——

跪在病床上,小蘑菇双手朝天,说:啊——这是一个神奇的地方!

吉他哥出院了。高儿学不了吉他,改打篮球了。才做完第七次电击,他就能去北航操场踢球了。

六院门诊楼外,靠西边长道上,优哉游哉并排坐着三个女人。画风清奇。

精神病院门诊楼前,平时所见皆是医生、护士跑上跑下匆匆忙忙,病人、家属心烦意乱进进出出。三个女人如同淡季景点的游客,不慌不忙,坐享风景。细看,中间那个女人是京姐,右边是她妹,左边青春靓丽的女孩是她女儿。

京姐一家三代人熟悉北京,她住院前却从没听说过北医六院。我和京姐前后脚打了水,坐在病床上洗脚、聊天。

我看见你女儿了。很漂亮。也很贴心吧?

还行。毕业十年了,成天想着泡吧、逛街、旅游,想干吗干吗。

她找过工作吗?

找过。公司不错。人家待不住,总有她的理由要辞职。换过几个地方,待不长。人家索性就在家待着啦。有几个同学跟她一样。

你由着她?

管不了。人家说,智能时代来了,如今时兴不结婚、不生孩子、不上班。

你不生气不着急？

着急的阶段早过了。由她去。

如今上班的概念更新了，未必要去公司。

养她不是事儿。房子票子将来都归她。别给我在外面惹事就行。她懂，有分寸。

没想过出国读书什么的？

人家说去国外玩玩挺好，待还是要待在北京。说了，最爱北京。


"三不"族。不婚、不育、不买房（另一说不上班）。有数据说，中国单身人口近二亿。北上广深等一线城市，越来越多青年向往"三不"。智能时代，为什么不能换个与前辈不同的活法？

一个被老妈催婚的女孩曾说：我结婚图什么？我天生不喜欢小孩，没有当母亲的欲望。老了我去养老院。物联网、共享经济，智能社会应有尽有。我租房有什么不好？我不想像只蜗牛，去哪里都背着一个房子。阿姨，你懂我说的吗？我老妈不懂。因为三观不同。

我答道：这些年，我丁克，同爱人财务 AA、双城生活，不买车、不炒股，有人问我活着干什么？我懒得回答。三观不同。


病房外响起了歌声。小蘑菇唱的是英文歌。另一个男声盖住她的声音，唱的是粤语歌。

京姐说，唱的什么呀？一句没听懂。

擦干脚，我出去倒水。刚出病房，见走廊一端小蘑菇、小宽子拿着手机靠墙而立，各自戴着耳机，各唱各的。

盥洗室，高儿洗完脸往外走。见到我，特意停下来，站在门边，笑着叫了一声"李老师"。

我问：听说，你做完八次电击，不想再做了？

做多了反而不好。李老师，你说呢？

我不懂。你是未来的医生。听听你爸妈的分析，自己拿主意。

不做了。我想早点出院回去读书。

好啊。等你学成毕业，当个悬壶济世的好医生。

毕业我不想当医生。

为——什么？

当医生不是我自己的理想。那是我爸妈的理想。我的理想是创业。紧跟新时代，做自媒体英语开心视频。有点独特吧？

这个……压力会很大。要组小团队，要融资，风险也大。

当医生，压力、风险也很大啊。

那……不一样。

如果你是我，你怎么选择？理想、爱好怎么结合？

我……会先当医生。等时机成熟……怎么说呢，积攒一些社会经验，再尝试英语开心视频。

你们这代人太保守。你们认为医生救死扶伤，是最好的职业。英语开心视频也能给人疗伤，带给观众积极的正能量。还能与国际接轨。我有几个小伙伴，志在面向未来。

歌声轻轻飘来。是小宽子的声音："树叶遮窗棂啊，小宝贝，快睡觉……"

《摇篮曲》。病区走廊好几个人跟着哼。

小蘑菇唱起《勃拉姆斯摇篮曲》："安睡吧小宝贝，丁香红玫瑰，在轻轻爬上窗，陪伴你入梦乡……"

京姐探身出来瞧瞧，道：做义工呐？好听。

小蘑菇说：送给你们的音乐疗法。免费哦。

病房斜对面，小蘑菇、高儿、小宽子三个人站成一排，端起手机，看着手机屏的音乐字幕。脸上洋溢着青春的笑容，身子按节奏来回晃动。一段英文、一段中文，轮番唱道：

Silent night! Holy night

All is calm, all is bright

Round young Virgin Mother and Child

Holy Infant, so tender and mild

......

静享天赐安眠，静享天赐安眠。

平安夜，圣善夜。

牧羊人，在旷野，

忽然看见了天上光华，

......

主治医生告诉我，北大医学部有关机构与哈佛大学等国际医学机构合作一个项目，选择不惧病耻的抑郁症患者面对镜头，说出自己的名字，说出"我是抑郁症病人"。

研究认为，面对镜头公开说出这句话，是精神康复的前提。

我愿意面对精神病学研究的纪录镜头说：我是抑郁症病人李兰妮。

我不是疯子。我住在精神病院。我要出院。

2019年5月18日第一稿

2019年10月10日（世界精神卫生日）第二稿

2020年1月12日第三稿

\* 北京医学院第一任精神科主任许英魁。中国神经病学和精神病学专家、中国神经病理学奠基人。

许英魁1934年毕业于北京协和医学院，留校任教。获美国纽约州立大学博士学位。1938年赴德国慕尼黑精神病研究所、美国芝加哥大学布林学院神经外科进修神经病理。1939年回国，继续在协和医院任教。1942—1943年在北京大学医学院创建神经精神科、精神病房及实验室。1949年重返协和母校任神经科主任、教授。致力于医学教育和科学研究，培养了多名临床神经病学和神经病理学人才。以严格、严肃、严厉而闻名。1955年被选为《中华神经精神科杂志》总编辑；1956年任卫生部医学科学委员会神经精神科主任委员。

* 著名精神病学家、教授沈渔邨。我国现代精神病学奠基人、开拓者之一。
沈渔邨1946年毕业于西南联大生物系,1951年毕业于北京大学医学院医学系,
1951—1955年赴苏联莫斯科第一医学院精神科学习,获副博士学位。曾任北
京医学院精神科主任、北京医学院精神卫生研究所所长、世界卫生组织北京
精神卫生及培训协作中心主任、卫生部精神卫生重点实验室主任、《中国心理
卫生杂志》社社长、《中华精神科杂志》总编辑、大型参考书《精神病学》(第
一至第五版)主编。1984年被聘为博士生导师,为我国精神病学专业培养出
第一名博士研究生和第一名博士后研究人员。1988年被挪威皇家科学和文学
院聘为国外院士。曾连任四届世界卫生组织总部精神卫生专家顾问组成员。
1997年当选为中国工程院院士。

\* 摄于 1950 年代至 1965 年期间。北京医学院第一附属医院精神病院为北京大学第六医院前身。院舍建筑年代不确定。

\* 北京医科大学精神卫生研究所旧址。

世界卫生组织精神卫生
研究和培训协作中心

WHO MENTAL HEALTH COLLABORATING
CENTER FOR RESEARCH AND TRAINING

\* 世界卫生组织确定北医精研所为国内第一家精神卫生研究和培训协作中心
(1982 年 2 月 26 日)。

* 北京医科大学精神卫生学系 1989 级（首届）学生合照。

* 北京医科大学精神卫生学系老师与优秀学生合照。前排左起：班主任黄悦勤，精卫系副主任崔玉华，精卫系主任、精神卫生学院院长沈渔邨和精卫系其他教授。后面一排为该系优秀学生。

\* 北京医科大学精神卫生研究所新址奠基典礼（1989 年 10 月 31 日）。新址于 1992 年落成、使用。

* 1990年世界卫生组织精神分裂症预后研究合作项目培训班合影。前排左二为北医精研所沈渔邨所长，前排右二为世界卫生组织顾问、英国Bristol大学教授Glynn Harrison，前排左一为世界卫生组织顾问、香港大学精神医学系心理学教授李永浩，前排右一为北医精研所副所长陈昌惠。

（本书所选用之历史照片，以及部分图片说明文字，来自广州市惠爱医院院志史料和建院一百二十周年画册、广州中山大学孙逸仙纪念医院院志史料、北京大学第六医院历史资料等等。在此，特向广州市惠爱医院、中山大学孙逸仙纪念医院、北京大学第六医院致以诚挚的感谢！——作者注）

# 附　记

八月十日上午。广州。酷热。

停笔多日,突然有感觉,要写嘉约翰去世、一家五口这一段。近六点关电脑。去陪病中的乐乐。中午,我在木地板上陪乐乐躺下时,乐乐非要过来,紧靠我背后。

晚上八点左右,乐乐突然大叫了几声。八点二十分在我怀中咽气。我给他做人工呼吸,他没有呼吸。送去医院时,我在医院外面大哭。想起了白天所写"天下万务均有定时"。想起嘉约翰面对孩子死去的心情。

很多年,我不会哭泣,不会流泪。这时,我坐在广州天河市区大街地上,放声大哭。眼泪流下来了。我终于哭出来了。

我大声喊:"乐乐——你先回天上,你一定要来接妈妈! 我是妈妈!"眼泪是暖的,从我灵里涌出来。

我大喊:"谢谢乐乐! 儿子,妈妈谢谢你!"乐乐大睁着双眼,他一直不闭眼睛。在家里最后一个夜晚,我用手久久抚摩他圆睁的双眼,说:"儿子,你放心走,放心走。妈妈不会犯病。妈妈爱你。"凌晨一点多,乐乐合上眼睛。小身体是暖的,四肢软软的。

直到火化前,乐乐身体还有微暖,软软的。我抱住他,他两只眼睛睁开。我痛哭。乐乐火化时,我守在焚化炉前。我想起嘉约翰是一九〇一年八月十日去世的,而乐乐是二〇一九年八月十日去世的;嘉约翰是为中国的精神病人而来,周乐乐是为医治我而来。他是我的医生。医治我受伤的心灵,教我什么是爱,什么是家。

身在旷野的人啊,面对黑暗孤独,你一定会害怕,会绝望。但是,你一定要相信,野地里,一定会有一束灵光为你而来,陪你走出无人旷野。

我跟着乐乐这缕灵光,走出野地。心里满满的无法言说的悲伤。悲伤里含着满满的真实的爱。

2019年8月12日上午10:55　痛哭中

# 代后记

2020年1月22日上午11点15分。

躁郁。放血自残。粗针头、透明引流管、洁白柔软的绸布。

鲜血鲜血……画出一张血人的脸庞。眉毛、鼻子、微笑的唇。这是谁？为什么向我微笑？要告诉我什么？

五个手指并拢，饱蘸我血管里流出的鲜血，急速画出更大的血人的脸。头晕。晕。意识模糊。听见微声："这是死亡的灵。这——这是生命的灵。"

# 附　录

## 参考书目

1.《沈渔邨精神病学》第六版,陆林主编,人民卫生出版社2018年4月。

2.《精神障碍诊断与统计手册》(第5版),美国精神医学学会编著,[美]张道龙等译,北京大学出版社、北京大学医学出版社2014年7月。

3.《博济医院百年(一八三五——一九三五)》,[美]嘉惠霖、琼斯著,沈正邦译,广东人民出版社2009年12月。

4.《惠爱医院百年院志(1898—1998)》。

5.《广州番鬼录:旧中国杂记》,[美]亨特著,冯树铁、沈正邦译,广东人民出版社2009年12月。

6.《与魔鬼搏斗》,[奥地利]斯蒂芬·茨威格著,徐畅译,译林出版社2014年9月。

7.《轻松精神病护理》,美国Springhouse工作室主编,张本译,北京大学医学出版社2010年1月。

8.《开门见山》,青山医院精神健康学院《开门见山》编辑委员会著,中华书局(香港)有限公司2011年。

9.《北京医科大学的八十年(1912—1992)》,罗卓夫、孙敬尧主编,北京医科大学、中国协和医科大学联合出版社1992年9月。

10.《中国协和医科大学校史(1917—1987)》,中国协和医科大学编,北京科学技术出版社1987年9月。

11.《走向新世纪的北医(1993—2002)》,校史编委会编,北京大学医学出版社2012年10月。

12.《合校后的北医十二年(2000—2012)》,校史编委会编,北京大学医学出版社2012年10月。

13.《话说老协和》,政协北京市委员会文史资料研究委员会编,中国文史出版社1987年9月。

14.《躁狂抑郁多才俊》[美国]D.杰布罗·赫士曼、朱立安·李布著,郭永茂译,上海三联书店2007年6月。

15.《美国人在广州(1784—1912)》,梁碧莹著,广东人民出版社2014年12月。

16.《疾病的隐喻》,[美国]苏珊·桑塔格著,程巍译,上海译文出版社2003年12月。

17.《雅致的精神病院——美国一流精神病院里的死与生》,[美国]艾利克斯·宾恩著,陈芙扬译,上海人民出版社2007年1月。

18.《意识现象与热力学》,金怡、黄悦勤编著,北京大学医学出版社2011年9月。

19.《看见红色感觉蓝色:愤怒与抑郁之联系》,[英国]苏珊·阿尔德里奇博士著,沈志红译,生活·读书·新知三联书店2002年10月。

20.《天才向左,疯子向右:躁郁症与伟大的艺术巨匠》,[美国]凯·雷德菲尔德·杰米森著,徐娇编,聂晶译,浙江人民出版社2013年

8月。

21.《躁郁之心——我与躁郁症共处的30年》(上下),[美国]凯·雷德菲尔德·杰米森著,聂晶译,浙江人民出版社2013年8月。

22.《我穿越疯狂的旅程:一个精神分裂症患者的故事》,[美国]艾琳·R.萨克斯著,李慧君、王建平译,中国轻工业出版社2013年2月。

23.《荣格自传》,[瑞士]荣格著,刘国彬、杨德友译,国际文化出版公司2005年6月。

24.《三大师:巴尔扎克、狄更斯、陀思妥耶夫斯基》,[奥地利]斯蒂芬·茨威格著,申文林译,安徽文艺出版社2013年1月。

25.《伯驾与中国的开放》,[美国]爱德华·V.吉利克著,董少新译,广西师范大学出版社2008年9月。

26.《当良知沉睡——辨认身边的反社会人格者》,[美国]玛莎·斯托特著,吴大海、马绍博译,机械工业出版社2016年8月。

27.《天生变态狂——TED心理学家的脑犯罪之旅》,[美国]詹姆斯·法隆著,瞿名晏译,群言出版社2016年4月。

28.《协和医事》,讴歌编著,生活·读书·新知三联书店2007年10月。

29.《抑郁症完全指南》,[新西兰]格温多琳·史密斯著,刘宣译,汕头大学出版社2003年10月。

30.《悟菲手册:精神康复患者-家属专家导读》,程嘉主编,人民军医出版社2015年。

31.《重性精神疾病个案管理》,姚贵忠主编,北京大学医学出版社2017年1月。

32.《渡过——抑郁症治愈笔记》,张进著,中国工人出版社2015

年9月。

33.《钟罩》,[美国]西尔维娅·普拉斯著,朱世达译,上海译文出版社2010年1月。

34.《最好的告别:关于衰老与死亡,你必须知道的常识》,[美国]阿图·葛文德著,彭小华译,浙江人民出版社2015年8月。

35.《走到人生边上——自问自答》,杨绛著,商务印书馆2007年8月。

36.《梁诚与近代中国》,梁碧莹著,中山大学出版社2011年3月。

37.《精神病院之旅》,[美国]凯特·米勒特著,张军学译,中国社会科学出版社2000年。

38.《协和大院》,韩小蕙著,人民文学出版社2019年12月。


## 参考资料

1.《北京大学精神卫生研究所60年简史》。

2.《北医六院宣传手册》。

3.《中国精神障碍患病率的流行病学现况研究》,黄悦勤等,《柳叶刀·精神病学》2019年2月18日。

4.《对"疯癫"的认知与嘉约翰创办广州疯人医院》,王芳,《海南师范大学学报(社会科学版)》2012年03期。

5.《嘉约翰与晚清广州医疗建筑》,王芳,《南方建筑》2011年2月。

6.《博济医校与近代广州的社会革命》,王芳,《岭南文史》2012年02期。

7.《关爱精神健康,关注抑郁症——从了解开始》,尚善基金会。

8.《〈旷野无人〉:抑郁症背后的医学叙事》,《健康报》2015年7月3日。

9.《精神病已成亚太第二大健康问题　92%中国严重精神病患未治疗》,《南方周末》2016年10月11日。